ISBN: 978-3986600761

© 2023 Kampenwand Verlag
Raiffeisenstr. 4 · D-83377 Vachendorf
www.kampenwand-verlag.de

Versand & Vertrieb durch Nova MD GmbH
www.novamd.de · bestellung@novamd.de · +49 (0) 861 166 17 27

Text: Andrea Micus
Bilder: ©Polina Katritch / Shutterstock, arxichtu4ki / Shutterstock,
©Leila_lng / Shutterstock, © Anastasia Lembrik / Shutterstock,
©Elena_Medvedeva / Shutterstock, ©Iya Balushkina / Shutterstock,
©Mendeed / Shutterstock, ©Vasilyev Alexandr / Shutterstock
Druck: CUSTOM PRINTING
Wał Miedzeszynski 217, 04-987 Warszawa, Polen

ANDREA MICUS

DIE KLEINE

Finca

AM MITTELMEER

TEIL 2
ORANGENDUFT
UND DAS GROSSE
ABENTEUER

Liebe Leserin,

kennen Sie das? Alle sprechen von weiten Reisen, tollen Erlebnissen und spannenden Herausforderungen. Nur man selbst vertrödelt gefühlt sein Leben im Alltagseinerlei. Ein Abenteuer? Das ist weit weg! Aber dann passiert etwas, das der Bequemlichkeit ein Ende setzt, und man nutzt die Chance, endlich seine lang gehegten Träume auch zu leben. Begleiten Sie Vera auf dem Weg ins Abenteuer, und was das mit Ina und der kleinen Finca am Mittelmeer zu tun hat, tja, das erfahren Sie, wenn Sie jetzt mit mir auf die Reise gehen.

Lassen Sie sich verzaubern von ganz großen Träumen, flimmernden Herzen und der unvergleichlichen Stimmung des Südens, zwischen Palmen, Sand und leuchtenden Orangenbäumen. Ich freue mich sehr, wenn Sie wieder dabei sind. Los geht's! Wir starten!

Ihre Andrea

KAPITEL 1

Ab jetzt gibt's nur noch Abenteuer

Vera erlebte einen Traumtag. Der Himmel war wolkenlos und das Thermometer zeigte sommerliche achtundzwanzig Grad. Vor der Windschutzscheibe breitete sich eine atemberaubende Mittelmeerlandschaft aus. Sie fuhr durch weitläufige Orangenbaumhaine, üppig bewachsene Felder, auf denen Tomaten und Avocados wuchsen, und passierte immer wieder idyllische kleine Dörfchen, deren Gassen von blühenden Bougainvillea- und Jasminsträuchern gesäumt waren. In der Sonne schimmerten Burgruinen, die auf malerisch grünen Hügeln thronten, und prächtige Herrenhäuser, in denen die Zeit stehen geblieben zu sein schien. Zu der ganzen Pracht erhoben sich auf der rechten Seite die Berge mit dichten Wäldern und auf der linken glitzerte die Weite des türkisfarbenen Mittelmeers.

„Der Garten Eden", murmelte Vera überwältigt und sah auf den Navi-Bildschirm ihres Wohnmobils. Noch zweiunddreißig Kilometer bis nach Gandia Playa, dem Strandbereich des historischen Küstenstädtchens. Dort hatte sie auf einer Campinganlage einen Stellplatz reserviert und sich fest vorgenommen, für einen längeren Stopp zu bleiben. Mit dem Daumen stellte sie am Lenkrad das Radio lauter, summte einen spanischen Schlager mit und fühlte sich fast schon unwirklich gut.

Das Surren des Handys holte sie zurück in die Wirklichkeit, und als Vera über die Freisprechanlage das Gespräch annahm, freute sie sich, ihre Freundin Lisa in der Leitung zu haben.

„Sag mal, du meldest dich ja gar nicht mehr", hörte sie gleich deren sanften Vorwurf. „Haust einfach ab. Glaubst du nicht, dass wir uns alle hier Sorgen machen?"

„Abhauen? Ja, es stimmt, ich wollte wirklich nur noch weg."

„Ich schätze, dass Tausende Ehefrauen gerade betrogen werden", brummte Lisa. „Aber nicht alle machen sich einfach aus dem Staub."

„Na, na, so schnell war das ja nun auch nicht. Immerhin habe ich meinen Supergatten schon vor vier Monaten mit seiner Angebeteten erwischt."

„Ich weiß, ausgerechnet im Ehebett." Sie seufzte. „Das ist wirklich nicht die feine Art."

„Feine Art? Nun ja, es ist eine demütigende, widerliche Performance, und das habe ich dem miesen Kerl auch gesagt."

„Gesagt? So wie ich dich verstanden habe, hast du geschrien und deine Haltung mit einer glatten Ohrfeige unterstrichen."

„Genau, das kam alles aus dem Herzen. Aber ich bin damit auf wenig Verständnis gestoßen."

„Bei mir schon. Wenn ich meinen Uwe mit so einer Tussi im Schlafzimmer finde, werde ich bestimmt auch handgreiflich. Doch gleich aufgeben? Du hast sofort euer Haus verkauft, nee, das werde ich nie verstehen."

„Warte bitte, ich fahre lieber schnell rechts ran, dann spricht es sich besser."

Vera lenkte den Camper auf einen Parkplatz, der direkt an der Straße lag und einen wunderbaren Ausblick auf das tiefblaue Mittelmeer bot. Eine Pause würde ihr guttun. Immerhin saß sie schon fünf Stunden am Steuer. In Barcelona war sie heute früh nach einem gemütlichen Frühstück gestartet und hatte langsam genug von der Fahrerei. Sie hob das Handy ans Ohr, stellte den Motor ab und stieg mit Lisa in der Leitung aus dem Wagen, um sich die Beine zu vertreten.

„Weißt du, so ganz freiwillig war mein Verkauf nicht", nahm Vera das Thema wieder auf. „Wir sind nur bei dem Drama nicht dazu gekommen, alles mal zu besprechen und … ich wollte einfach nicht darüber reden und habe alles mit mir selbst ausgemacht."

„Klar, verstehe ich und nehme es dir auch nicht übel. Aber magst du jetzt drüber reden?"

„Kein Problem, und es ist alles ganz simpel. Paul wollte unbedingt Geld, um sich mit seiner halb so alten Flamme etwas zu gönnen. Sie wollen jetzt zu zweit das Leben genießen, zumindest bis das Geld durchgebracht ist."

„Und hättest du ihn nicht auszahlen können?"

„Und den Rest meines Lebens den Kredit bedienen? Nee, das wollte ich auf keinen Fall." Vera ging noch mal zurück zum Wagen, holte sich eine Flasche Wasser und ein Glas und setzte sich damit auf eine kleine Holzbank, die unter einem grün erstrahlenden Akazienbaum stand. Es war ein herrliches Plätzchen, das sie sich gerade zufällig ausgesucht hatte. Trotz der Hitze war es dank der ausladenden Baumkrone relativ kühl. Blühende Sträucher umrahmten den Picknicktisch und man konnte von hier aus wunderbar auf das Meer schauen, auf dem jetzt zwei Segelboote um die Wette zu fahren schienen. Vera faszinierte das größere Schiff, das auf die Ferne wie ein Katamaran aussah. Es musste herrlich sein, so durch die warme Sommerluft zu düsen.

„Was wolltest *du* denn?", fragte Lisa unbeirrt weiter.

Vera goss sich das Wasser ein und trank das Glas in einem Zug leer. „Verzeih, ich bin völlig ausgetrocknet." Sie atmete erfrischt durch. „Aber genau das ist mein Problem: Ich weiß es nicht. Es geht mir viel durch den Kopf, aber entscheiden, nein, entscheiden kann ich nichts. Deshalb wollte ich weg." Sie goss sich ein zweites Glas ein, lehnte sich zurück und genoss den Ausblick und die nach Sommer duftende Luft.

„Paul lebt jetzt wohl in einer schönen Wohnung in der Nähe vom Rathaus. Zumindest habe ich das gehört", berichtete Lisa.

„Ja, kann schon stimmen, denn mehrere Bekannte haben es gesagt", bestätigte Vera Lisas Vermutung. „Ich selbst habe keinen Kontakt zu Paul und will ihn im Moment auch nicht. Ich warte nur noch auf den Schlussstrich, die Scheidung." Vera kickte mit dem Fuß zwei Steine zur Seite, die jetzt wie Murmeln aneinander klickerten.

„Du kannst doch auch in die Stadt ziehen. Eigentlich rufe ich deshalb an, Vera. Bei mir in der Nähe wird eine richtig schnuckelige Wohnung frei. Wäre das nichts für dich?"

Vera seufzte und drehte mit der freien Hand das Glas hin- und her. „Klar habe ich natürlich daran gedacht, wie Paul in die Stadt zu ziehen, nachdem unser Traum vom Landleben so heftig explodiert ist. Zumindest als der erste Schock mit dem Verkauf vorbei war. Paul hatte annonciert und innerhalb von einer Woche war unser Haus verkauft. Damit hatte ich echt nicht gerechnet."

„Richtig, das ging so fix. Als wir Freunde noch überlegten, wie wir euch helfen könnten, wart ihr schon mitten im Auszug."

„Stimmt, ich war die ganze Zeit in einer Art Schockstarre. Mann weg, Haus weg und dann, bitte vergiss das nicht, habe ich auch noch meinen Job verloren. Ein Monat hat gereicht und in meinem Leben war nichts mehr wie zuvor."

„Du hast mir wirklich leidgetan. Das war echt viel. Aber wir wären doch alle für dich da gewesen." Lisas Stimme klang mitfühlend.

„Ich weiß", bestätigte Vera die Freundin. „Aber ganz ehrlich, ich wusste einfach nichts mehr. Ich hatte in der wirren Zeit keinen klaren Gedanken fassen können und da war mir in den Sinn gekommen, mich erst einmal auf mich und meine Träume zu besinnen."

„Und was ist dein Traum? Abhauen?"

Vera legte lässig die Beine hoch und genoss die Entspannung. Es tat ihr gut nach dem langen Sitzen, die Füße kreisen zu lassen, und sie spürte, dass ihre Durchblutung wieder in Fahrt kam. „Mein Traum, ja, das war immer der nach einer Reise, einer Tour im Wohnmobil."

„Das hat doch Paul immer erzählt", warf Lisa ein.

„Genau, eigentlich von Anfang an, also vor mehr als fünfunddreißig Jahren. Wir sind ja schon als Schüler zusammengekommen und haben uns zwischen Mathe und Deutsch in den Pausen unsere Wohnmobiltouren ausgemalt. Aber dann, nach der Hochzeit vor fünfundzwanzig Jahren, kam ja, was immer kommt: der berühmte Alltag mit Pflichten statt Träumen. Toller Job, teures Haus, Ratenverträge und der große Traum steht ganz hinten mit dem Etikett: später einmal."

„Und das Schildchen hast du jetzt abgerissen?"

Vera lehnte sich zurück und bemerkte zwei Orangenbäume, die den Parkplatz zierten. Sie schloss die Augen und schnupperte genüsslich den Orangenduft, den sie heute bereits mehrmals wohlig wahrgenommen hatte, bevor sie weitersprach.

„Ja, symbolisch schon. Ich wollte mir einen Traum erfüllen, ganz klar, aber ich wollte auch keine falschen Entscheidungen treffen, und das macht man schnell, wenn man in einer Krise steckt. Ich dachte, ich warte erst einmal ein bisschen ab und sehe, was ich dann will. Mit dem Verkaufserlös auf dem Konto bin ich ja frei dazu."

„Ach so, verstehe, während Paul seine kleine Freundin durch die Geschäfte schleppt und mit schicken Kleidern verwöhnt, hast du dir vom Geld das Wohnmobil gekauft."

„Ja, aber auch nur von einem Teil. Du siehst, die trockene Ingenieurin, die ganz genau kalkuliert, ist sich schon treu geblieben. Im Gegensatz zu Paul, der als freiberuflich arbeitender Grafiker anders tickt und mit seiner Freundin nur noch das Hier und Jetzt genießt, finde ich die Mischung gut. Einen Betrag habe ich für die Sicherheit und das, was kommt, reserviert, und einen Teil in das Wohnmobil investiert."

„Das flotte Gefährt hast du ja auf Facebook gepostet, neben vielen anderen schönen Fotos. Kompliment, es sieht superluxuriös aus."

„Nee, das täuscht. Es ist schon ziemlich alt, aber mir gefiel es. Ich bin happy damit und genieße mein neues Leben."

„Heißt das, du hast gar keine Bleibe mehr bei uns in Bamberg?"

Vera nickte. „Ganz richtig, ich habe meine Möbel, das meiste meiner Kleidung und des Hausrats, meine Bilder, Bücher, Erinnerungen, eigentlich alles, was ich in meinem Leben gesammelt habe, unbefristet eingelagert."

„Du hast doch so schöne Erbstücke von deinen Eltern. Sind die auch irgendwo untergestellt?"

„Du meinst das wertvolle Geschirr, die Gemälde und das Klavier ... genau, ich habe schon darauf geachtet, dass Paul damit nicht durchbrennt, aber das ist auch alles eingelagert."

„Und was hast du mitgenommen?"

„Ach herrje, du fragst Sachen." Vera nahm erneut einen Schluck Wasser und schloss die Augen, um sich zu konzentrieren. Es war alles schon so weit weg.

„Ein paar Gläser, Tassen und Teller, einen Topf, meinen PC, ganz, ganz wenig Kleidung. Ich glaube, das war's auch schon. Mein Stauraum ist ziemlich begrenzt."

Lisa schien überrascht. „Oh Vera, ich weiß nicht, ob ich das könnte. Und dir hätte ich das nie zugetraut. Du hattest immer so tolle Deko in deiner Wohnung. Ich kann mir gar nicht vorstellen, wie du dich auf so wenig Sachen reduzieren konntest."

„Ich wollte den Cut und dann gehört das dazu." Vera ging mit dem Handy am Ohr noch einmal zum Auto und holte sich einen Beutel mit frischen Mandarinen aus dem Kühlfach, die sie heute früh an einem Obststand gekauft hatte. Sie legte den Beutel auf die Bank, stellte das Handy auf Lautsprecher, nahm eine der kräftig orangefarben leuchtenden Früchte und pellte sie langsam ab.

„Sag mal, und wie fühlst du dich? Ist denn jetzt alles so, wie du es dir erträumt hast?", fragte Lisa nach.

Vera steckte sich eine Mandarinenspalte in den Mund und pulte den Rest der Frucht weiter auseinander.

„Vera?", hörte sie Lisas Stimme. „Alles gut?"

„Ja, ja", meinte Vera. „Entschuldigung, ich habe mich gerade mit einer Mandarine gestärkt, du musst wissen, ich bin hier in Valencia, dem Zitrusfrüchteland und kann mich weder sattsehen noch sattessen. Sie schmecken köstlich. Aber ich zögere auch mit der Antwort, weil ich erst einmal überlegen muss." Sie räusperte sich, bevor sie ruhig weitersprach. „Weißt du, wie ich mich wirklich fühle, ist täglich unterschiedlich. Ich muss ein neues Leben beginnen und weiß bis heute einfach nicht, wie es aussehen soll. Mal denke ich, ich möchte nie wieder zurück, und dann auf einmal überlege ich, umzudrehen und nach Bamberg zu fahren, in meine Heimat. Meine Gefühlslage ist wirklich immer anders."

„Weinst du manchmal?"

„Sogar viel." Vera schluckte. „Aber das ist wichtig, denn es reinigt die Seele und jede Träne bringt mich dem richtigen Weg ein Stückchen näher. Auf jeden Fall habe ich gelernt, ganz andere Dinge wichtig zu nehmen als zuvor. Ich lebe in Freiheit, ohne Zeitrahmen, das ist zum Beispiel etwas Wunderschönes." Vera räumte die Fruchtschalen zusammen und brachte sie zu einem Mülleimer.

„Apropos Zeitrahmen, ich verstehe dich mehr als gut", sagte Lisa. „Ich muss nämlich bald los."

„Sorry! Ich wollte dich nicht zuquatschen." Vera meinte es so, jedoch hatte es auch gutgetan, sich einmal auszusprechen. „Bei dir ist wenigstens alles konstant geblieben. Du bist doch noch im Kindergarten?"

„Ja klar, aber eben nicht frei, sondern ich lebe immer nach der Uhr, während du das große Abenteuer erlebst. Wohin fährst du denn heute noch?"

„Nach Gandia und dann mache ich ein paar Tage Pause. Ich fühle mich schon richtig durchgerüttelt."

„Wo ist das denn? Von dem Ort habe ich noch nie etwas gehört?"

„An der Küste, zwischen Valencia und Alicante, die beiden Städte sind bekannter in Deutschland."

„Ach so, danke für den Geografie-Schnellkurs. Ich werde mir den Ort nachher noch auf der Karten-App ansehen. Dann weiß ich wenigstens, wo meine Freundin ungefähr herumtourt."

„Zumindest im Moment." Vera grinste. „Aber es geht ja noch weiter. Doch ich melde mich wieder und stelle auch weiterhin Fotos auf Facebook."

„Das ist klasse. Ich sehe dir gern zu. Bevor ich im Alltagseinerlei untergehe, erfreue ich mich wenigstens an der Abenteuerlust meiner Freundin. Das ist dann sozusagen mein abendliches Trostpflaster."

„Na, dann gebe ich mir noch mehr Mühe, dir die schönsten Seiten meiner Reise zu zeigen."

„Ich freue mich darauf und auch auf dich, wenn du irgendwann wieder bei uns bist. Ich frage besser nicht, wann das sein wird."

Vera musste schmunzeln. Die Freundin hatte recht. „Ach Lisa, ich bin selber gespannt, was kommt." Sie seufzte. „Irgendwann sagt mir meine innere Stimme, wo ich hingehöre, und dann drehe ich das Lenkrad meines tollen Fahrzeugs in die richtige Richtung, drücke auf das Gaspedal und los geht's."

„Hoffentlich Richtung Heimat!"

„Wohin es auch geht, das ist dann meine Heimat," meinte Vera geheimnisvoll.

„Du machst mir Angst."

„Nein, nein, du musst keine Angst haben. Deine Freundin geht nur neue Wege und das ist gut für sie."

„Dazu noch schnell eine Bemerkung: Ich sehe mir jeden Tag deine Fotos an, und ganz ehrlich, die Tour bekommt dir. Du siehst hinreißend aus."

„Und was meinst du genau?"

„Na, alles, du hast eine superschlanke Figur, vermutlich vergisst du ab und zu das Essen, aber das steht dir. Deine langen blonden Haare hast du neuerdings einfach zusammengebunden und das macht dich locker zehn Jahre jünger."

„Weiter so, ich höre dir gern zu", ulkte Vera.

„Ich sage nur, was ich sehe. Deine blauen Strahleaugen gehören auch noch hierher. Übrigens warst du früher immer so förmlich angezogen. Jetzt finde ich dich viel weiblicher. Jeans, ausgeschnittenes, lockeres Shirt, Ballerina. Toller Stil. Ich mag dich so."

Vera war gerührt. So viele Komplimente auf einmal, aber sie taten gut. Die Trennung von Paul hatte Spuren hinterlassen. Ihr Selbstbewusstsein war angeschlagen und jedes Kompliment war ein klitzekleines Trostpflaster. „Danke, dass du das sagst", meinte Vera deshalb auch ganz ernst und war der Freundin richtig dankbar für den Seelenstreichler.

Sie verabschiedete sich mit einem liebevollen Schlusssatz und als sie das Handy in der Bauchtasche verstaute, überkam sie ein wenig Wehmut. Gut, sie fuhr durch eine wunderbare Natur, lernte spannende Menschen kennen und fand sich zum ersten Mal in ihrem Leben frei. Aber sie vermisste auch das alte Leben und jetzt eben Lisa. Sie kannte die Freundin seit der Schulzeit und beide waren sich seitdem treu geblieben, mehr als vierzig Jahre lang. Lisa hatte allerdings einen ganz anderen Weg eingeschlagen als sie. Sie hatte nie eine Karriere im Fokus gehabt, dafür früh geheiratet, zwei Kinder bekommen und arbeitete erst seit einigen Jahren wieder in einem städtischen Kindergarten. Vera hatte sich dagegen schon früh auf den Beruf konzentriert, Bauingenieurwesen studiert und sich vom ersten

Tag an in jede Herausforderung hineingefuchst. Nach der Hochzeit mit Paul, der in seinem Beruf recht erfolgreich war, hatte für beide weiterhin der Job im Fokus gestanden, und weil Paul sich nie drängend Kinder gewünscht hatte, waren sie beide darüber hinweggekommen. Jetzt war sie zweiundfünfzig Jahre alt und das Kinderthema längst erledigt. Aber trotz oder vielleicht auch wegen der so unterschiedlichen Lebensentwürfe hatten Lisa und sie immer zusammengehalten, und da sich auch die beiden Männer gut vertragen hatten, hatten sie viel miteinander unternommen, waren sogar in den Urlaub nach Skandinavien und in die Alpen gefahren, wenn die Kinder der beiden bei den Großeltern gewesen waren.

Sie seufzte. Lisa fehlte ihr und vielleicht würde sie sie einfach einmal einladen, zu ihr zu kommen, dorthin, wo Vera irgendwann, zumindest eine Zeit lang, ihre Zelte aufschlagen würde.

Für heute und die nächsten Tage stand ihr Ziel aber fest. Gandia Playa. Sie freute sich nicht nur auf goldgelben Sand, sondern auch auf eine duftende Paella, denn sie hatte genug von selbst gekochtem Essen und sehnte sich nach einem eigens für sie gedeckten Tisch.

Sie griff nach Flasche, Glas und dem Beutel Mandarinen, stieg ins Auto, verstaute alles sorgfältig und rutschte auf den Fahrersitz. Das Telefonat mit Lisa hatte ihr einen richtigen Kick gegeben. Sie legte ihr Handy auf die Ablage und sah auf das Display. Die Abschlussetappe dieser viel zu langen Tagesreise würde sie jetzt locker meistern.

***

„Rrrrr, rrrrr, rrrrr." Vera drehte den Zündschlüssel zum gefühlt zehnten Mal, aber der Motor des Campers sprang nicht an. „Rrrrr, rrrrr, rrrrr." Ein neuer Versuch. „Rrrrr, rrrrr, rrrrr." Sie schüttelte den Kopf und zischte zunehmend verzweifelt: „Geh jetzt an, geh jetzt endlich an." Nervös trat sie auf das Gaspedal, in der Hoffnung, dass das irgendetwas bewirken würde. Aber der Motor knatterte nur immer leiser, und als Vera noch einmal einen Vorstoß unternahm, schwieg er ganz und gab keinen Mucks mehr von sich.

Vera hatte Tränen in den Augen. Was sollte sie denn jetzt tun? Das Auto war ihr Zuhause und sie konnte doch unmöglich hier an einer Landstraße in den Bergen stehen und darauf warten, dass sie gerettet würde. Sie musste eine Werkstatt verständigen und um Hilfe bitten. Sie sah auf die Uhr. Es war siebzehn Uhr und zum Glück ging hier in Spanien nach der mittäglichen Siesta das Leben erst wieder los.

Zurückgelehnt in ihrem Sitz atmete sie tief durch. Hektik würde jetzt nichts bringen. Sie musste ruhig bleiben, unbedingt. Das hatte sie in ihrem Leben gelernt, in Notzeiten musste man die Nerven bewahren.

Vera griff nach ihrem Handy, um im Netz nach einer Werkstatt zu suchen, und traute ihren Augen nicht, denn sie hatte kaum noch Akku, und auch der Empfangsbalken zeigte nur noch schwach ein Signal. Ihre Kehle schnürte sich zu. Sie sprang aus dem Wagen und hoffte, dass der Empfang draußen besser wäre. Aber wie sollte sie sich verständigen? Auf Englisch? Sie sprach nur ein paar Brocken Spanisch. Egal. Sie könnte den Standort schicken und würde Hilfe bekommen. Bling. Aus. Der Akku hatte sich verabschiedet. Vera spürte ihren rasenden Herzschlag und ein mulmiges Gefühl machte sich in ihr breit. Sie war nie eine besonders ängstliche Frau gewesen, aber hier allein in einer zumindest ziemlich ruhigen Gegend fühlte sie sich alles andere als wohl. Es müsste gruselig sein, hier übernachten zu müssen und bei jedem auftauchenden Scheinwerfer vor Angst halb ohnmächtig zu werden. Brutale Schlagzeilen bestimmten plötzlich ihre Gedanken. „Van-Touristin verschleppt" oder „Urlauberin nie wieder aufgetaucht!" Sie schloss die Augen und zählte bis zehn, um zur Ruhe zu kommen. Denn so aufgedreht, wie sie im Moment war, konnte sie keinen klaren Gedanken fassen.

„Brauchen Sie Hilfe?" Ein nougatfarbener Geländewagen hatte auf der Straße gehalten und die Fahrerin, eine Frau um die fünfzig, mit dunkelblondem schulterlangem Bob und leuchtendrot geschminkten Lippen ließ gerade die Scheibe herunter. Auf dem Beifahrersitz saß ein süßer Hund, der sie mit gespitzten Ohren ansah.

„Hilfe?", murmelte Vera und konnte ihr Glück kaum glauben. „Ja, aber so etwas von dringend. Sie sind ja ein Engel. Meine Güte, ich hatte schon Angst, hier die Nacht verbringen zu müssen."

„Verstehe, dann gucken wir mal, was wir machen können." Die Frau drehte den Wagen auf der Landstraße, fuhr auf den Parkplatz und parkte ihr Fahrzeug direkt neben Veras Wohnmobil. Als sie die Tür öffnete, um auszusteigen, sprang der fröhliche Vierbeiner an ihr vorbei ins Freie, lief schwanzwedelnd auf Vera zu und begrüßte sie hechelnd. Vera ging in die Hocke und streichelte ihm liebevoll über den Kopf.

„Das ist übrigens Carlos und ich heiße Ina. Was fehlt Ihnen denn? Sie sehen wirklich aufgelöst aus."

Vera bewunderte trotz ihrer Notlage das Aussehen ihrer mutmaßlichen Retterin. Ina sah in kurzen blauen Shorts und einer weißen Bluse sportlich, aber auch richtig schick aus.

„Aufgelöst? Das trifft es. Ich bin von der Rolle", bestätigte Vera, ließ von Carlos ab und stand auf, um Ina um den Hals zu fallen. „Verzeihen Sie meinen stürmischen Empfang, aber ich bin so froh, dass Sie hier sind, zumal Sie auch noch Deutsch sprechen."

„Ich bin Deutsche", sagte Ina lachend. „Will der Wagen nicht anspringen?"

„Nein, der Motor ist tot und mein Handy auch." Vera hielt das Telefon hoch.

„Ich muss mal den Oberlehrer spielen, aber im Camper brauchen Sie immer eine Powerbank, für Notfälle. Das weiß ich von einer camperbegeisterten Freundin."

„Das merke ich jetzt auch." Sie lächelte. „Ich bin, wie man sieht, Neuling und nicht sonderlich routiniert. Ich muss noch viel lernen."

Ina wies mit dem Kopf zum Auto. „Darf ich?" Vera nickte. „Sie dürfen alles."

Doch als sich Ina auf den Fahrersitz setzte und den Motor anlassen wollte, hörte auch sie keinen Mucks mehr. „Ich frage meinen Freund, der kommt aus der Region, welche Werkstatt er empfehlen kann, und dann telefonieren wir nach Hilfe. Und Sie setzen sich auf die Bank da vorn in den Schatten und erholen sich."

Vera gab keine Widerworte mehr. Sie war nur froh, dass sich jemand kümmerte. Sie setzte sich ziemlich niedergeschlagen unter den Baum und tätschelte wieder Carlos, der sich an ihre Beine gesetzt hatte, vermutlich weil er spürte, dass sie Trost brauchte. Er war etwa kniehoch, hatte sandfarbenes struppiges Fell, hellwach blickende Augen und erinnerte sie an den Terrier ihrer Nachbarin.

Sie schloss die Augen, genoss die Nähe des Tieres, die Stille und die Gewissheit, dass gleich jemand kommen und das Fahrzeug in eine Werkstatt bringen würde. Hoffentlich war die Reparatur nicht zu teuer. Sie war seit vier Wochen unterwegs und vorbildlich mit ihrem Geld gewesen. Ansonsten müsste sie eben auf ihre Rücklage zugreifen. Aber es gab keinen Ausweg.

„So, alles geregelt!" Ina hatte ihr Handy noch in der Hand, als sie sich neben Vera setzte. „Es kommt ein Mechaniker und sieht sich den Wagen an. Wenn es sein muss, lässt er ihn in die Werkstatt nach Gandia bringen." Ina nahm Veras Hand und drückte sie fest. „Die Autos machen nicht immer, was wir wollen. Wenn der Mechaniker den Wagen nicht wieder flottbekommt und Sie eine Übernachtungsmöglichkeit brauchen, kann ich Ihnen eine Wohnung anbieten. Meine Eltern haben eine Vermietungsagentur und bestimmt noch kurzfristig etwas frei. Ich weiß das, weil ich ihnen immer ein bisschen helfe."

Vera sah überrascht hoch. „Stimmt ja, ich brauche wirklich ein Bett. In der Werkstatt möchte ich nicht schlafen.

Also wenn der Camper weiter streikt, nehme ich Ihr Angebot sehr gern an."

„Prima, dann ist das auch geregelt, und jetzt stärken wir uns erst einmal." Ina zwinkerte Vera zu und holte aus ihrem Auto eine Box und zwei Papptellerchen. „Ich arbeite als Wanderführerin und komme gerade von einer Tour. Das sind die Reste einer leckeren Tortilla, die meine Damen übrig gelassen haben. Damit verkürzen wir uns jetzt die Wartezeit", meinte sie fröhlich, legte auf die Teller jeweils ein Stück und eine Gabel dazu. Vera holte eine Flasche Wasser und zwei Gläser und brachte für Carlos ein paar Hundeplätzchen mit, die er gierig verschlang.

Ina schob sich einen Bissen in den Mund und ließ es sich sichtbar schmecken. „Hmh, tut das gut. Ich bin richtig ausgehungert. Wandern strengt an." Sie lächelte, während sie weiter aß. „Ich komme aus Paderborn und bin erst seit ein paar Monaten in Valencia. Eigentlich bin ich Journalistin, aber ich habe mir hier auch einen Traum erfüllt: Ich wandere leidenschaftlich gern und habe ein Business daraus gemacht."

„Das klingt ja spannend. Ich wollte sowieso ein paar Tage in Gandia bleiben. Nehmen Sie mich mit auf eine Ihrer Touren?"

Ina streckte Vera die Hand entgegen. „Zu gern, wenn du magst, gleich morgen. Ich bin übrigens Ina, das mit dem Sie lass mal besser sein. Das passt nicht hierher. Apropos, bist du allein unterwegs in diesem üppigen Gefährt?"

Eine Brise trug Meeresluft zu ihnen und Vera sah für einen Moment auf das Glitzern in der Ferne. „Ich bin auf einer Tour bis nach Andalusien, genauer nach Tarifa. Ich möchte von dort aus über die Meerenge den afrikanischen Kontinent sehen und auch mal versuchen, zu surfen. Und dann, wenn ich genug Mut habe, kann ich mir auch die Überfahrt nach Marokko vorstellen und vielleicht noch viel mehr. Ich wollte immer nach Afrika und den Kontinent erkunden. Aber im Moment bin ich mir noch nicht sicher, ob ich mich wirklich traue. Auf jeden Fall will ich mir den Wind um die Nase wehen lassen. Mal sehen, wohin er mich führt."

„Verstehe", meinte Ina. „Mich hat auch der Wind geführt. Ich bin nach Valencia gekommen, um mich eine Woche um meine Mutter zu kümmern, die sich den Fuß gebrochen hatte, und wie du siehst, sind aus der einen Woche schon viele geworden. Jetzt bin ich schon fast sechs Monate hier und fühle mich bombig."

„Und jetzt Vollzeit-Wanderführerin?"

„Nein." Ina lachte. „Das ist ein Zubrot, aber ich kann zum Glück meinen vorherigen Job online machen. Mein Chef war einverstanden. Ich habe zusätzlich noch einen Modekanal auf Instagram und den kann ich auch von hier aus weiterführen. Also", sie hielt das Glas Wasser hoch und prostete Vera damit zu. „Es hat sich alles gefügt."

„Du scheinst aber das große Glückslos gezogen zu haben", entgegnete Vera und streichelte Carlos, der wedelnd vor ihr stand und sicher ein weiteres Hundeplätzchen erbetteln wollte.

„Ja wirklich, ich hätte nie gedacht, dass es so leicht ist, ein neues Leben zu beginnen." Sie zögerte. „Nun gut, ich habe mich natürlich ins gemachte Nest gesetzt. Meine Mutter hat sich nach der Trennung von meinem Vater mit unserem Anwalt, der auch ein Freund der Familie war, in Valencia eine neue Existenz aufgebaut. Die beiden leben auf einer kleinen Finca in den Bergen und vermieten Ferienhäuser und -Wohnungen und sind bestens vernetzt. Ich bin also gleich in ein funktionierendes soziales Netz gekommen. Das macht vieles einfacher."

„Verstehe", meinte Vera und nahm jetzt auch von der Tortilla. „Wow, die ist aber wirklich lecker." Sie lehnte sich zurück. „Du bist zu beneiden."

„Stimmt", sagte Ina und zwinkerte Vera vertraut zu. „Zumal ich hier auch meinen Traummann gefunden habe."

„So etwas in der Art dachte ich mir schon." Vera schmunzelte. „War er das gerade?"

Ina nickte. „Genau, er ist in jeder Hinsicht wunderbar und – wer weiß – ich denke auch daran, für immer hierzubleiben." Sie blickte auf ihren Geländewagen. „Den habe ich mir erst vor Kurzem gekauft. Ich wollte mir nicht mehr den Wagen meiner Eltern leihen müssen."

Vera goss ihnen beiden Wasser nach. „Bist du als Single hierhergekommen?"

„Als unfreiwilliger." Ina lachte. „Ich bin geschieden."

Kurz zögerte Vera, doch die Neugier überwog. „Bist du betrogen worden?"

Ina nickte. „Oh ja, aber bei mir ist es schon viele Jahre her. Wir hatten uns auseinandergelebt. Mein Mann hatte ein Restaurant und ich war Stellvertreterin bei einer Lokalzeitung. Die schwierigen Arbeitszeiten, dazu ein Kind, das hat unsere Liebe nicht ausgehalten. Irgendwann hat er sich mit einer blutjungen Mitarbeiterin vergnügt und das war's dann. Aber wir haben nach wie vor einen recht guten Kontakt, unserer Tochter zuliebe."

„Wie alt ist sie?"

„Leonie ist zweiundzwanzig, gelernte Tischlerin und beendet in den nächsten Tagen ihre Fortbildung als Restauratorin. Sie soll von dem Museum, in dem sie gerade arbeitet, übernommen werden, eine Traumstelle."

Vera lehnte sich zurück. „Weißt du, ich bin so neugierig, weil ich auf Anregungen hoffe, denn im Moment weiß ich nicht, wie es weitergehen soll. Ich brauche die Auszeit, um nachzudenken und einen klaren Kopf zu bekommen. Ich hatte nämlich gedacht, unsere Ehe wäre glücklich. Bis mein Mann etwas mit einer natürlich viel jüngeren Kundin angefangen hatte. Für mich war die Affäre wie aus heiterem Himmel gekommen und den Seitensprung im Ehebett, nein, den werde ich ihm niemals verzeihen. Ich habe ihn ausradiert und lebe jetzt ohne ihn, ganz anders, aber nicht weniger schön und irgendwann sogar schöner."

„Seitensprung im Ehebett? Das geht ja mal wirklich nicht. Ich verstehe dich gut."

Ina nahm Vera in den Arm. „Weißt du, wir Frauen haben doch durch all das auch eine riesengroße Chance. Wir lassen einen Lebensabschnitt hinter uns und dürfen uns auf einen neuen freuen, der vor uns liegt. Also, wir sehen nach vorn und sind gespannt auf das, was kommt." Lachend löste sich Ina von ihr und wies mit dem Finger auf einen Wagen, der jetzt auf den Parkplatz einbog. „Und hier kommt der Mechaniker. Es läuft doch alles wie geschmiert."

Aber die Infos, die der Fachmann einige Minuten später für Vera hatte, waren weniger ermutigend. Auch er konnte das Auto nicht mehr flottbekommen und der Wagen musste abgeschleppt werden. Vera packte einen Koffer mit Kleidung zusammen, steckte ihren Laptop und andere Wertsachen dazu und stieg zu Ina ins Auto, die sie nach Rücksprache mit ihrer Mutter Helga in eine Ferienwohnung fahren wollte. Das Gute: Die Wohnung war in Gandia, wo Vera sowieso ein paar Tage bleiben wollte.

„Ich bin dir so dankbar für alles, und wenn du heute nichts vorhast, würde ich dich gern zum Abendessen einladen und wenigstens mit dieser kleinen Geste *Danke* sagen."

„Das musst du nicht", meinte Ina lächelnd. „Wir Frauen müssen zusammenhalten."

Vera sah Ina von der Seite an. „Du würdest mir eine große Freude machen, also, sofern es deine Zeit erlaubt."

Ina nickte. „Pass auf, ich fahre jetzt erst mit dir zum Haus meiner Eltern, hole den Schlüssel für das Appartement, und wenn nichts weiter anliegt, gehe ich sehr gern mit dir zum Essen." Sie lächelte. „Und einen tollen Restauranttipp habe ich auch: einfach, aber super. Okay?"

„Aber so etwas von okay."

Trotz der Sorgen um ihr Wohnmobil genoss Vera die Fahrt in die hügelige Berglandschaft, den Blick in die üppig grünen Täler, in denen Pferde im goldenen Abendlicht weideten. Es war auch um sieben Uhr abends noch hochsommerlich heiß und Vera gefiel, dass Ina die geöffneten Fenster der Klimaanlage vorzog und der Fahrwind etwas Abkühlung brachte. Carlos hatte sich auf dem Rücksitz ans Fenster gestellt und Vera grinste, als sie im Seitenspiegel seine im Wind wehenden Ohren und die fleißig schnuppernde Nase sah. Die weitläufigen Orangenbaum-Haine schienen kein Ende zu nehmen, sie roch ihren neuen Lieblingsduft und konnte sich nicht sattsehen an den silbrig schimmernden Felsen, die das malerische Panorama rahmten. „Meine Güte, ist das schön hier", staunte sie, und als sie in die Einfahrt der Finca fuhren, entfuhr ihr ein leises: „Es ist wie im Traum."

KAPITEL 2

Wenn das Schicksal erst mal Fahrt aufnimmt

Ein Mann öffnete ihnen die Tür, stellte sich als Bernd vor und Vera war beeindruckt, wie herzlich er sie begrüßte. Er war groß und drahtig und mit kurzer blauer Leinenhose und passendem Shirt sehr jugendlich gekleidet. Vera fielen sofort seine besonders aufrechte Körperhaltung und die geschliffenen Umgangsformen auf. Typisch Anwalt, dachte sie.

„Komm doch herein, meine Frau hat dir schon eine Stärkung vorbereitet", meinte er fröhlich und Vera war über so viel Gastfreundschaft richtig baff. Bernd führte sie auf die große Terrasse und auf dem Esstisch standen eine Karaffe mit Wasser, Gläser und eine Steingutplatte mit kleinen, belegten Weißbrotscheiben.

„Hallo Vera, ich bin Helga. Ina hat mir schon von der Panne erzählt. Das ist ja wirklich furchtbar." Inas Mutter kam aus der Küche und hatte noch eine Karaffe Rotwein dabei. Helga trug ihr lockiges helles Haar hochgesteckt und sah in dem sonnengelben Leinenkleid mit goldenen

Slippern und passend abgestimmten Ohrringen einfach hinreißend aus.

„Steh doch nicht rum, Vera. Setz dich und trinke auf den Schreck ein Glas mit uns." Helga stellte die Rotweinkaraffe ab.

Vera war vorsichtig mit dem Alkohol und blickte Ina unsicher an. „Wie komme ich denn zum Apartment und wie ins Restaurant, ich meine, wir wollten doch etwas essen gehen. Passt das denn?"

„Essengehen?" Helga sah zu Ina. „Das ist doch unnötig." Dann wandte sie sich an Bernd. „Sag mal, findest du nicht auch, dass es einfacher ist, wenn Vera heute hierbleibt? Das Appartement unten ist doch frei."

„Aber ich möchte …", warf Vera ein und fühlte sich nicht wohl, so großzügig aufgenommen zu werden.

„Super Idee", meinte Ina. „Vera hat ihre Sachen im Auto und auf unserer Terrasse können wir heute wunderbar quatschen und uns an Bernds guter Weinauswahl erfreuen." Sie legte Vera den Arm um die Schulter. „Nun komm, in Spanien ist man gastfreundlicher als in Deutschland. Ich hole deine Sachen und du erzählst meinen Eltern von deinen Reiseplänen. Sie lieben spannende Geschichten."

Vera zierte sich noch einmal kurz, dann nickte sie dankbar und war insgesamt nur froh, dass der Tag so einen guten Ausklang zu nehmen schien. Als sie auf der Terrasse der kleinen Finca am Mittelmeer saß, fiel aller Ärger von ihr ab und sie genoss von Herzen das Abendessen und auch ein großes Glas Rotwein.

Unvergesslich war der Sonnenuntergang, den sie später erleben durfte. Es war ein tropischer Abend mit heißen

Temperaturen. Die Grillen zirpten. Ein Brunnen plätscherte und Vera konnte am Horizont das Mittelmeer sehen, in dem sich die Sonne glutrot spiegelte. „Ich möchte die Uhr anhalten und all das hier in meinem Kopf fotografieren und nie mehr vergessen", sagte Vera und fühlte sich fast andächtig. „Es ist so unbeschreiblich schön hier, besonders mit euch."

Ina drückte ihre Hand. „Genieße es, und du kommst ja bestimmt bald wieder."

„Wenn ich darf, garantiert. Das hier ist unvergesslich für mich."

Als sich Helga und Bernd hinlegten, blieb Ina noch mit Vera allein auf der Terrasse und sie genossen einen letzten Absacker, einen aromatisch schmeckenden Orangenschnaps.

„Wie geht es denn für dich weiter, wenn der Wagen wieder läuft? Willst du sofort wieder los?", wollte Ina wissen. „Übrigens ist es kein Problem, wenn es etwas länger dauert, haben meine Eltern gerade noch gesagt. Das Appartement ist ja frei."

„Ich habe mich bereits darauf eingestellt, dass es mit der Reparatur dauern kann, weil ich glaubte, in einer Ferienwohnung zu sein. Wenn ich jetzt bei euch zwei Tage bleiben darf, werde ich die Zeit mit Carlos und Spazierengehen verbringen und mich einfach mal an einer Auszeit jenseits des Wohnmobils erfreuen. Es tut mir ganz gut, mal wieder in einem richtigen Bett zu schlafen."

„Aber das Reiseziel bleibt, oder?"

„Ja klar, Andalusien, da will ich hin."

„Und sonst? Willst du die Scheidung? Du gibst ja deinem, er heißt doch Paul, keine Chance, wie ich dich verstanden habe."

Vera schüttelte energisch den Kopf. „Nein, das geht nicht mehr zurück. Ich hatte dir ja schon gesagt, dass ich mit meinem Mann wirklich glücklich war. Hättest du mich vor drei Monaten gefragt, wie meine Ehe ist, hätte ich dir die schönsten Geschichten erzählt und vom großen Eheglück geschwärmt. Ich war happy und dachte, er sei es auch. Das ist etwas anderes als bei dir. So wie du es mir erzählt hast, war eure Beziehung schon längst erkaltet."

Ina nickte. „Oh ja, da lief schon lange nichts mehr. Wir waren in der Ehe zu Freunden geworden." Sie sah in den Sternenhimmel. „Ganz offen, Leidenschaft war für mich schon in der Ehe zum Fremdwort geworden."

Aufgewühlt hob Vera das Glas und nahm einen viel zu großen Schluck. „Siehst du, das ist der Unterschied. Mein Paul und ich, wir hatten ständig den besten Sex. Wir waren auch nach all den Ehejahren noch richtig heiß aufeinander. Das hat mich ja deshalb auch besonders enttäuscht, ihn ausgerechnet in unserem Bett, dem Ort leidenschaftlicher Liebesszenen, mit einer anderen zu sehen. Diese Enttäuschung kann man nicht mehr reparieren. Das ist vorbei. Für immer. Ich erspare dir die Details, aber der Anblick der beiden sozusagen in Aktion, also beim heißen Liebesspiel, der wird mich bis an mein Lebensende begleiten."

„Verständlich", stimmte Ina seufzend zu. „Ich weiß, dass es früh ist, aber denkst du an eine neue Beziehung?"

Vera sah ein bisschen abwesend über das Tal hinweg und zupfte mit ihren Händen an der Serviette. „Ich habe darüber nachgedacht, aber es erscheint mir nicht greifbar. Ein anderer Mann, nein, das ist absolut unvorstellbar im Moment. Ich bin, wie man so schön sagt, nicht interessiert am anderen Geschlecht. Ich glaube, und das meine ich ernst, ich werde allein bleiben, für immer."

„Ist ja verrückt. Genau das habe ich mir auch gesagt. Als ich hierherkam, habe ich nicht mehr an die Liebe geglaubt. Nach einigen schlechten Erfahrungen im Netz bei der Partnersuche habe ich beschlossen, mich finden zu lassen, wohl wissend, dass das in meinem Alter eigentlich unwahrscheinlich ist. Dabei musst du wissen, dass ich durch meinen Modekanal nicht unbekannt bin und man mich gut finden kann, sofern man es möchte. Geholfen hat es nicht." Sie lachte jetzt herzerfrischend. „Man musste mich also nicht lange suchen, aber finden wollte mich offensichtlich niemand."

Sie zog ihr Handy aus der Handtasche, tippte „Happy 50" ein und hielt Vera das Display hin. „Hier, sieh mal, das ist mein Kanal mit Mode für Frauen in unserem Alter."

Vera setzte sich ihre Brille auf, um ganz genau zu sehen, was Ina dort vorstellte, und zappte neugierig durch die Videos. „Das ist aber professionell gemacht. Kompliment. Und wie du das präsentierst, richtig klasse. Hier, dieses blaue Kleid, das sieht ja hinreißend aus. Dazu deine coolen Bewegungen, du siehst aus wie ein Model."

„Ja, ja, schmier mir nur weiter Honig um den Mund", alberte Ina. „Ich habe ein paar Jahre bei einem Modemagazin gearbeitet und etwas Erfahrung."

„Ganz ehrlich, das sieht man."

Vera gab ihr das Handy zurück. „Heute Abend hast du einen neuen Follower." Sie blickte kritisch an sich herunter. „Wenn ich mich ansehe, immer nur in Jeans und T-Shirt, dann kann ich ein paar Anregungen mehr als gut gebrauchen. Obwohl mir eine Freundin gerade erst Komplimente gemacht hat, möchte ich schon gern mal wieder anders aussehen. Es ist toll, dass du so etwas machst."

Ina steckte das Handy zurück in die Tasche. „Du siehst auch in Jeans gut aus. Aber jenseits des Wohnmobils magst du bestimmt mal Veränderung. Da komme ich dann ins Spiel. Ich hatte übrigens keine Ahnung, wie anstrengend es ist, einen Kanal aufzubauen. Das ist mehr, als nur ab und zu ein Kleid hochzuhalten."

„Das glaube ich dir sofort. Ich habe mir vorgenommen, täglich auf Facebook von meiner Reise zu posten, und finde das schon anstrengend und halte es auch nicht durch." Vera lachte. „Und das erfordert nun wirklich keine Planung."

„Ach, es ist immer anstrengend, wenn man etwas regelmäßig machen muss, und so ein Profi-Kanal ist zudem noch so viel Vorbereitung, zumal ich ja nicht nur die Organisation mache, sondern auch das Model bin." Sie tupfte ein Brotstück in das Schälchen mit Olivenöl und biss genüsslich hinein. „Du musst wissen, dass ich in Deutschland dazu noch einen Fulltime-Job in der Redaktion hatte."

Vera lehnte sich zurück in ihren Stuhl. „Das ist ja verrückt. Da warst du sicher nah an einem Burn-out."

„Du sagst es", entgegnet Ina. „Ich war wohl kurz davor. Denn so gelassen, wie ich jetzt davon spreche, habe ich das lange nicht gesehen. Ich war wirklich ständig unter Strom und immer erschöpft. Als ich hier ankam, hatte ich Schlafstörungen und konnte an nichts anderes mehr denken als an meine Arbeit. Ich glaube rückblickend, diese Reise war meine Rettung, auch wenn ich sie unter völlig anderen Voraussetzungen angetreten habe." Ina lächelte. „Dieses Leben hier ist etwas ganz Besonderes. Ich kann auf das Meer sehen, zwischen Orangenbäumen wandern, die frische Luft einatmen und den Blütenduft genießen." Sie sah Vera an. „Glaub mir, das macht etwas mit dir. Du sitzt sogar abends in den Straßen unter Orangenbäumen, das verzaubert richtig. Zumindest ist es mir so gegangen."

„Ich habe die Orangen heute auch erschnuppert, übrigens auf dem Parkplatz, auf dem du mich aufgegabelt hast. Da habe ich genau das gedacht. Es ist ein bisschen wie im Märchen."

„Stimmt, aber lass dich nicht irritieren, in Andalusien duften die auch und dazu kommt die ganze Pracht des osmanischen Reiches. Du wirst dich dort wohlfühlen und aus dem Staunen nicht mehr herauskommen."

„Das hoffe ich, aber erst einmal brauche ich mein Wohnmobil, und so lange genieße ich dank deiner und der Unterstützung der Eltern das Fincaleben. Und morgen wandere ich mit dir. Alles sieht nach einem Happy End aus. Ich kann gar nicht sagen, wie dankbar ich euch bin."

„Und? Wollen wir? So schön die warmen Abende sind, das Leben hier ohne Abkühlung schlaucht mich auch."

Vera nickte. „Bringst du mich? Sonst verlaufe ich mich noch."

Ina hakte Vera unter und sie gingen die Terrasse hinunter um das Haus herum zum kleinen Anbau. Der Himmel war jetzt nachtschwarz und das Grundstück kaum beleuchtet. Es roch würzig nach Sommerkräutern und Vera hörte ein paar ulkige Tiergeräusche, die sie nicht zuordnen konnte. Der Blick ins Tal war geheimnisvoll, denn es gab kaum Licht. Nur weit in der Ferne waren einige Fenster erleuchtet und auf einem der hohen Felsen thronte eine Satellitenanlage. Vera atmete tief ein und lehnte sich an Ina. „Weißt du, ich war noch nie auf einer Finca am Mittelmeer. Es ist einfach so schön. Ich liebe diese Wärme, auch in der Nacht kühlt es kaum ab."

„Du bist ebenfalls eine Kandidatin für den Umzug", sagte Ina. „So begeistert wie du bist." Sie öffnete die Tür, knipste das Licht an und zeigte Vera ihre Unterkunft.

Es war ein weiß getünchter Raum, liebevoll eingerichtet mit hellen Holzmöbeln, türkisfarbenen Gardinen und passender Bettwäsche. Eine breite Fensterfront führte zu einer Terrasse, auf der ein Nachtlicht schimmerte. Es gab ein kleines, weiß gefliestes Bad und eine winzige Küchenzeile. „Das ist jetzt dein Reich. Erhol dich und schlaf gut."

Nachdem Ina sie allein gelassen hatte, spürte Vera die letzten Orangenliköre im Kopf, drehte sich selig im Kreis, bevor sie sich rücklings auf das breite Bett plumpsen ließ.

„Ich werde wunderbar schlafen" murmelte sie und fiel sofort in einen tiefen Schlaf.

***

Vera erlebte am frühen Morgen einen prächtigen Paseo, prachtvolle Brunnen, eine eindrucksvolle Kathedrale und einen imposanten Palast, genauer der Palast, in dem der Heilige Francisco von Borja geboren wurde.

„Jetzt hast du einen kleinen Eindruck von Gandia", meinte Bernd und wendete den Wagen kurz vor dem historischen Rathaus. „Und jetzt geht's zu deiner Werkstatt. Ich sehe dir an, wie ungeduldig du bist, endlich zu erfahren, wie es weitergeht. Seitdem dich Juan, der Werkstattchef, heute früh angerufen hat, sitzt du sichtbar auf heißen Kohlen."

Vera seufzte und sah weiter staunend aus dem Fenster. „Es ist so schön hier, ich bin beeindruckt. Danke für die kurze Sightseeingtour." Sie blickte Bernd an. „Aber du hast recht. Ich bin wirklich unruhig, und danke auch dafür, dass du mich mitgenommen hast. Ich hätte ewig gebraucht, mich mit dem Bus bis hierher durchzufuchsen."

„Gern geschehen. Ich muss doch heute früh sowieso zu Vicente, der nicht nur Inas Partner, sondern auch mein Arzt ist, und es war mir eine Freude, dir bei der Gelegenheit etwas von meiner zweiten Heimat zu zeigen."

Bernd setzte Vera direkt vor der Werkstatt ab und wünschte ihr noch viel Glück. Aber als Vera den Verkaufsraum des Betriebs betrat, ahnte sie, dass Juan keine guten Nachrichten für sie hatte, denn er murmelte „lo siento" und „muy mal". Innerlich hatte Vera sich darauf vorbereitet, mehr als die geplanten ein, zwei Tage auf den reparierten Wagen warten zu müssen. Aber um nichts auf der Welt wäre sie auf die Idee gekommen, dass Juan eine ganz andere, viel weitreichendere Nachricht für sie haben könnte.

„¿Quieres un café?", fragte er freundlich, bat Vera in sein Büro und bot ihr den Stuhl vor seinem Schreibtisch an.

Vera freute sich über den höflichen Service und dachte daran, wie oft man sie in Deutschland in einer Werkstatt einfach stehen gelassen hatte.

Juan klappte einen Ordner auf, holte Papiere heraus und schob sie zu Vera herüber.

„Mira, por favor", begann er das Gespräch und bei einem Kauderwelsch aus Spanisch, Englisch und Deutsch begriff Vera allmählich, dass sie die ganz große Katastrophe erwartete. Der Motor war unwiederbringlich kaputt und das Fahrzeug insgesamt Schrott. Als sie Juan den Preis nannte, den sie für das Wohnmobil gezahlt hatte, fielen Wörter wie Betrug und Polizei. Vera hatte sich ganz offenbar übers Ohr hauen lassen, denn ihr Camper, mit dem sie bisher schon vier Wochen Abenteuer erlebt hatte, war ein alter, heruntergekommener Schlitten und nicht mehr zu reparieren, zumindest nicht für einen Preis, der Sinn ergeben würde.

Vera war geschockt. Ihre ganzen großen Abenteuerpläne waren gerade zerplatzt wie Seifenblasen auf einem Kindergeburtstag. Sie nippte nervös an dem Kaffee, stellte dann die Tasse ab und bat Juan, an die frische Luft gehen zu können. Sie wusste nicht mehr weiter. Vor der Werkstatt ging sie unruhig auf und ab und hatte keine Idee, was sie jetzt machen sollte. Eine zweite Meinung einholen? Aber wie? Ihr Camper war nicht fahrtauglich. Sie müsste einen

Experten in die Werkstatt bestellen. Was sollte das kosten? Und war das nicht hinausgeworfenes Geld? Ina hatte ihr doch versichert, dass Juan seriös sei. Kein Grund also, seine Aussage anzuzweifeln. Sie atmete mehrmals tief durch, um klar denken zu können. Sie musste die Fakten sehen und die waren eindeutig. Es blieb ihr eigentlich nichts nderes übrig, als Juan zu bitten, den Camper für einen geringen Preis zu verkaufen – vielleicht an einen Bastler, der noch was damit anfangen konnte –, ihre Sachen in ein Taxi zu packen und zurück auf die Finca zu fahren. Und dann? Sie könnte mit dem nächsten Flieger zurück nach Deutschland reisen, was sie eigentlich überhaupt nicht wollte. Es war alles total verzwickt. Vera spürte, dass ihr die Tränen kamen. Das Wohnmobil, auch wenn es eine Mogelpackung gewesen war, war auch ihr Zuhause, ihre schützende Burg gewesen. Jetzt würde sie mit ein paar Koffern am Flughafen stehen und in Deutschland in einer Ferienwohnung oder einem Hotel über ihre Zukunft nachdenken müssen. Gruselig!

Sie wischte sich die Tränen aus dem Gesicht und hatte das Gefühl, dass gerade um sie herum die ganze Welt zusammenbrechen würde.

Gut, sie hatte aus dem Hausverkauf genügend Geld auf dem Konto und könnte sich bequem eine neue Wohnung anmieten und in aller Ruhe auf Jobsuche gehen. Bauingenieure waren nach wie vor gefragt und sie hatte ausreichend Erfahrung. Aber wollte sie das? Zurück in das alte Leben, den eingefahrenen Trott, nur ohne das Highlight einer glücklichen Ehe. Eigentlich nicht!

Sie lehnte sich an die Mauer und spürte, dass ihr jetzt die warmen Tränen wie ein Sturzbach über die Wangen liefen. So verdammt bitter hätte ihr geplantes Abenteuerleben doch nicht enden sollen. Selbst in ihren schlimmsten Fantasien hätte sie das nicht für möglich gehalten. Sie holte tief Luft, zerrte ein Papiertuch aus der Tasche und schnäuzte kräftig. Heulen hatte noch nie etwas gebracht, dachte sie, und außerdem hatte sie in den letzten Monaten schon so viel geheult, dass es Zeit war, endlich damit aufzuhören. Sie wischte sich das Gesicht sauber und atmete tief durch.

Es gab noch eine Möglichkeit. Sie konnte auf ihre ach immer so wichtige Sicherheit pfeifen und ihr noch vorhandenes Geld in ein schickes neues Wohnmobil stecken und einfach so weitermachen, wie sie es geplant hatte. Und dieses Mal ließe sie sich nicht übers Ohr hauen, sondern würde sich ganz in Ruhe eines aussuchen und es damit vielleicht sogar doch noch bis nach Afrika schaffen.

Vera fuhr sich mit dem Handrücken durchs Gesicht. Sie brauchte einen klaren Kopf und jemanden, mit dem sie über all das sprechen und ihre Gedanken geraderücken konnte: Ina. Sie war ihr gestern so nah gekommen. Sie war die Einzige, die sie verstehen könnte.

Vera holte ihr Handy aus der Tasche und hatte Sekunden später Ina in der Leitung und schilderte ihr knapp die Fakten.

„Bleib, wo du bist, ich komme", sagte Ina sofort. „Warte einfach auf mich."

Als sie aufgelegt hatte, ging Vera noch mal zurück ins Büro, bat um etwas Zeit und versprach, rasch eine Lösung mitzuteilen. Juan reagierte verständnisvoll und versicherte ihr, dass sie Zeit hätte. Der Wagen könne ruhig eine Zeit lang bei ihm auf dem Hof bleiben. Vera bedankte sich, ging anschließend in eine Bar in der Nähe, bestellte sich ein Wasser und wartete auf Ina. In ihrem Kopf drehte sich jetzt nichts mehr, es herrschte nur gähnende Leere. Erst als Ina nach einer halben Stunde auftauchte, fühlte sie sich etwas beruhigter und die Krämpfe in der Magengegend, die ihr die ganze Zeit zugesetzt hatten, verschwanden.

Sie genoss es, dass hier im für sie fremden Land jemand für sie da war, mit dem sie reden konnte.

Ina bestellte für sie beide ein Pan con Tomate, ein geröstetes Baguette mit Tomatenmus und Olivenöl, und kräftigen Café Doble, groß und schwarz und sehr wirkungsvoll. Vera spürte, dass sie nach den ersten Schlucken des doppelten Espresso wieder zu Kräften kam und auch ihre Gedanken halbwegs klar wurden.

„Ich habe Vicente schon angerufen, bevor ich hierhergekommen bin", meinte Ina. „Juan ist entfernte Verwandtschaft von ihm und absolut vertrauenswürdig. Ich soll dir ausrichten, du könntest dich auf sein Urteil verlassen. Er sei Profi und haue niemanden über das Ohr."

Vera seufzte. „Das ist immerhin eine klare Aussage." Sie rührte mit dem Löffel im Kaffee und war auf der einen Seite sogar erleichtert, weil jetzt nicht mehr viel abzuwägen war. Ihr Wohnmobil, ihr Zuhause, ihr Traum war Schrott, basta! Sie stand mit einem Koffer im Ausland und war obdachlos. Na bravo, viel schlimmer hätte es kaum kommen können. Nach Hause zu fliegen und sich den spöttischen Blicken ihres Mannes und seiner dummen Tussi auszusetzen, konnte keine Lösung sein.

„Niemals gehe ich jetzt zurück", sagte sie bestimmt. „Ich bleibe einfach hier, mache Urlaub und lasse mein Schicksal auf mich zukommen. Kann ich das Appartement, das du mir gestern in Aussicht gestellt hast, auch länger mieten?"

Ina lächelte. „Du weißt, ich bin nicht die Chefin, aber ich habe vorhin vorsorglich schon nachgesehen. Es ist in der nächsten Zeit frei. Aber Helga hatte andere Pläne. Sie meinte, du könntest doch erst einmal noch auf der Finca bleiben, bis du einen klaren Plan hast. Sie freut sich, wenn du ,ja' sagst."

Vera schnappte nach Luft. „Echt? Wirklich? Sooo gern, vorausgesetzt, ich bezahle es, wie jeder Tourist auch."

„Du bist kein Tourist, sondern unser Gast, das ist etwas anderes. Mach dir über das Geld bitte keine Gedanken."

Vera nahm Ina in den Arm. „Oh, ich danke dir beziehungsweise Helga und Bernd, ach euch allen. Danke, danke, danke!"

„Schon gut, dann komm. Wir packen deine Sachen aus dem Auto und bringen alles nach Hause." Ina legte ihr liebevoll den Arm um die Schultern, drückte sie aufmunternd. „Vicente meinte, dass man sicher noch was für deinen Camper bekommt, und handelt einen guten Preis aus, okay?"

„Und ob, ich danke euch so sehr."

Auf dem Hof der Werkstatt nutzte Vera gleich die Gelegenheit zum Ausmisten und packte zwei ganze Mülltüten voll mit Krimskrams, der sich in den vier Wochen auf ihrer Tour angesammelt hatte und nun nicht mehr zu gebrauchen war. Den Rest verstaute sie in Inas Wagen.

„Man zieht mit ein paar Tüten um. Das ist ein großer Vorteil beim Vanlife", meinte Ina, als sie den Kofferraum ihres Wagens schloss.

Vera nickte. „So bin ich früher als junges Mädchen für ein Wochenende zur Freundin gereist", alberte sie fröhlich und wunderte sich selber darüber, dass sie nach dem Schock über das Aus ihrer Reise, zumindest des vorläufigen, schon wieder so guter Dinge war. Denn auf dem Weg zur Finca schmiedete sie bereits jede Menge Pläne, was sie in ihrer Zeit in Gandia alles machen könnte; einen Spanischkurs, viel Schwimmen, lange Spaziergänge am Strand und in den Bergen Wandern. „Ich leihe mir ab und zu mal Carlos aus, okay?", fragte sie Ina.

„Sehr gern, er kann nicht genug bekommen. Aber ihr seht euch sowieso gleich. Er ist bei meinen Wandertouren immer dabei."

„Oh prima, ich freue mich darauf. Wann geht es heute los?"

„Um zwei. Es ist eine Halbtagswanderung und wir treffen uns in Simat, am Kloster ‚Santa María de la Valldigna'."

„Der Name klingt ja wie eine Melodie", sagte Vera.

„Und er hält, was er verspricht. Du wirst begeistert sein. Das Kloster ist ein Juwel der Architektur und das inmitten einer majestätischen Naturkulisse. Ich liebe besonders diese friedliche, fast schon mystische Stimmung, die die Anlage umgibt."

„Ich freue ich riesig, dabei zu sein", meinte Vera. „Kann ich mich bis dahin noch etwas nützlich machen?"

„Gern, du kannst Helga im Garten helfen. Hast du Lust?"

„Und wie, ich liebe Gartenarbeit."

Ina sah auf die Uhr. „Aber heute bleibt dafür nicht mehr so viel Zeit. Ich habe nämlich auch noch eine Überraschung für dich. Aber mehr wird nicht verraten."

„Oh nein, ich mag keine Überraschungen. Für heute habe ich genug."

„Ich habe aber eine schöne, also, abwarten. Zuerst räumen wir dein Hab und Gut in deinem neuen Zuhause, deinem Appartement ein."

Auf der Finca angekommen, lief alles wie am Schnürchen. Vera bedankte sich überschwänglich bei Helga, die ihr schon wieder einen Snack auf der Terrasse servieren wollte. Aber Vera lehnte freundlich ab. Sie hatte keinen Appetit und räumte erst einmal die Kleidung in den Schrank und verstaute die Lebensmittel aus dem Camper in ihrer winzigen Küche. Sie stellte die Kaffeedose auf die Anrichte, zwei Packungen mit Käse legte sie in den Kühlschrank, bevor sie in den Garten zu Helga ging und kräftig mit anpackte, die Büsche auszuschneiden.

Gegen Mittag stand Ina bei ihnen. „Kommst du? Wir müssen los!", rief sie fröhlich.

Vera stärkte sich noch mit einem Wasser und lief in ihr Appartement. Mit gespielt flehendem Blick sah sie im Vorübergehen Ina an. „Bitte, bitte spann mich nicht auf die Folter."

Ina lachte und nahm Vera fest in den Arm. „Du hast doch jetzt so viel Zeit. Ideal, um Geduld zu lernen." Sie blickte auf ihr Handy. „So komm, ich muss mich sputen. Hast du Schuhe? Ich habe bislang keine gesehen."

Vera nickte. „Doch klar, zumindest Sportschuhe. Aber wenn es nicht ins Hochgebirge geht, werden sie reichen."

Sie ging mit Ina zu ihrem Schrank und holte ihre knallroten Sportschuhe heraus.

„Siehst du, damit laufe ich prächtig."

Ina nickte. „Also los, dann beginnt ab heute ein kleiner Urlaub für dich und du weißt ja, wandern weckt die Lebensgeister."

„Inwiefern?" Vera setzte sich auf das Sofa, zog ihre Slipper aus und die Laufschuhe an.

„Wandern ist gesund, stärkt das Herz-Kreislauf-System, die Lungen, die Muskeln. Zudem ist es ein Booster für unser Immunsystem. Man wandert, egal bei welchem Wetter." Ina sah durch die Terrassentür in den blitzblauen Himmel. „Nun hier ist es in der Regel gut, aber es gibt Tage, das schüttet es wie aus Eimern und man geht trotzdem weiter. Und ich erinnere mich an Wetter in Deutschland, da war es zudem noch eiskalt. Wanderer halten durch und trainieren damit ihre Abwehrkräfte."

„Aus dir spricht aber die Wanderfreundin."

„Das stimmt, ich sehe wirklich nur Vorteile. Besonders als ich in Deutschland so im Stress war, habe ich beim Wandern auftanken können. Ich kam in der Natur nicht nur zur Ruhe, sondern konnte auch wieder Kräfte bündeln. Die gleichmäßigen Bewegungen, das Grün, das Licht, alles päppelte mich wieder auf."

„Merkst du das auch heute noch bei dir?"

„Auf jeden Fall. Wenn ich wandern war, fühle ich mich aufgepumpt, körperlich und geistig. Und es macht selbstbewusst. Den Satz ‚Das schaffe ich nie' kennen wir alle, aber wenn man eine Tour geschafft hat, mit Körpereinsatz und Willenskraft, ist man sehr stolz auf sich und das Erreichte."

„Na, das passt ja zu mir. Dann gehen wir mich mal aufpumpen", scherzte Vera und ging mit Ina auf den Parkplatz, wo Carlos schon schwanzwedelnd auf sie wartete und wie selbstverständlich auf dem Rücksitz Platz nahm.

***

Die Fahrt nach Simat war für Vera ein Traum. Ina fuhr so entspannt durch die Berge, dass sich Vera ausgiebig umsehen konnte. Überall leuchteten die Orangen an den Bäumen, dazwischen ragten Palmen in den Himmel und die weitflächige Landschaft war übersät von riesengroßen Gräsern, aus denen goldfarbene Wedel sprießten. Pferde grasten friedlich in der Sonne, eine Ziegenherde döste im Gras und zwischendurch zuckelten zwei Landwirte auf ihren Traktoren vorbei.

„Es ist einfach überall schön hier", entfuhr es Vera. „Man hat das blaue Meer im Rücken und das in der Sonne glitzernde Bergmassiv vor sich. Ich fühle mich, wenn ich nach vorn sehe, wie in den Alpen, und wenn ich über die Schulter sehe, wie auf Mallorca. Was ist das bloß für ein schönes Land hier?"

„Du hast jetzt genug Zeit, es kennenzulernen. Und Andalusien läuft dir nicht weg."

„Stimmt, ich kann auch als Backpacker auf die Reise gehen, irgendwann", alberte Vera und griff zum wiederholten Mal nach Carlos, um ihn zu streicheln. Er saß hinten im Fußraum, die meiste Zeit seinen Kopf auf der Mittelkonsole.

„Oder mit einem ganz normalen Leihwagen losdüsen", schlug Ina vor. „Es gibt viele Wege, das schöne Spanien zu erkunden."

„Garantiert, aber man kann gelassen bleiben. Ich verspüre jedenfalls keine Unruhe mehr. Jetzt bleibe ich erst einmal ein bisschen hier und alles Weitere wird sich finden. Apropos, wie viele Damen sind denn bei deiner Wanderung dabei?"

„Nur fünf, weißt du, ich habe mit dem Business erst angefangen und brauche noch Werbung. Außerdem probiere ich immer neue Touren aus, um irgendwann genau das anbieten zu können, was sich die Gäste am meisten wünschen."

„Was kann es denn beim Wandern für ein Programm geben?"

„Na viele", begann Ina zu erklären. „Du kannst rund um das Wandern Themen flechten. Zum Beispiel traditionelles Handwerk, und dann versuchst du, eine Tour so zu legen, dass du verschiedene kleine Betriebe erreichst und besichtigen kannst. Zum Beispiel eine Korbflechterei, eine Olivenölmanufaktur, auch einen Seifenhersteller."

„Wow, so habe ich das noch nie gesehen."

„Ich vorher auch nicht", gab Ina zu. „Aber ich habe mich jetzt intensiv mit dem Business beschäftigt und begriffen, dass mir eigentlich keine Grenzen gesetzt sind. Das Land ist so vielseitig, da kann man ständig etwas Neues anbieten."

„Vielleicht auch eine Feinschmecker-Tour und mit deinen Gästen tolle Restaurants besuchen", schlug Vera vor.

„Genau, oder ihnen Kulturdenkmäler zeigen oder seltene Pflanzen, die es nur hier gibt. Wenn man sich einmal eingefuchst hat, merkt man erst, was alles möglich ist, aber auch, wie viel Arbeit das macht."

„Kann ich auch mit dir einfach nur wandern, ich meine, ohne etwas zu besichtigen?", wollte Vera noch wissen.

„Ja klar, wobei heute schon zusätzlich was auf dem Programm steht. Trotzdem erfreuen wir uns an der Landschaft, reden, lernen uns kennen, lassen es uns gutgehen. Das ist immer schön." Ina seufzte, bevor sie weitersprach. „Aber vielen Menschen reicht Natur allein nicht mehr. Sie brauchen ein Motto, und wenn das so ist, tja, dann versuche ich eben, ihnen das auch zu bieten. Und es gibt hier wirklich ganz, ganz viel zu sehen und zu erleben."

Sie nahm ein kleines Büchlein aus dem Seitenfach der Tür und hielt es Vera hin. „Da hat mir Vicente alles hineingeschrieben. Er kennt das Gebiet wie seine Westentasche und hat diverse Routen für mich zusammengestellt."

„Mit unterschiedlichen Schwierigkeitsgraden?"

„Ja, das auch und eben verschiedene Themen. Er kennt so viele Menschen hier, mit denen ich Kooperationen haben könnte, Imker und Töpfer, Olivenöl- und Orangenbauern, Winzer, Ziegenhirten und immer wieder Besitzer ganz toller Restaurants. Dazu Klöster, Kirchen und, und, und … Ich werde mit Vicente zur Expertin."

„Da klingt wirklich sehr erfolgversprechend!" Staunend blätterte Vera durch die Seiten.

„Das finde ich auch. Hoffentlich sehen das genug Gäste ebenfalls so, denn ich muss schon Geld verdienen, sonst kann ich hier nicht bleiben."

„Aber du machst doch bereits so viel", warf Vera ein.

Ina nickte. „Stimmt, im Moment arbeite ich auf vielen Hochzeiten. Ich bin nach wie vor in der Redaktion und arbeite als Journalistin im Homeoffice. Ich hatte meinen Chef gefragt, ob das möglich ist, und er hatte es abgenickt, zumindest vorübergehend. Also weiß ich da nicht, wie lange das Arrangement Bestand hat. Und ich koche den Mode-Kanal auf Sparflamme auch weiter. Er läuft insgesamt gut, aber damit er brummt, müsste ich mehr machen, und das will ich im Moment nicht. Ich will ein anderes Leben und dazu gehört auch, etwas mehr Muße zu haben. Dafür baue ich mir das Wandergeschäft auf. Drück mir bitte ganz fest die Daumen, dass es klappt."

„Das wird es", war sich Vera sicher. „Es klingt doch perfekt. Hast du eigentlich Wandererfahrung?"

„Oh ja, ich bin seit meiner Jugend gern unterwegs. Früher war ich mit meinen Eltern in den Alpen, später mit meinem Mann und unseren Freunden und zu guter Letzt mit meinen Freundinnen unterwegs. Meistens in der näheren Heimat. Wir haben einmal im Monat eine ausgiebige Tour gemacht. Ich wandere leidenschaftlich gern und habe mir eine super Kondition erlaufen. Und du? Bist du eine Wanderfreundin?"

Vera horchte für einen Moment in sich hinein. „Nun ja, es kommt darauf an, was du unter Wandern verstehst. Im Hochgebirge bin ich selten unterwegs. Aber in meiner fränkischen, also bayerischen Heimat laufe ich viel und gern. Ich kürze mal ab: Ich werde dir und deinen Gästen nicht zur Last fallen."

„Ach Vera, das habe ich nicht gemeint. So sportlich, wie du aussiehst."

Vera musste schmunzeln. „Das ist nur äußerlich, ansonsten komme ich kaum dazu, mich zu bewegen. Ich sitze ja überwiegend im Büro und mache das Controlling. Früher war ich auch auf Baustellen unterwegs, aber das ist längst vorbei. In meinem letzten Job hatte ich reine Schreibtischaufgaben und in meinem neuen Leben sitze ich hinter dem Steuer."

„Dann werden dir die acht Kilometer heute guttun. Wir treffen uns übrigens direkt am Klostereingang. Es ist eine ehemalige Zisterzienserabtei und für mich ein Seelenort. Wenn die ockerfarbenen Steine in der Sonne glänzen und die Strahlen sich in den dunkelblauen Ziegeln der Kuppel spiegeln, bin ich immer berührt. Beim Betreten des Klosters umgibt mich eine Aura der Ruhe und Besinnlichkeit. Die alten Mauern und Gebäude strahlen Wärme aus und erzählen von vergangenen Zeiten, als noch Mönche dort lebten. Wenn ich durch die Gänge schlendere, fühle ich mich in die Vergangenheit versetzt. Prächtige Fresken, Gemälde, all das lässt mich den Alltag vergessen."

„Puuh, du machst ja richtig neugierig."

„Ich hoffe, denn nicht nur das Innere des Klosters ist atemberaubend. Dazu kommt die Natur. Es wachsen dort

Oliven und Orangen, überall sprießen wilde Blumen und, wenn es nicht zu trocken ist, frisches Gras und es riecht für mich einfach nach Süden und Mittelmeer. Ich liebe diese Region. Danach geht es durch ein herrliches Tal. Ich bin mit Vicente vor zwei Wochen den Rundweg gelaufen. Er ist wirklich fantastisch."

Vera fasste Ina an den Arm. „Danke, dass ich dabei sein darf. Ich weiß gar nicht, wie diese Reise für mich verlaufen wäre, wenn du mich nicht in den Bergen aufgesammelt hättest."

„Wer weiß, vielleicht hätte dich dann ein smarter Spanier entdeckt und du hättest deine zweite große Liebe gefunden."

Vera legte sich zum Spaß die Hände vor das Gesicht und schüttelte den Kopf. „Nein, nein, bitte bloß keinen neuen Mann", jammerte sie scherzhaft. „Ich bin froh, dass ich mir endlich nicht mehr über Männer Gedanken machen muss." Sie machte eine Handbewegung wie ein Zauberer. „Husch, weg sind sie, alle!"

„Na, na, so weit war ich auch schon mal." Sie streckte Vera die Hand hin. „Ich wette mit dir, dass du deine Haltung dazu schon in naher Zukunft revidierst. Komm, schlag ein."

Vera sah Ina lachend an. „Einschlagen? Du meinst, ich verliebe mich bald wieder? Da halte ich aber voll dagegen. Um was wetten wir?"

„Um ein schönes Essen am Strand von Gandia", schoss Ina sofort heraus.

Vera drückte fest ihre Hand. „Perfekt! Die Wette gilt. Ich bleibe Single. Männer?" Sie schüttelte heftig den Kopf. „Nein danke!"

Ina grinste. „Warte mal ab, ich freue mich schon darauf, wenn du mir in leuchtenden Farben von deinem neuen Traummann vorschwärmst." Sie zeigte aus dem Fenster auf das Ortsschild. „Wir sind übrigens da. Jetzt lernst du gleich eine Freundin kennen, genauer ist es Helgas Freundin." Geschickt steuerte sie den Wagen durch eine enge Gasse und parkte ihn an einem kleinen Flusslauf. „Ich bin aber nicht mit dir hierhergefahren, damit du sie nur kennenlernst. Ich habe etwas ganz anderes vor. Aber ...", sie legte sich geheimnisvoll den Zeigefinger auf die Lippen ... „Überraschung!"

„Na, jetzt machst du mich aber neugierig", murmelte Vera, griff nach ihrem Rucksack und stieg aus. Sie holte Carlos vom Rücksitz und leinte ihn an und ging mit dem Vierbeiner los. Die umliegenden Hügel umrahmten malerisch den Ort und sie sog die im Vergleich zur Küste kühle Sommerluft besonders tief ein. „Wow, ist das schön hier und die Temperaturen gefallen mir auch besser. Die Hitze macht mir schon zu schaffen. Selbst am Meer finde ich es heiß."

„Ja, das geht allen so. Den Spaniern übrigens auch, aber die haben Erfahrung mit der Hitze und stellen sich besser darauf ein. Deshalb die berühmte Siesta. Die Geschäfte sind von vierzehn bis siebzehn Uhr geschlossen, weil niemand in den Straßen herumläuft. Nur wir doofen Nordlichter rennen uns in der Hitze kaputt. Wenn du eine Zeit lang hier lebst, passt du dich an, und dann ist es auch erträglich."

„Hier in den Bergen ist es das auch wirklich."

„Ja klar, es ist hier wesentlich kühler als am Meer. Viele Spanier haben deshalb ihre Sommerhäuser, in die sie sich in den heißen Monaten zurückziehen. Diese Region ist sehr beliebt. Es ist eben ein ganz anderes Klima als in den Städten, in denen viele Menschen leben. Hier sind übrigens viele Madrilenen, wie man die Bewohner Madrids nennt."

„Das heißt, die ziehen im Sommer um?" Vera konnte das kaum glauben.

„Genau, auch wenn es nur zwei, drei Kilometer sind. Denke an Gandia, das sind zwei Kilometer bis zum Strand und viele Leute haben ein Sommerhaus dort, ziehen in den heißen Monaten mit Sack und Pack, inklusive ihren Pflanzen und Tieren ans Meer, um in den Genuss der Brise zu kommen, oder eben hier hoch in die Berge."

„Und wer ist in der Stadt?"

„Urlauber aus Nordeuropa", sagte Ina lachend. „Aber es ist insgesamt auch ruhiger. Das touristische Leben spielt sich an den Küsten ab, dort, wo der erfrischende Wind weht." Sie fasste Vera an die Schulter und drehte sie leicht zur Seite. „So, und jetzt sieh mal nach vorn."

Vera nahm vor Erstaunen die Hand vor den Mund. „Oh das ist ja fantastisch. Ist das etwa das Kloster, vor dem wir uns zum Wandern treffen?"

„Genau, ist es nicht großartig?"

Ina hatte nicht zu viel versprochen.

„Fantastisch. Ich bin wirklich beeindruckt. Es ist ein toller Ort hier."

„Das stimmt", bestätigte Ina. „Ich liebe dieses Örtchen. Umgeben von den Bergen fühle ich mich immer ein bisschen in die Alpen versetzt. Aber das muss dir doch erst recht so gehen als Bayerin. Komm, wir gehen jetzt erst schnell zum Markt." Sie sah zu Carlos. „Und du benimmst dich. Auch wenn Vera deine Leine hält, wird nicht nach anderen Hunden gesehen, verstanden?" Sie sah ihn energisch an. „Er ist allein super, aber in Gesellschaft anderer Hunde wird er zum Nervling."

Vera hielt jetzt die Leine besonders fest umklammert und war bereit, sofort einzuschreiten, wenn Carlos sich mit einem Vierbeiner anlegen würde. Zu zweit bummelten sie an Inas Seite fröhlich durch die kleinen Gässchen. Er nahm es sogar gelangweilt hin, dass Ina eine Katze streichelte, die gemütlich vor einem Hauseingang döste. Vera zeigte in einem Schaufenster auf ein Kleid, das ihr gefiel, wurde aber von Ina gleich weitergeschoben. „Bloß nicht", kommentierte sie mit Kennerblick. „Das ist überhaupt keine Farbe für dich."

Am Straßenende entdeckte Vera die ersten Stände. „Ach, da ist ja der Markt, wie idyllisch."

Ina nickte. „Ja, der ist richtig zauberhaft, und die Dame an dem Stand mit der roten Markise, die mit dem langen Zopf, die uns jetzt schon zuwinkt, das ist Margarethe. Sie hat einen Obst- und Gemüsehof, die Finca Biológica, und verkauft ihre Ernte hier zu Preisen, von denen wir in Deutschland nur träumen können."

„Es muss toll sein, so einen Betrieb zu haben", schwärmte Vera. „Man lebt und arbeitet in dieser wunderbaren Natur. Das klingt wirklich verlockend."

„Ich freue mich, dass du das so siehst!" Ina hakte Vera jetzt unter und sie genoss die Vertrautheit, mit der sie sie zum Stand führte.

„Hola guapas", rief Margarethe fröhlich und winkte ihnen schon von Weitem zu. Dann kam sie um den Stand herum und umarmte erst Ina und dann Vera, begrüßte beide mit Küsschen auf die Wange. „Schön, euch zu sehen." Wie selbstverständlich beugte sie sich zu Carlos hinunter und streichelte ihn ausgiebig. „Süßer Kerl, dein Begleiter, ich glaube, ich könnte so einen treuen Partner auch gut gebrauchen. Aber jetzt zu euch." Sie sah ihre beiden Besucherinnen freundlich an.

„Ich habe dir Vera gleich mitgebracht, damit ihr persönlich alles abklären könnt." Ina wies mit der Hand zu ihr. „Darf ich vorstellen: Das ist Vera. Vera, das ist Margarethe."

„Du bist also die Bayerin, deren Wagen in den Bergen den Geist aufgegeben hat." Sie seufzte mitfühlend. „Blöde Sache, ganz bestimmt. Man mag sich das gar nicht vorstellen. Aber für mich ist es vermutlich ein Segen. Kannst du gleich anfangen?"

„Anfangen? Womit?" Vera sah fragend zu Ina, die ihr jetzt den Arm um die Schulter legte.

„Also ganz ehrlich, es war Helgas Idee", erklärte sie sofort. „Als du vorhin anriefst, habe ich ihr von deinem Debakel erzählt und sie hatte gleich die Lösung für dich parat: Du bleibst bei uns und arbeitest bei Margarethe. Passt doch! Mir gefiel die Idee ausnehmend gut."

Vera blinzelte ungläubig die beiden Frauen an.

„Hast du Vera nichts gesagt?", fragte jetzt Margarethe.

„Ich wollte nicht so mit der Tür ins Haus fallen", wiegelte Ina ab und lächelte Vera gewinnend an.

„Also, ich stehe hier auf der Leitung!" Sie schüttelte den Kopf.

„Helga wusste, dass Margarethe dringend jemanden für den Verkauf sucht, und meinte, das wäre genau das richtige für dich", lieferte ihr Ina die Erklärung. „Dann kämst du auf andere Gedanken und hättest einen Einstieg, um das Land besser kennenzulernen."

„Wie? Ihr meint ... ich könnte ...", stammelte Vera und fing sich sofort wieder. „Wisst ihr was, Helga ist eine Frau mit Weitsicht und größter Einfühlung. Sie hat recht. Das macht mir sicher Spaß." Sie nickte Margarethe zu. „Es ist mir eine Ehre, wenn ich dich unterstützen kann." Sie blickte auf das sorgsam aufgereihte Gemüse und Obst. „Sofern du mir erklärst, was du hier alles anbietest."

„Das nenne ich mal spontan." Margarethe lachte. „Willkommen im Klub. Du passt perfekt zu uns." Sie zog einen Zettel aus der Schürzentasche und las die aufgeschriebenen Zahlen. „Ich habe schon nachgesehen, wann der Bus fährt und mir die Zeiten notiert. Wenn du gegen zehn Uhr hier sein könntest, wäre das fantastisch. Bleibst du auf der Finca? Du kannst auch bei mir wohnen. Das wäre bestimmt einfacher."

„Wie meinst du das? Hast du denn Platz? Ich könnte sonst bei Helga das Appartement behalten."

„Und dann täglich fahren? Nein, ich habe ein sehr hübsches Appartement in der Vermietung. Helga kennt es. Du wirst nicht enttäuscht sein, versprochen." Sie nickte einer Kundin zu und verwies sie an eine ihrer Mitarbeiterinnen. „Wenn du magst, kannst du sofort einziehen", sprach sie weiter.

Vera war unsicher. Sollte sie das Angebot annehmen? Sie sah Ina an. „Was meinst du? Dann erspare ich mir die Fahrerei."

„Wir werden dich vermissen, aber vernünftig ist das schon."

Sie sah abwechselnd zu Ina und Margarethe. „Ihr seid großartig, ich freue mich so." Vera schloss kurz die Augen. „Okay, dann komme ich morgen und starte durch als frischgebackene Marktverkäuferin."

Margarethe streckte ihr die Hand entgegen. „Das passt! Willkommen bei der Finca Biológica!"

„Das heißt, ich habe wirklich einen Job? Mensch ist das toll. Ich freue mich so." Vera nahm Margarethe überschwänglich in den Arm und drückte sie fest. „Dich schickt der Engel. Du weißt gar nicht, wie viel mir das bedeutet."

„Dich schickt Helga!", frotzelte Margarethe. „Und ich freue mich auch." Sie strich Vera über den Arm, griff nach einer Bananenstaude und zupfte ein halbes Dutzend Früchte ab. „Hier, als Proviant. Dann haltet ihr besser durch."

„Oh wie lecker, das ist eine tolle Stärkung. Bis morgen!", flötete Vera und verstaute die Bananen in ihrem Rucksack.

Ina sah auf die Smartwatch. „Und wir müssen jetzt los. Meine Wandertruppe wartet bestimmt schon."

Als Vera neben Ina die paar Schritte zum Auto ging, um ihre Sachen zu holen, machte sie ihrem Herzen Luft. „Du bist vielleicht eine! Ich kann dir gar nicht sagen, wie sehr ich mich über diese Überraschung freue."

Ina blieb stehen. „Wirklich? Ganz ehrlich, mir war nicht richtig wohl dabei. Aber Helga meinte, es sei wichtig, dich jetzt mit einem Job abzulenken. Sie sagte, nach Hause zu fliegen, käme nicht infrage und hier, in der neuen Umgebung, würde deine angeschlagene Seele am besten heilen."

Vera war gerührt. „Weißt du, du hast eine tolle Mutter. Denn sie hat in jedem Punkt recht. Ich bleibe und verkaufe Obst und Gemüse. Wenn das nicht meine Seele heilt, dann weiß ich auch nicht."

KAPITEL 3

Man muss auch mal was ausprobieren

I ch bin die Sigrid, aber sag besser Siggi zu mir. Ich lebe in Dénia, komme aber aus dem Rheinland."

„Und ich heiße Christa und habe unsere Ina quasi vor Ort entdeckt."

Die beiden Frauen standen vor dem Eingangstor des Klosters und begrüßten erst Ina und dann Vera mit Handschlag. Beide waren um die fünfzig Jahre alt und zünftig ausgestattet mit Wanderschuhen, lockeren Hosen und jeweils einem Rucksack, auf dem auch eine wärmere Jacke befestigt war.

„Hui, ihr seid perfekt ausgerüstet", lobte Ina die beiden und stellte ihnen Vera vor.

Sie hatte ihren Rucksack lässig über die Schulter geworfen und hielt Carlos locker an der Leine. Der kümmerte sich allerdings überhaupt nicht um die Frauen, sondern schnüffelte engagiert einen Busch ab, an dem vermutlich kürzlich eine rassige vierbeinige Spanierin pausiert hatte.

„Christa, was meinst du damit, dass du Ina entdeckt hast", wollte Vera wissen.

„Hast du nichts erzählt"? Christa sah Ina fragend an.

Die schüttelte den Kopf. „Aber es stimmt", bestätigte sie. „Christa hat mich im Frühjahr auf dem Markt angesprochen, weil sie hörte, dass ich Deutsche bin."

„Genau, ich wollte gern wandern, aber nicht allein und hatte schon mehrmals Margarethe gefragt, ob sie nicht jemanden wüsste." Sie lachte jetzt. „Ja und dann habe ich Ina gesehen und angesprochen, und Margarethe, die das wohl mitbekommen hatte, hatte Ina ermuntert, mit mir auf Tour zu gehen."

„Und daraus ist mein Engagement als Wanderführerin entstanden", bestätigte Ina die Geschichte. „Und Christa ist mir treu und meine beste Kundin. Außer wenn sie in der Heimat ist, macht sie immer mit. Und Siggi ist auch schon zum wiederholten Mal dabei."

„Allerdings, weil wir beide so gern mit Ina auf Tour sind. Haben wir heute wieder eine große Gruppe? Oder sind wir wie beim vorletzten Mal nur zu fünft?", wollte Christa wissen.

Ina nahm einen Zettel aus der Tasche. „Zu sechst, Olga und Maike haben sich noch angemeldet. Wir warten einfach noch ein bisschen auf die beiden und ich sage euch, was wir heute alles sehen werden."

Ina holte weit aus. Sie war so gut vorbereitet, dass sie keinerlei Unterlagen brauchte und alle Ziele der Tour, einschließlich eines herrlich gelegenen Restaurants, ausführlich und sehr unterhaltsam beschreiben konnte. Carlos lag die ganze Zeit mucksmäuschenstill neben ihr, zog allerdings immer mal wieder die Blicke auf sich, weil er so niedlich sein Frauchen beobachtete. Doch während Ina noch erzählte, stand plötzlich ein Mann vor ihnen.

„Ich glaube, ich bin euer Mit-Wanderer", sagte er mit einem fröhlichen Lachen. „Du bist Ina. Ich erkenne dich von deiner Webseite. Ich bin der Maik."

„Huch, da hast du aber etwas verwechselt." Christa lachte.

„Verwechselt?", fragte Maik. „Schlimm, dass ich zu spät bin?"

Vera klärte den Irrtum sofort auf. „Wir hatten an eine Maike gedacht und sind deshalb gerade etwas durcheinander."

Maik lachte. „Ach so, ganz ehrlich, dass ich nicht das erste Mal. Aber jetzt müsst ihr mit mir vorliebnehmen."

Maik war groß, kräftig, hatte kurz geschnittenes, weißblondes Haar und fröhlich lachende dunkelbraune Augen, die ihm etwas Warmes und Gemütliches gaben. Er begrüßte sie alle per Handschlag, stellte sich als „Wanderneuling" vor, mit einem „Herzen für die Natur", und während sich alle gegenseitig mit Small Talk aufeinander vorbereiteten, kam auch Olga, eine gertenschlanke Mittdreißigerin mit raspelkurzen schwarzen Haaren, vom Parkplatz und entschuldigte sich für die Verspätung. „Ich habe den Bus verpasst, sorry, bitte, bitte nicht böse sein."

„Alles gut, wir können hier keinen Stress gebrauchen. Aber wir sind jetzt vollzählig", sagte Ina in die Gruppe und erklärte, dass sie als Erstes das Kloster besichtigen werden. Sie blickte auf die Uhr. „Passt genau. In fünf

Minuten kommt unser Guide und wir machen eine kurze Führung."

„Ist das deine erste Wanderung in Spanien?", fragte Maik zu Vera gewandt. „Ich freue mich schon total darauf." Er zeigte in die sich vor ihnen ausbreitende Landschaft. „Ist das nicht prächtig? Ich liebe den Süden, die Farben, die Gerüche."

„Ich auch, obwohl die Temperaturen schon üppig sind."

„Oh ja, ich komme aus Oliva Playa und obwohl ich am Meer lebe, war es heute früh schon ziemlich heiß, weil überhaupt kein Wind wehte. Ich bin ganz froh, jetzt hier wandern zu können. Am Strand hätte mich niemand dazu bewegen können, länger als bis zum Bäcker zu laufen." Er blickte zu Carlos, der fröhlich darauf wartete, dass es losging. „Ist das dein Hund?"

Vera schüttelte den Kopf. „Leider nein, Carlos ist nur heute mein Begleiter." Sie zeigte zu Ina. „Die Besitzerin hat ihn mir ausgeliehen."

„Schöne Leihgabe", meinte Maik und zischte Carlos zu, der auch mit kräftigem Schwanzwedeln sofort darauf reagierte.

„Wie ich höre, bist du Deutscher. Aber aus einer anderen Region", meinte Vera. „Köln?"

„Genau!", antwortete Maik. „Man kann es vermutlich nicht überhören."

„Ja stimmt, wenn du sprichst, erinnere ich mich sofort an Karneval!"

„Da liegst du richtig. Ich habe auch eine Karnevalsseele und bin an den tollen Tagen ein echter Narr."

„Und an den nicht tollen Tagen?"

„Da leite ich ein IT-Unternehmen, beziehungsweise seit Neuestem lasse ich es führen, denn seit ein paar Monaten trete ich kürzer."

„Und das gelingt dir?"

Er zog sein Handy heraus. „Damit schon", er seufzte, „obwohl ich oft auch eine Standleitung habe, und das war nicht geplant."

„Wo wohnst du denn in Oliva Playa, wirklich direkt am Meer?"

„Wo ich will, also genauer, ich habe ein Wohnmobil und kann sein, wo immer ich mag. Ich liebe das."

„Das gibt es doch nicht!" Vera glaubte sich im falschen Film. „Ich habe beziehungsweise hatte auch ein Wohnmobil. Was fährst du denn?"

Vera nannte ihm die Marke ihres Fahrzeugs und Maik beschrieb ihr seins.

Sie waren so ins Gespräch vertieft, dass Ina sie kurz ansprechen musste, damit sie die Führung nicht verpassten. Julio, ihr Guide, war ein kleiner, rundlicher Mann, der sie mit prägnanten Sätzen in die Geschichte des Klosters einwies. Er sprach gutes Deutsch und achtete darauf, ab und zu einen Scherz einzubauen.

Vera hörte genau zu und erfuhr, dass das Kloster, das aus mehreren Gebäuden bestand, bei einem Erdbeben massiv beschädigt und in Barockzeiten wiederaufgebaut worden war. In den letzten fast zweihundert Jahren war es ungenutzt gewesen und Teile des Klosters waren sogar als Baumaterial verkauft worden. Doch was an Mauerwerk übrig geblieben war, verzauberte die Besucher auch heute noch.

Vera genoss den Anblick des großen Kirchenportals und stiefelte wenig später klaglos mit der Gruppe die zahlreichen Stufen zum prächtigen Glockenturm hinauf, von dem aus man eine fantastische Aussicht über das malerische Tal hatte.

„Na, der nette Maik hat ja einen Narren an dir gefressen", meinte Ina, als sie einen Moment lang allein zusammenstanden.

„Ja, er ist ein Kölner und Wohnmobil-Fan. Ist das nicht ein Zufall?", sprudelte sie los. „Und weißt du, was das Tollste ist? Da kommst du nie drauf? Er hat so ein Prachtstück mit Kleinwagen auf der Rampe, damit er mobil ist. Davon habe ich immer geträumt. Sein Wohnmobil steht übrigens in Oliva Playa, also keine fünf Kilometer bis Gandia."

Ina sah sie überrascht an. „Hui, das passt ja wirklich perfekt. Und", sie blickte sich vorsichtig um, damit sie niemand hören konnte, „er sieht sehr gut aus, ist sympathisch und vielleicht noch Single. Hast du das schon gefragt?"

„Ina", ermahnte sie Vera. „Ich will wandern und nette Leute kennenlernen, aber keinen Typen finden." Sie sah Ina von der Seite an. „Du glaubst mir immer noch nicht, dass mir danach nicht der Sinn steht. Wenn du noch nie eine überzeugte Singlefrau gesehen hast, dann tust du es jetzt."

„Vera, Ina, kommt ihr mit nach unten?", hörten sie Maiks Stimme. „Christa hat sich etwas Tolles überlegt."

„Na, dann lass uns mal das Männerthema vergessen und zu den anderen gehen." Vera zupfte Ina am Arm und zog sie mit.

Ina blickte auf ihr Handy. „Mal sehen, was Christa vorhat, aber wir sind gut in der Zeit."

„Was gibt es denn Feines?", fragte Ina in die Runde, als sie sich hinter dem Turm auf einem kleinen Rasenstück trafen.

Christa, Olga, Siggi und Maik hatten es sich bereits an einer Sitzgruppe bequem gemacht.

„Maik hat einen typischen Kölner Snack dabei." Christa grinste.

Auf dem Tisch sah Vera frisch aufgeschnittene Roggenbrötchen, Gouda, Zwiebeln, ein Glas Senf, Butter und Gewürzgurken.

„Wie? Das ist ja ein ‚Halver Hahn'", staunte Olga. „Mensch Maik, du bist ein Schatz."

Maik hatte Pappteller dabei, legte jedem eine Brötchenhälfte und kleine Portionen der anderen Zutaten darauf. Auch Besteck hatte er für jede mit. „Voilà, jetzt fühlen wir uns heimisch", flötete er ausgelassen.

„Wo hast du das denn her?", wollte Vera wissen.

„Es gibt einen Bäcker, der dunkles Brot anbietet, und den Rest kann man auch hier in jedem Supermarkt kaufen. Ich dachte, ich mache euch damit eine Freude."

„Und wie." Olga strahlte. „Kölsche Leckereien schmecken auch in Spanien. Ich esse das immer, wenn ich in Köln bin. So lecker." Sie verdrehte genüsslich die Augen, bevor sie kräftig hineinbiss. „Zu köstlich. Ich lebe in Berlin, komme aber aus Köln und urlaube mehrmals im Jahr in Dénia bei meiner Tante."

„Und triffst dann gleich einen Urkölner. Das ist Schicksal", ulkte Maik.

„Und wir machen dazu eine lokale Unterrichtsstunde mit. Danke euch beiden", sagte Ina und gönnte sich auch ein Stückchen vom Traditionssnack.

„Das ist ja ein richtiger Heimatgruß", freute sich Vera, bevor sie traurig schluckte. „Hätte ich jetzt noch mein Wohnmobil, hätte ich mich revanchieren können. Da hätte ich einiges an Leckereien aus meiner fränkischen Heimat dabei." Sie sah in die Runde und erzählte in wenigen Sätzen, was ihr passiert war, von der Trennung, dem Neustart und natürlich der unerwarteten Panne, die sie jetzt in ein zumindest vorübergehend neues Leben geführt hatte.

„Das ist ja schlimm", meinte Christa, aber Vera schüttelte den Kopf. „Im ersten Moment war es der Horror. Doch wie so oft im Leben entpuppen sich Katastrophen als Wendepunkte. Denn jetzt habe ich zwar kein Wohnmobil mehr, dafür aber einen für mich ganz ungewöhnlichen Job und darüber freue ich mich riesig." Sie stand auf. „Darf ich mich vorstellen: Ich bin bald die große Obst- und Gemüsespezialistin von Simat", meinte sie lachend und ließ es sich nicht nehmen, von ihrem neuen Job zu schwärmen. „Margarethe, meine künftige Chefin, baut auf ihrer Finca mit ein paar Mitarbeitern das meiste Gemüse und Obst selber an. Ich werde ihr bestimmt helfen können, und zeitgleich viel lernen. Das wird klasse."

Natürlich kamen jetzt jede Menge Fragen. Siggi, die mit ihrem Mann seit zehn Jahren in Spanien lebte und früher erfolgreich einen Friseursalon in Mainz geführt hatte, bewunderte, dass sie so kurz entschlossen ihr Leben erneut umkrempelte. „Das hätte ich nie gepackt. Ich war nie ein Schnellboot, sondern eher ein schwerfälliger Tanker."

„Das ist immer eine Frage, ob man sich ändern muss oder nicht. Ich musste." Vera erzählte, worauf sie sich in der jetzigen Lebenslage freute, aber auch, was sie bedrückte. „Nicht zu wissen, wohin die Reise geht. Doch das will ich lernen", meinte sie, während Maik für alle noch einen kleinen Kabänes, den berühmten Kräuterlikör aus der Heimat, aus dem Rucksack zog.

Ina hatte sich entspannt auf der Bank zurückgelehnt. Sie wirkte zufrieden.

„Die Chemie in der Gruppe stimmt", meinte Vera leise zu ihr. „Die frische Luft, die Bewegung, das Zusammensein, offenbar animiert es die Menschen, sich auszusprechen und sich einander anzuvertrauen."

Ina nickte. „Ich habe schon mehr als zwei Dutzend Touren durchgeplant und realisiert, und immer waren meine Kunden als Fremde gekommen und als Freunde gegangen. Ich bin jedes Mal irritiert, wie schnell sich eigentlich Unbekannte die intimsten Dinge anvertrauen. Zwischen Orangen und Oliven scheint alle Verschlossenheit zu schwinden."

„Es ist bekannt, dass Menschen auf neutralem Boden ihre Herzen öffnen. Heraus aus der Routine ist mehr als ein Tapetenwechsel", bestätigte Vera ihre Aussage.

„Ich beneide dich", sagte Christa jetzt zu Vera gewandt, und Siggi meinte, dass sie alles richtig gemacht habe und erst einmal das Leben auf sich zukommen lassen solle.

Maik stieg beim Thema Wohnmobil ein und erzählte, dass er schon seit Jahrzehnten auf vier Rädern unterwegs sei, und präsentierte gleich ein paar Anekdoten.

„Ist es nicht gefährlich, allein auf Achse zu sein?", wollte Olga von Vera wissen.

Sie schüttelte den Kopf. „Nein, nicht, wenn man die Spielregeln einhält."

„Und welche sind das?"

„Tja, natürlich keinesfalls wild campen und – das habe ich leider nicht beherzigt – immer mobil bleiben. Man sollte grundsätzlich eine Powerbank dabeihaben."

Maik nickte. „Das stimmt, schade, dass wir einander nicht früher begegnet sind. Dann hätte ich dir genau das ans Herz gelegt", bestätigte er sie.

„Hinterher ist man immer schlauer." Vera seufzte. „Aber wenn ich in mein nächstes Wohnmobil einsteige, beherzige ich das."

„Gibt es denn ein neues?", fragte Maik.

Die Antwort auf diese Frage wusste Vera selbst nicht, denn noch gestern hatte sie nicht einmal geahnt, ab morgen einen Job zu haben. Sie lächelte. „Ganz ehrlich, im Moment weiß ich nichts, außer, dass ich gleich wandere und morgen Bananen verkaufe."

„Du lebst eben in den Tag hinein!"

„Tja, besser *ins Leben*."

„Wo wolltest du denn eigentlich hin?"

„Ich hatte keinen festen Plan und wollte mich treiben lassen. Aber Andalusien sollte das natürliche Endziel sein. Danach hätte Afrika kommen können, doch ich war unsicher und wusste nicht, ob ich mich das trauen würde. Ich hatte schon Muffensausen."

„Allein kann ich das verstehen, aber mit einem Partner kann man das wagen. Marokko ist sicher", warf Maik ein. „Ich war schon mehrmals dort. Es ist herrlich und die Leute sind so gastfreundlich."

„Du hast so viel Wohnmobilerfahrung. Schade, dass ich dich nicht früher kennengelernt habe. Du hättest mich super vorbereiten können."

„Das kann ich doch jetzt auch noch."

„Dafür ist es zu spät. Ich habe keinen Camper mehr und bin unsicher, ob ich noch einmal so viel Geld investieren möchte."

„Wir können ja zusammen auf Tour gehen", sagte er plötzlich und Vera lachte laut auf. „Wir beide auf nicht mal acht Quadratmetern, das wird bestimmt lustig."

„Na, na. Sechzehn sind es schon."

„Oh, vergessen, du hast ja so ein richtiges Luxusteil."

Maik war es offensichtlich etwas unangenehm, aber er sah sie an und nickte. „Stimmt, es ist ein schöner Wagen."

„Musst du eigentlich dauerhaft nicht mehr arbeiten und nur noch am Handy erreichbar sein?", bohrte Vera nach.

„Zumindest plane ich das."

„Und wie geht das? Du bist doch keine sechzig."

„Nee, aber auch nicht weit davon entfernt. Ich hatte eine gute IT-Idee und habe meine kleine Firma blendend aufgestellt. Das hat mein Leben verändert. Ich kann mich heute, wie man so schön sagt, selbst verwirklichen. Meine Tochter ist in meine Fußstapfen getreten und so, wie es läuft, macht sie das gut."

„Und jetzt? Was hast du vor?" Vera war neugierig. „Also hier in Oliva Playa?", wollte sie konkret wissen.

Er schüttelte energisch den Kopf. „Nein, ich möchte nach Spanien noch weitere Länder kennenlernen und verstehen, wie Menschen woanders leben, lieben, lachen. Ich interessiere mich für vieles, für altes Handwerk und Kunst, für Natur und besonders die Tierwelt, auch für Religionen. Ich möchte von anderen Menschen lernen, wie man gut lebt, und bald damit anfangen."

„In Marokko?"

„Zuerst ja, und dann überall auf der Welt, und in meinem Wohnmobil ist es leicht, herumzukommen. Das macht mir am meisten Spaß."

„Hast du denn noch einen Wohnsitz in Deutschland?", fragte Vera weiter.

Maik blieb ihr keine Antwort schuldig.

„Ja, ein Haus im Grünen. Aber im Moment steht es überwiegend leer. Ich liebe es, so unterwegs zu sein."

„Packt mal zusammen, damit wir auch zum Wandern kommen." Ina stand auf und räumte den Müll in den Abfalleimer.

Vera spürte richtig eine Portion Neid auf Maik. Es musste wirklich herrlich sein, so finanziell unabhängig zu sein und sich Träume erfüllen zu können. Seine Tochter würde vermutlich immer tiefer in die Firma einsteigen und er folgerichtig zunehmend mehr Freiheiten haben. Seine Perspektive war traumhaft. Und ihre? Im Grunde war sie gerade obdachlos und das fühlte sich alles andere als romantisch oder abenteuerlustig an, im Gegenteil. Es schmeckte wie nicht aufgepasst und abgehängt.

„Hallo, kommt ihr", rief Ina die Mini-Truppe zusammen. „Ihr sollt auf der Tour nicht nur gut essen, sondern auch etwas lernen. Ich zeige euch jetzt die wichtigsten Pflanzen in dieser Region, woran ihr sie erkennt und wie sie wachsen."

„Oh klasse", freute sich Christa. „Dann bekomme ich Tipps für meinen Garten."

„Allerdings, denn wir haben eine Führung in einer Gärtnerei. Eduardo, der Juniorchef, erklärt euch anschaulich, was hier blüht und gedeiht."

„Tolle Idee", flüsterte Vera Ina zu. „Damit gewinnst du alle Herzen deiner Teilnehmer."

„Ja, deins bestimmt nicht mehr. Das hat ja schon Maik."

„Ina, wir reden doch nur."

„Du solltest mal sehen, wie du ihn anhimmelst. Du bist ja hin und weg."

„Das täuscht. Ich will doch keinen Mann. Aber das glaubst du mir ja sowieso nicht."

Sie stupste Vera mit dem Zeigefinger an die Nase und lachte sie fröhlich an. „Weil ich uns Frauen kenne. Wir sind uns so sicher, bis die richtigen Arme kommen und wir alle Vorhaben über den Haufen werfen."

„Oh Ina, du machst mir richtig Angst", scherzte Vera. „Mein Leben ist nach den ganzen Turbulenzen endlich etwas friedlich und dann drohst du mir wieder mit dem großen Gefühlschaos. Bitte, bitte nicht."

„Und wie willst du das verhindern?"

„Indem ich Männer meide. Wenn es kein Objekt der Begierde gibt, kann ja nichts passieren. Ab jetzt bleibe ich bei den Damen", meinte Vera streng und verwickelte Christa sofort in ein Gespräch über Blumen.

Der Rest der Tour verlief herrlich ausgelassen und heiter. Der Besuch in der Gärtnerei war ein Volltreffer. Der Chef präsentierte ihnen in einer unterhaltsamen Kurzführung seine ganze Pflanzenpracht und hob heraus, welche Pflanzen typisch für die Region waren: Oleander in allen Farben, Rosmarin und Basilikum, Kiefer, duftender Drachenbaum und die berühmte Aloe. Anschaulich schnitt er mit einem scharfen Messer ein Blatt ab und präsentierte das gewonnene Gel, von dem alle etwas nahmen und auf ihrer Haut verteilten.

„Man spürt sofort, wie gut es der Haut tut", freute sich Vera.

Christa bestrich gleich ihr Gesicht damit. „Das hilft gegen Falten und ich besorge mir zu Hause eine Pflanze."

Zum Abschied servierte Eduardo allen einen Kaffee mit etwas Gebäck und bedankte sich ausnehmend freundlich für den Besuch.

So gestärkt schaffte die Truppe locker die geplanten Kilometer und die Stimmung war durchgängig entspannt. Maik durfte sich fühlen, wie der Hahn im Korb und füllte seine Rolle perfekt aus. Er hatte für alle Frauen ein freundliches Wort, machte geschickt Komplimente und war höflich und zuvorkommend, wobei Vera kaum mehr darauf einging, und das fiel allen Wanderfrauen auf.

„Wenn ich es nicht mit eigenen Augen sehen und live erleben würde, könnte ich es nicht glauben", sagte Ina, als sie mit Vera ein Stückchen zusammenging und die anderen etwas voraus waren. „Der ist nicht nur total sympathisch, sondern auch ungeheuer attraktiv. Wie ein Wikinger" schwärmte sie. „Der passt in jeden Kinofilm als Held."

„Du musst ihn mir nicht schmackhaft machen. Ich habe Augen im Kopf."

„Na, dann verstehe ich noch weniger, warum du nicht etwas kommunikativer bist und vor allen Dingen ein bisschen aufgeschlossener."

Vera verdrehte die Augen und schob im Vorübergehen einen Ast zur Seite. „Mein Mann sah auch blendend aus, war aber trotzdem ein mieser Typ."

„Ja gut, Vorsicht ist wichtig. Aber ablehnend musst du auch nicht sein. So ein Schätzchen sieht man sich zumindest mal an und die Gefahr der großen Gefühle kannst du ja in den Griff bekommen."

Ina nahm einen Pfirsich vom Baum, prüfte mit ihren Fingern, ob man ihn schon essen könnte, und biss dann kräftig hinein. „Hui, ist der lecker", sagte sie verzückt und wischte sich schnell mit einem Tuch den Mund sauber. „Es ist komisch, aber alle Früchte schmecken selbst gepflückt am besten." Sie reichte Vera einen weiteren Pfirsich herüber. „Magst du kosten?"

Sie griff sofort zu und probierte. „Tolles Aroma! Aber zurück zur Kontrolle der großen Gefühle. Ich kann nur sagen: Wehret der Versuchung", sagte sie gespielt streng und hob dazu ihren Zeigefinger. „Denn die Kontrolle verliert man schneller als erwartet. Ich gehe erst einmal eine Zeit lang auf Distanz. Dann kann ich sicher sein, dass nichts passiert." Und augenzwinkernd ergänzte sie. „Aber ansonsten hast du recht. Ich finde ihn auch cool."

„Wow, wusste ich es doch", meinte Ina und ballte ihre Hand zu einer Faust. „Ich werde siegen, denk an unsere Wette."

„Hörst du auf damit", alberte Vera und stieß spielerisch Inas Hand zur Seite. „Du sollst mich nicht immer auf den Arm nehmen und so langsam könnte ich deinen versprochenen Snack gebrauchen."

„Wir alle, aber wenn du geradeaus guckst, siehst du bereits das kleine Lokal. Wir haben es bald geschafft."

In dem Berglokal erwartete die Wandergruppe eine vorbestellte Tortilla, Tempura de Verduras, Fleischbällchen in Tomatensoße und ein frischer Saft. Als sich alle gestärkt hatten, stand Christa auf und hielt eine kurze, aber perfekt passende Lobrede auf Ina. Sie hob die gekonnte Themenauswahl und die herzliche Führung hervor und gab ihr zum Spaß die Schulnote Eins als supertolle Wanderführerin.

„Es war schön mit euch", sagte Ina ehrlich gerührt und als sie mit dem Bus zurück zum Ausgangsort Simat fuhren, wirkten alle Teilnehmer ganz geknickt, weil sie den nahenden Abschied fürchteten.

„Wann können wir denn wieder dabei sein?", fragte Maik direkt bei der Ankunft und Ina war offensichtlich von der positiven Resonanz so begeistert, dass sie versprach, eine neue, maßgeschneiderte Tour vorzubereiten und dafür die heutigen Teilnehmer gezielt anzuschreiben.

„Ihr müsst zum Glück nicht in einer Woche los. Also, ich denke, ich habe schon bald etwas wirklich Tolles für euch fertig", versprach sie.

Und als sie sich in Simat am Kloster adieu sagten, wurde sich viel umarmt und alle waren heiter und fröhlich.

Maik hielt Vera besonders lange im Arm. „Ich kann nicht in Worte fassen, wie sehr ich mich freue, dich kennengelernt zu haben", sagte er mit einer so sanften Stimme, dass er gar nicht mehr als starker Wikinger erschien.

Vera war prompt von der Nähe überfordert und wand sich sachte aus der Umarmung.

Maik nahm es hin, zog seine Visitenkarte aus seiner Hemdtasche und drückte sie Vera in die Hand. „Ich würde mich sehr freuen, wenn du dich meldest. Eine kurze Nachricht reicht und ich bin zur Stelle."

Vera hatte plötzlich Herzklopfen. Das war jetzt auch für sie eindeutig ein Flirt. Inas Bemerkungen hatte sie innerlich weggewischt, aber nun war klar, dass sich Maik zumindest äußerlich für sie interessierte, und dass sie ihn mochte, hatte sie sich längst eingestanden. Als er zu seinem Auto ging, drehte er sich noch einmal um und winkte Vera kaum sichtbar zu, doch sie traf dieses Bild direkt ins Herz. Verdammt, dachte sie und war erleichtert, als Ina sie rief und schon im Auto auf sie wartete.

Die Rückfahrt nutzte Vera zu einem Dankeschön. „Ich bin so froh, dass du mich mitgenommen hast. Ich hatte Bewegung, Spaß und habe viel gelernt. Besser hätte es nicht kommen können." Sie streichelte die ganze Zeit Carlos, der sich mit dem Kopf zwischen die beiden Rücklehnen gequetscht hatte und jetzt auf der Mittelarmlehne lag.

„Und du hast einen tollen Mann kennengelernt. Nicht vergessen bitte."

Sie seufzte und drehte Maiks Visitenkarte zwischen den Fingern. „Ja, du hast recht. Er ist schon eine beeindruckende Erscheinung und dazu wirklich nett." Sie sah Ina von der Seite an. „Ich glaube, er hat gerade mit mir geflirtet."

„Hui, wie ungewöhnlich, aber ich weiß, was du meinst. Wenn du dich aufs Alleinsein eingestellt hast, nimmt man das kaum noch zur Kenntnis. Aber ich habe erfahren, dass man Flirten lernen kann."

„Na, dann bin ich gespannt, ob ich eine gute Schülerin bin." Vera nahm die Karte und steckte sie in ihren Rucksack. Sie kam nicht eine Sekunde auf die Idee, sie einfach zu entsorgen.

Den Rest der Fahrt sprachen sie kaum noch. Ina war erschöpft und auch Vera freute sich auf ihr Bett und war froh, als sie auf der Finca ankamen. Sie sagte rasch Helga und Bernd gute Nacht und legte sich dann schlafen. Morgen war ihr erster Arbeitstag in Spanien. Sie wollte fit sein.

***

„Sie haben Bananen, Äpfel und Birnen. Das macht 5,20 Euro bitte", meinte Vera zu ihrer Kundin. „Möchten Sie auch eine Tüte?" Die junge Spanierin schüttelte den Kopf. „Nein danke, ich habe meine Korbtasche dabei." Vera war glücklich, inzwischen mehr als nur ein paar Brocken Spanisch gelernt zu haben, um sich zumindest annähernd verständigen zu können.

Lächelnd reichte sie der Kundin die Ware hinüber und nickte bereits der nächsten Kundin zu. „Was darf es denn für Sie sein?" „Ich nehme von den Bimis. Sie sind ausgesprochen köstlich."

Vera arbeitete flink, aufmerksam und zuverlässig und hatte ihre erste Woche als Marktfrau mit Bravour bestanden. Es ging ihr alles so leicht von der Hand, dass sie fast schon so etwas wie Alltag fühlte. Ihr ganzes Leben hatte sich in der kurzen Zeit geordnet. Das Appartement auf Margarethes Finca war klein, aber fein, und Vera fehlte nichts. Mit Margarethe verstand sie sich bestens und war insgesamt so happy über ihre Situation, dass langsam die belastende Vergangenheit in den Hintergrund rutschte. Sie hatte auch keine Zeit mehr, zu grübeln, sondern war Tag für Tag konzentriert in ihre Arbeit vertieft. Es machte ihr Spaß, und da immer viel zu tun war, ob am Stand oder auf der Finca, gab es kaum Zeit zum Durchatmen. Kassieren, herausgeben, der nächste bitte. Die Abläufe saßen. Aber als sie jetzt die Bimis in einen Beutel gesteckt und ihrer Kundin reichen wollte, sah sie, wer ebenfalls vor ihr stand.

„Maik!", entfuhr es Vera. Damit hatte sie wirklich nicht gerechnet. Was machte er hier? Stumm starrte sie ihn an.

„Ich möchte zehn Orangen", sagte er trocken.

„Sehr gern … ich meine … also natürlich", stotterte Vera, fing sich aber schnell wieder. „Wie schön, dass du da bist", sagte sie. „Was treibt dich denn hierher?"

„Du, meine Liebe, nur du. Ich habe auf ein Lebenszeichen von dir gewartet, und weil es nicht kam, habe ich mich eben auf den Weg gemacht. Die Orangen kann ich auch in Oliva kaufen. Sie sind nur der Vorwand, dich wiederzusehen." Er lächelte. „Für dich ist mir kein Weg zu weit."

Gerührt über die geballte Zuwendung strahlte Vera Maik an. „Es war schön auf der Wanderung, nicht wahr?", versuchte sie, die Spannung herauszunehmen. „Wir sollten das wiederholen. Ich habe, wie du siehst, einen hektischen Job und darf übermorgen bei einem von Inas Shootings dabei sein. Aufregend, kann ich dir sagen."

Margarethe, die sofort gesehen hatte, dass sich zwischen Maik und Vera mehr abspielte als ein kurzes Verkaufsgespräch, übernahm augenzwinkernd ihre Kunden, sodass sich Vera zumindest einen Moment an die Seite stellen und mit Maik sprechen konnte.

„Ina hat mir schon ein Datum für ihre neue Tour genannt. Vielleicht laufen wir ein zweites Mal, was meinst du?", fragte Maik und Vera spürte, dass ihr Herz viel zu schnell schlug.

Er gefiel ihr heute noch besser als auf der Wanderung. Er trug eine dünne Chino, Slipper, ein schlichtes Leinenhemd. Lässig, aber mit Stil, würde Ina sagen, und sie kam sich in ihrem funktionalen Arbeitsoutfit, in der für sie typischen Jeans und dem Shirt, ergänzt durch eine grüne Logo-Schürze, ziemlich unpassend vor.

Nervös zupfte sie sich die Bänder zurecht, die sie vor dem Bauch verknotet hatte, als ob es ihr Aussehen wesentlich verändern würde, wenn die Schürze saß. „Ich bin dabei", meinte sie und unterbrach damit ihre Gedanken.

Aber Maik hatte noch weiteren Plan. „Ich möchte dir einen Vorschlag machen."

Vera sah erst ihn neugierig an und dann unruhig hinüber zu Margarethe, die ihr jedoch sofort entspannt zunickte und damit signalisierte, dass sie noch ein paar Minuten lang gut allein zurechtkäme.

„Warte, wir gehen hinüber, da können wir kurz ungestört reden", meinte Vera, hakte Maik unter und eilte mit ihm auf die gegenüberliegende Straßenseite.

Als sie ihm dort gegenüberstand, nahm er sie sofort fest in den Arm und gab ihr zwei Küsschen auf die Wangen. „Es ist so schön, dich zu sehen."

Vera blickte fast schon verlegen zu Boden. Sie hatte das Flirten wirklich verlernt und nach der Katastrophe mit ihrem fremdgehenden Mann sah sie sich auch nicht mehr richtig in der Lage dazu. Ihr Selbstwertgefühl hatte einen dicken Knacks bekommen und sie konnte sich nicht vorstellen, dass sie jemand attraktiv und anziehend finden könnte. Und jetzt stand da dieser selbstbewusste und charmante Mann und gab ihr das Gefühl, der wichtigste Mensch auf der Welt zu sein, zumindest in diesem Moment. „Was wolltest du mir denn sagen", versuchte sie, von ihrer zunehmenden Nervosität abzulenken.

„Dass ich dich gern wiedersehen möchte, aber am liebsten allein."

Er schob sich die Sonnenbrille in das blonde Haar und sah Vera mit festem Blick an.

„Allein?", wiederholte Vera. „Also nicht zum Wandern?"

„Natürlich auch zum Wandern, aber eben auch einmal ohne alle anderen, einfach allein", erklärte er augenzwinkernd. „Weißt du, ich möchte dich gern besser kennenlernen und das geht am besten, wenn wir uns ungestört unterhalten."

„Was schlägst du vor?"

„Ich dachte, wir sehen uns in Oliva Playa, dort, wo mein Wohnmobil steht. Das interessiert dich doch."

Irgendwie ging Vera das alles zu schnell. Wohnmobil besichtigen mit einem Mann, den sie kaum kannte. Sie war unsicher und Maik schien genau zu merken, was sie beschäftigte.

„Sorry, das klang jetzt gerade wirklich etwas komisch", räumte er ein. „Ich dachte, wir treffen uns zum Essen, gehen am Strand entlang und ich zeige dir mein Wohnmobil. Gern auch nur von außen, und dann fährst du wieder. Ist das okay? Morgen? Nach deiner Arbeit?"

Vera nickte. „Warte mal." Sie lief mit schnell Schritten über die Straße zu Margarethe, besprach sich leise mit ihr und kam dann zurück. „Weißt du, ich habe ja kein Auto. Aber Margarethe gibt mir ihren Mini-Lieferwagen und das heißt, ja, ich komme."

Maik winkte Margarethe zu und machte eine „Daumen hoch" – Geste, auf die Margarethe mit einem Lächeln antwortete. „Okay, dann sehen wir uns morgen. Sechszehn Uhr in Oliva Playa. Ich schicke dir den Standort."

„Und die Orangen?", fragte Vera lachend. „Schon vergessen?"

„Oh …, sorry … stimmt …" haspelte Maik, ging mit Vera zurück zum Stand und ließ sich ein paar Prachtexemplare einpacken.

Eine Zeit lang herrschte noch Hochbetrieb bei Margarethe und Vera, und als es ruhiger wurde, machten beide eine kurze Pause, setzten sich auf zwei Höckerchen und stärkten sich mit einem Kaffee.

„Ich habe ein Date!", sagte Vera und konnte noch nicht richtig glauben, was gerade passiert war. „Nach all den Katastrophen interessiert sich ein Mann für mich. Ich kann gar nicht damit umgehen", erzählte sie leise.

„Glückwunsch, meine Liebe, du bist erst ein paar Tage hier und hast schon so einen tollen Mann aufgetrieben", frotzelte sie.

„Ich nicht, eher Ina. Er war in ihrer Wandergruppe."

„Egal, ihr seid offenbar beide Glückskinder. Ina ergattert Vicente und du jetzt diesen Maik. Wenn das so easy ist, dann gehe ich auch mit wandern. Jetzt hoffe ich nur, dass er dich nicht gleich mit zurück nach Deutschland nimmt und ich damit meine tolle neue Arbeitskraft wieder los bin."

Vera lachte. „Nein, nein, keine Sorge. Ich bin dir so dankbar, dass du mich bei dir arbeiten lässt. Das gebe ich nicht auf, schon gar nicht für einen Mann."

Margarethe verdrehte die Augen. „Wie oft habe ich diesen Satz schon in meinem Leben gehört."

„Ich meine, was ich sage, immer", sagte Vera und legte ihre Hand wie bei einem Schwur auf ihr Herz.

KAPITEL 4

Und die Liebe ist doch immer dabei, oder?

Vera fuhr über einen breiten Prachtboulevard mit schicken Villen, vorbei an einem Golfplatz und vielen eleganten Appartementhäusern. Oliva Playa, wenige Kilometer südlich von Gandia gelegen, war ein wahres Urlaubsparadies. Der paradiesisch wirkende Strand war um diese Zeit noch bestens besucht. Zu den vielen Spaniern, die hier ihre Sommerhäuser hatten, kamen Touristen aus ganz Europa. Vera hatte sich für ihr Date in Schale geworfen. Sie trug eine beigefarbene hauchdünne Leinenhose, ein schickes, tief ausgeschnittenes schwarzes Shirt und schwarze Riemchensandaletten mit Strassdeko. Die langen blonden Locken hatte sie in Form geföhnt und dann mit einem Band gebändigt.

„So kannst du auf eine Kreuzfahrt gehen", hatte Margarethe noch bewundernd gesagt, als sich Vera von ihr verabschiedet hatte, und Vera genoss es, sich endlich mal wieder als Frau zu fühlen.

„Das Ziel befindet sich gleich links", verkündete das Navi und Vera parkte mit Herzklopfen den Lieferwagen in einer Seitenstraße des angegebenen Treffpunkts. Maik hatte ihr seinen Standpunkt geschickt, aber sie wunderte sich beim Blick auf ihre Karten-App, dass der in der Region sehr bekannte Wohnmobilstellplatz in Oliva Playa mehrere Querstraßen entfernt lag. Hatte Maik nicht gesagt, dass sein Wagen dort steht?, schoss es ihr kurz durch den Kopf. Doch als sie den Motor ausstellte, sah sie schon in einiger Entfernung das große, auf den ersten Blick sehr mondäne, Wohnmobil am Straßenrand stehen und auf einer Bank gegenüber saß Maik im Schatten einer Akazie.

„Durchatmen", sagte sie zu sich und ärgerte sich, dass ihr Maik doch mehr gefiel, als sie es sich selbst eingestehen wollte. Mit wackeligen Knien stieg sie aus, und als er sie entdeckte, sprang er sofort auf und kam auf sie zu. Vera spürte ihr Herz aufgeregt pochen. Sein Lächeln war noch wärmer als gestern früh und seine Augen blitzten noch heftiger als zuvor.

Maik war mit wenigen Schritten bei ihr und umarmte sie fest.

Sie roch sein edles Aftershave, spürte seine muskulöse Brust. Als sein Atem sie streifte, fühlte sie einen Hauch längst vergessen geglaubter Leidenschaft. Eine Sekunde lang hatte sie Lust, sich einfach an ihn zu schmiegen, seine Männlichkeit zu spüren und in diesen Armen zu bleiben, bis die Sonne wieder aufginge.

Aber es war nur dieser eine Moment, dann fühlte sie sich wieder stark und entschlossen, ihr Herz ganz fest zu halten. Sie löste sich schnell aus seiner Umarmung, schüttelte sich innerlich und sah ihn lächelnd an. „Was haben wir beide denn vor? Zeigst du mir dein Traumauto?" Sie wies mit der Hand zum Prachtwohnmobil auf der gegenüberliegenden Straßenseite. „Das ist er doch, oder?"

„Ja genau." Maik holte den Schlüssel aus der Hosentasche. „Komm, dann zeige ich dir mal mein Paradies auf vier Rädern." Er klickte auf den Öffnungsknopf. „Es ist zweieinhalb Meter breit, acht Meter lang, lackweiß mit schwarzen Felgen und einer Rampe für den Kleinwagen." Er wies auf die Rückseite. „Hier steht ein E-Auto, wenn ich unterwegs bin."

Als wohlhabender Camper möchte man natürlich auch in engen Orten mobil sein, dachte Vera und erinnerte sich daran, mit was für einem Fahrzeug sie in ihr großes Abenteuer aufgebrochen war. Der Wagen hatte vermutlich alles, was man sich als Camper erträumen konnte, glaubte Vera.

Mit einem Knopfdruck öffnete Maik die Tür und bat sie, einzusteigen. Sie registrierte, dass ihr Gastgeber die Eingangstür nicht hinter ihr verschloss und empfand das als sehr rücksichtsvoll. „Wow, das nenne ich ein Luxusgefährt", meinte sie und kam aus dem Staunen nicht mehr heraus, so perfekt fand sie das mobile Reich. Einbauküche, Duschbad, Wohn- und Schlafbereich, alles hochmodern und stilvoll, es fehlte an nichts.

„Und, was sagst du?", wollte Maik wissen. „Bist du so begeistert wie ich?"

„Und ob, es ist ein Traum, wirklich", meinte Vera und war ehrlich beeindruckt. „Weißt du, ich bin ja ein Neuling in der Szene und hatte nur ein kleines, bescheidenes

Fahrzeug. Eine schlichte Gartenlaube im Verhältnis zu dieser Villa."

„Gartenlauben können sehr gemütlich sein", warf Maik ein. „Man kann sich in beidem wohlfühlen, besonders wenn vier Räder darunter sind." Er lächelte. „Aber komm, ich zeig dir ein hübsches Restaurant hier in der Nähe."

Keine fünf Minuten später saßen sie in einem wunderbar gelegenen Strandlokal mit großer Freiterrasse. Ein riesiger Steinbuddha thronte am Eingang und kleine Muschel-Windspiele klackerten dezent im Meerwind und schufen eine entrückte und verspielte Stimmung. Das Lokal hatte einen türkisfarbenen Anstrich, war stimmig dekoriert mit Lampen aus ausgestanztem Stahl, Sitzgelegenheiten aus Holz-Paletten und kunterbuntem Geschirr.

„Eine richtige Ferienoase", schwärmte Vera und be- staunte die ausgefallene Deko. „Man fühlt sich weit weg vom Alltag."

Maik suchte einen Platz direkt am Meer aus, bestellte nach Rücksprache mit Vera einen trockenen Weißwein mit viel Eis, eine große Karaffe Wasser und eine Gemü- sepaella. Als Vera im sanften Mittelmeerwind an einem Glas Wein nippte, glaubte sie sich in einer anderen Welt. Die Sonne schien prächtig und ließ das Meer aquamarin- farben schimmern, und der Strand war so endlos lang, wie sie es nur einmal in einem Karibik-Urlaub erlebt hatte.

„Dieser Ort hat etwas unwirklich Schönes", bewunderte Vera das ganze Ambiente und hatte das Gefühl, gerade die Hauptrolle in einem Hollywoodfilm übernommen zu ha- ben. Die Natur, das Restaurant und dieser Mann, das alles zusammen, das konnte nicht wahr sein. Sie knabberte an einer Weißbrotscheibe und musste sich zwingen, wieder in die Gegenwart zurückzukommen.

„Wohin willst du denn das Wohnmobil steuern? Es ist ja kein Fahrzeug, das lange an einem Platz bleiben sollte", fragte sie, um den Dialog anzukurbeln. „Als ich in Deutschland startete, hatte ich die weite Welt vor Augen."

„Und jetzt nicht mehr?" Maik sah sie über sein Glas hinweg eine Spur zu verführerisch an.

„Na, ja, erst einmal bleibe ich hier und überlege. Der Crash hat mich ziemlich aus der Bahn geworfen. Aber du kannst ja sofort Gas geben. Also, wann geht's los? Und geht's wirklich nach Marokko?"

Vera ging auf seinen Blick ein und einen Moment lang spielten ihre Augen miteinander.

„Ich habe viel größere Pläne", stellte Maik fest und nahm eine Olive aus dem Schälchen. „Ich möchte mit dem Wohnmobil bis Südafrika fahren. Das habe ich mir schon als junger Mann gewünscht."

„Träume muss man wahr machen, um Platz für neue zu haben."

Maik schmunzelte. „Genau. Allein traue ich mir das zwar zu, aber es macht mir keinen Spaß. Ich brauche jemanden, mit dem ich meine Eindrücke teilen kann."

Er lehnte sich zurück und blickte auf das fast spiegelglatte Meer. „Stell dir vor, du stehst an einem Wasserloch", begann er zu erzählen. „Vor dir steht eine Herde Elefanten und du bist einfach nur ergriffen von dem faszinierenden Bild. Und dann? Du bist allein, kannst mit niemandem deine Gefühle teilen. Gut, du machst Fotos und stellst sie ins Netz und freust dich auf das ‚Daumen hoch' deiner

Freunde." Er schüttelte den Kopf und sah Vera an. „Nee, das ist es nicht. Ich möchte so etwas mit vier Augen erleben, jemanden an die Hand nehmen können und sagen ‚sieh doch, wie schön, ergreifend, überwältigend ist das'." Er beugte sich nach vorn und blickte Vera jetzt tief in die Augen. „Verstehst du das?"

Vera räusperte sich, bevor sie das Glas erneut griff und in ihren Fingern drehte. „Im Prinzip ja und lange Jahre hatte ich das ja auch. Ich bin mit meinem Mann viel gereist und fand es immer schön, über das Erlebte sprechen zu können, einfach etwas gemeinsam zu genießen. Aber es gibt auch einen Nachteil."

Maik richtete sich auf, legte den Kopf schief. „Und der wäre?"

„Na ja, wer zu zweit unterwegs ist, hat seinen Ansprechpartner und kapselt sich natürlich dadurch ab. Man hat täglich sein gemeinsames Candle-Light-Dinner und geht dabei nicht auf andere zu. Das ist auch einseitig."

„Candle-Light-Dinner mit der Betonung auf light", ulkte er. „So habe ich es noch nie gesehen. Aber das stimmt natürlich."

„Mir ist das jetzt auf meiner Tour aufgefallen. Ich war ja zuvor noch nie allein unterwegs. Ich war anderen Menschen gegenüber viel aufgeschlossener. An jedem Camping-Platz, den ich angefahren hatte, habe ich interessante Menschen getroffen. Ich bin sicher, dass ich all das mit meinem Ex-Mann so nicht erlebt hätte."

„Vermutlich hast du recht. Aber das erfordert auch eine bestimmte Offenheit. Man muss auf Leute zugehen können."

„Allerdings, doch das lernt man. Wenn man ein paar Tage allein vor sich hingelebt hat, kommt das automatisch. Irgendwann hält man es nicht mehr aus in seinem selbst gewählten Käfig und sucht Kontakte. Aber du hast ja nun wirklich kein Kontaktproblem. Du gehst auf jeden offen zu."

„Ich war jahrelang im Vertrieb. Da lernt man das."

„So gesehen, kannst du auch allein reisen. Du wirst dich mit jedem Afrikaner fröhlich unterhalten, abends bei den Familien eingeladen werden und die besten Einblicke in das Alltagsleben der Menschen haben. Also …" Vera sah in provozierend an. „Was hält dich? Warum bist du nicht längst auf dem anderen Kontinent?"

Maik lächelte sie fast schon tapfer an. „Du treibst mich mit deiner Abenteuerlust beinahe ein bisschen in die Enge. Vielleicht reizt mich das Singlereisen wirklich nicht und ich hoffe, dass sich irgendwann ein Reisepartner zu mir gesellt. Jemand, der auch nicht allein auf Tour gehen möchte und zudem noch die ganz frische Abenteuerlust in sich spürt."

„Jemanden wie mich?" Vielsagend lächelte Vera und ärgerte sich in demselben Moment, so offensiv gewesen zu sein.

„Warum nicht." Er griff nach ihrer Hand. „Und? Wie sieht es aus? Bist du dabei?"

„Hola, die Paella für Sie!", flötete die Kellnerin und servierte ihnen in der berühmten großen Eisenpfanne das traditionelle Reisgericht.

„Wow, sieht die gut aus", schwärmte Vera. „Übrigens muss man den Boden richtig abkratzen. Das hat mir

Margarethe erklärt. Angeblich schmeckt der angeröstete Reis am besten."

Vera nahm ihre Gabel, schob sie mit der stumpfen Seite durch den duftenden und goldgelben Reis und schaufelte damit die kross angebratene Kruste nach oben. „Wie das duftet", freute sie sich und schloss genussvoll die Augen. „Das ist für dich. Ich bediene dich einfach mal."

Maik hielt ihr den Teller hin und Vera legte ihm ein paar Löffel des Traditionsgerichts darauf, bevor sie sich selber bediente.

„Du hast meine Frage nicht beantwortet", erinnerte Maik sie zwischen zwei Bissen und einem kräftigen Schluck aus dem Weinglas.

„Warum nicht!", meinte Vera und erschrak über ihre spontane Zustimmung, die ihr im selben Moment ziemlich gewagt vorkam.

Maik lächelte und hielt ihr das Weinglas entgegen. „Dann sollten wir auf unsere Zukunft als Reise-Team schnell anstoßen."

„Und beim Essen der köstlichen Paella machen wir uns Gedanken über die Reiseroute", witzelte Vera.

Sie zuckelten in ihrem Gespräch durch Marokko und das faszinierende Atlasgebirge, durchquerten Uganda, Botswana, Namibia bis Südafrika, bummelten in Kapstadt und lenkten den Wagen auch durch den Krüger-Park. Maik beschrieb die Szene am Wasserloch, dieses Mal allerdings als partnerschaftliches Erlebnis.

Abwechselnd warfen sie beide Gedankenschnipsel ein, aber auch Erfahrungsberichte, denn Maik hatte schon einmal eine Safari gemacht. Sie aßen, träumten, alberten und Vera stellte beseelt fest, dass sie mit diesem Mann auf der berühmten gleichen Wellenlänge lag.

Nachdem Maik die Rechnung für beide übernommen hatte und auch auf zweimaliges Bitten von Vera, sich die Summe zu teilen, nicht eingegangen war, beschlossen sie, noch am Strand entlangzulaufen, und Vera genoss das Ferienflair.

Viele Menschen lagen einfach im Sand und aalten sich in der Sonne, andere spielten Fußball, Kinder buddelten im Sand ihre Burgen. „Lass uns im Wasser laufen. Margarethe hat gesagt, dass Salzwasser die Gelenke stärkt", meinte Vera und nahm Maik an die Hand, um ihn mitzuziehen. „Man geht sogar mit den Tieren ins Meer, wenn sie Gelenkprobleme haben."

Sie schlüpfte aus den Schuhen, krempelte sich die leichte Hose hoch und lief in den feuchten Sand, sodass die auslaufenden Wellen bis an ihre Fesseln schlugen. „Hui ist das herrlich", jubelte sie überschwänglich. „Ach Maik, komm her, das tut so gut. Aber zieh deine Schuhe aus."

Maik ließ sich das nicht zweimal sagen. Er setzte sich unkompliziert in den Sand, zog seine Slipper aus und lief zu Vera. Sie blieb provozierend stehen, nahm etwas Wasser auf den Fußrücken und spritzte es in Maiks Richtung.

„Warte mal, so geht das aber nicht", meinte er und tauchte seinen Fuß ebenfalls ins Wasser, um sie damit zu bespritzen.

Wie kleine Kinder hüpften sie beide durch das Wasser. „Hörst du jetzt auf, bitte, bitte", flehte Vera schließlich gespielt übertrieben. „Ich bin gleich pitschnass."

„Und ich? Sieh mich an", meinte Maik und wies auf sein Hemd, das vor der Brust triefnass war. „Frieden?", wollte er wissen.

Vera nickte. „Frieden!"

Maik ging auf sie zu und nahm ihre Hand. „Und jetzt lassen wir uns von der Sonne trocknen und ich passe auf, dass ich dich unter Kontrolle behalte. Du bist ja wie ein kleines Wildpferd."

Vera lachte. „Sag lieber ein großes Wildpferd."

Er ließ ihre Hand los und legte ihr stattdessen den Arm um die Schulter, um sie fest an sich zu ziehen. „Es ist schön, dass du da bist", flüsterte er ihr sanft ins Ohr.

Vera versetzten die rauchige Stimme und der heiße Atem an ihrem Ohr einen richtigen Stich ins Herz. Keine Frage, der Mann kam ihr nah, zu nah.

Sie machte einen größeren Schritt nach vorn, um sich von dem Arm an ihrer Schulter zu befreien, und tänzelte aus Verlegenheit übermütig vor Maik her. Etwas passierte gerade mit ihr und sie spürte, dass ihr Herz in einer Frequenz schlug, die sie so nicht mehr erwartet hatte. Sie mochte diesen Mann, weil er liebenswert und aufmerksam war, weil er das Herz auf dem rechten Fleck hatte, aber am meisten imponierte ihr, dass er ihre Abenteuerlust teilte. Mit ihm konnte sie sich wegträumen, an irgendeinen Ort der Welt.

„Hey guapa", rief er plötzlich und hielt sie mit der Hand sanft an der Schulter fest. „Ausgebüxt wird nicht."

Vera blieb stehen und sah in seine dunkelbraunen Augen, in denen sich jetzt die Sonne spiegelte. Lächelnd beugte er sich zu ihr herunter und einen Moment lang fanden sich ihre Lippen. Es war ein zarter Kuss, vorsichtig, hingehaucht, aber bei der Nähe durchzuckte es Vera wie bei einem Stromschlag.

„Sorry, verzeih", stammelte Maik und ging langsam weiter. „Ich bin eigentlich alles andere als ein Draufgänger."

„Alles gut", wiegelte Vera ab. „Lass uns weitergehen und das Wasser und den herrlichen Strand noch ein bisschen genießen."

Mit dem Sand unter den Füßen, die leicht schlagenden Wellen neben sich, spazierten sie weiter nebeneinander her und die Themen gingen ihnen nicht aus. Maik erzählte von seinen vielen Jahren im IT-Geschäft, anfangs als Vertriebler und dann als Eigentümer einer Software-Firma. Aber er sprach auch davon, dass er schon einmal verheiratet war, drei Kinder hatte, mit denen ihn ein sehr gutes Verhältnis verband. Seine Tochter war in sein Geschäft eingestiegen und genoss sein vollstes Vertrauen. Er erzählte von seinem Enkelkind, Max, der vor zwei Jahren auf die Welt gekommen war. Vera plauderte genauso unbekümmert über ihrer Arbeit als Ingenieurin, den Projekten, bei denen es sich nicht um Garagen handelte, sondern durchaus um bemerkenswerte kommunale Objekte. Auch sie war mit ihrem Privatleben ehrlich und erzählte von ihrer Ehe, die insgesamt gut verlaufen sei, und von echten Gefühlen, die sie mit ihrem Mann verbunden hätten. Und dann sei eben diese fremde Frau aufgetaucht und ihr ganzes schönes Leben habe sich in Rauch aufgelöst.

Sie hatten ein ähnliches Schicksal: Beide hatten gescheiterte Ehen hinter sich und mussten jetzt, in einem Alter,

in dem man eigentlich seine Zweisamkeit genießen konnte, allein weitermachen oder ganz von vorn beginnen.

„Aber du hast Vorsprung. Wie lange bist du schon geschieden?", wollte Vera wissen, während Maik es sich auf
einem großen Stein, der wie hingewürfelt am Strand lag,
bequem machte.

„Drei, nein, ich glaube vier Jahre."

„Ich dachte, es sei noch nicht so lange", wunderte sich
Vera. „Sagtest du nicht zwei Jahre?", fragte sie nach.

Maik schüttelte den Kopf. „Nee, länger, aber ich denke
auch nicht mehr viel darüber nach. Es kommt mir vor, als
wäre es ein anderes Leben."

„Das stimmt", pflichtete ihm Vera bei und setzte sich
zu ihm auf den Stein. „Ich denke auch immer, es läge ein
halbes Leben zurück. Dabei bin ich gerade erst ein paar
Monate aus meinem Haus."

Sie nahm ein Stöckchen und malte damit die Umrisse
eines Hauses in den Sand. „Es klingt doof, aber ich muss
mich schon zwingen, an mein Zuhause zu denken. Als das
Thema Auszug aufkam, habe ich tagelang nur geheult. Ich
konnte mir ein Leben woanders gar nicht vorstellen. Aber
jetzt ...", sie sah ihn von der Seite an, „... jetzt ist es so
weit weg und ein Zurück absolut nicht mehr erstrebens-
wert."

„Weil du dich frei fühlst?"

„Genau, weil alles, wirklich alles vor mir liegt. Es ist
nichts festgezurrt, ich muss keine Fesseln abschütteln. Ich
bin frei und kann jeden Moment neu entscheiden, was
mir gefällt. Das ist so schön und war offenbar einfach mal
nötig."

Und dann erzählte sie ihm die Kurzfassung davon, wie sie zu Margarethe gekommen war. „Dort lebe ich also jetzt bei ihr auf dem Biohof in einem Appartement, das Margarethe mir angeboten hat. Und heute hat sie mir sogar den Lieferwagen geliehen."

„Wolltest du nicht in Gandia Playa wohnen?"

„Doch, ich hatte vorgehabt, eine Wohnung von Inas Mutter zu mieten. Ich hätte auch noch eine Zeit lang auf ihrer Finca bleiben können. Aber das wäre immer Fahrerei gewesen und so ist es natürlich ideal. Ich habe mich total gefreut und Margarethe gleich zugesagt."

„Spannende Geschichte mit dem Job. So hast du die Zeit, dir in Ruhe über alles klar zu werden."

„Genau, das ist so passend für mich. Ich hätte es wirklich nicht besser treffen können." Sie lächelte Maik an. „Wie lange bleibst du eigentlich, wenn du nicht nach Afrika aufbrichst?"

„Tja, wenn du nicht mitkommst, dann muss ich weiter nach Deutschland pendeln." Er sah ihr tief in die Augen. „Du hast es in der Hand, ob mein Leben noch mal aufregend wird."

„Und wann pendelst du wieder?"

„Ach, das ist ungewiss. Ich bin noch ein paar Wochen hier. Meine Tochter kommt auch ohne mich klar, und wenn es Fragen mit der Firmenleitung gibt, dann klingelt sie durch."

„Apropos Firmenleitung, ich muss los. Morgen muss ich wieder zeitig heraus." Sie griff mit der Hand in den Sand und ließ die Körnchen langsam durch die Finger gleiten.

„Aber ich bin ja als frischgebackene Marktfrau auch noch ein bisschen hier. Wir können uns also wiedersehen."

„Unbedingt", entgegnete Maik. „Aber trotz deiner unerwarteten Hektik frage ich mal nach. Ein Absacker ist zeitlich hoffentlich noch drin, natürlich ein alkoholfreier, oder?"

Vera lächelte und einen Moment lang überlegte sie, ob sie ihm die Bitte abschlagen sollte, doch dann nickte sie. „Ja, der ist drin." Sie zeigte auf eine Bar in der Nähe. „Dort in der Abendsonne gönne ich mir jetzt mit dir ein alkoholfreies Bier. Ich freue mich darauf."

Als Maik sie im Anschluss zum Wagen brachte, fühlte sie sich richtig traurig. Es war schön mit ihm gewesen und sie würden ihn vermissen, schon gleich im Auto.

Maik verabschiedete sich mit einer langen Umarmung und dem Satz „Ich freue mich auf das nächste Mal", den er ihr liebevoll ins Ohr flüsterte und Vera meinte wahrheitsgemäß „Und ich mich auf dich."

Als sie ins Auto stieg, winkte er ihr zu und blieb auf der Straße so lange stehen, bis sie den Wagen um die Ecke gesteuert hatte.

Auf der Fahrt zur Finca ließ Vera bewusst das Radio aus. Sie brauchte keine Untermalung, denn in ihrem Kopf drehten sich die schönsten Bilder. Sie konnte sich plötzlich alles vorstellen. Warum nicht mit Maik die Welt erobern, oder sie zumindest kennenlernen? Okay, eigentlich hatte sie sich nicht wieder binden wollen, aber der gemeinsame Wunsch nach Abenteuer hatte schon eine Nähe geschaffen, die sie nicht einfach zur Seite schieben wollte. Wann würde sie denn mal wieder einen Mann finden, mit dem sie so viel Gemeinsamkeiten hatte und der frei war wie sie und ... der ihr insgesamt auch gut gefiel? Sie würden ja nicht morgen fahren, aber in den kommenden Wochen könnten sie sich besser kennenlernen. Sie dachte an Ina und die vielleicht schon bald verlorene Wette. Sie hatte es doch kategorisch ausgeschlossen, sich auf einen Mann einzulassen, und Ina hatte ihr das nicht geglaubt. Sie schüttelte sich. Klar war es zeitig, möglicherweise auch überstürzt. Sie brauchte Zeit, um sich zu sortieren, und auf der Finca angekommen, ging sie rasch zu Bett.

Die Zeit am Meer hatte sie ermüdet. Aber es war mehr als Sonne, gutes Essen, frische Luft, was sie so müde sein ließ. Es war die Spannung, die zwischen ihr und Maik greifbar gewesen war. Sie hatte jetzt Angst, sich zu verlieben, richtige Angst. Als sie vor wenigen Wochen in das frisch gekaufte Wohnmobil gestiegen war, war sie froh gewesen, wieder etwas Boden unter den Füßen zu haben. Dann hatte sie der Crash aus allen Träumen geholt und nur dank Ina und ihrer Familie war ein Neuanfang gelungen. Alles, was sie jetzt wirklich nicht gebrauchen konnte, war ein Mann, der ihr Leben erneut durcheinanderbringen würde. Und nachdem, was sie heute Nachmittag mit Maik erlebt hatte, sah es ganz danach aus.

Aber konnte man das Glück planen?

***

„Echt? Traust du mir das wirklich zu? Ich bin so aufgeregt!" Vera drehte sich ausgelassen im Wind, hielt ihren cremefarbenen Seidenrock rechts und links mit zwei Fingerspitzen fest und breitete ihn wie einen Fächer aus.

„Ja, genau so ist es richtig. Du machst das ganz prima, wirklich klasse", lobte Ina sie und dirigierte mit der Hand ihre Kopfhaltung. „Dreh dein Gesicht noch ein bisschen nach links und zeig mehr deine Schokoladenseite. Und du Carlos, du gehst mal aus dem Bild oder zeigst dich konsequent von vorn." Sie streichelte dem kleinen Hund über das Köpfchen und wickelte den fröhlich an den Gräsern schnuppernden Vierbeiner mit seiner Leine an eine Palme. „So, jetzt bleibst du mal kurz hier. Du kannst nicht ständig durchs Bild laufen."

Vera erlebte heute das erste Fotoshooting ihres Lebens und war furchtbar aufgeregt. Ina hatte davon erzählt, sie drehe seit einiger Zeit wieder für ihren Kanal und ihr Freund Ingo stehe hinter der Kamera. Vera kannte Ingo noch nicht, hatte aber schon von Margarethe gehört, dass er ein in Deutschland sehr bekannter Modefotograf war und mittlerweile auch in der Region Gandia ein „Großer" war. Das lag laut Ina nicht nur an seinen immer so auffällig skurrilen Outfits, nein, der bunte Paradiesvogel war auch ein anerkannter Unternehmer. Er führte am Hafen die Bar „Bei Ingo", die auch bei Ina und ihren Freunden sehr beliebt war, und hatte zudem einen weit über die Region hinweg bekannten Rastro, einen Trödelladen, in dem er neben feinen Antiquitäten auch jede Menge Krimskrams anbot, alles idyllisch am Rande eines Naturschutzgebietes gelegen. Er wohnte auf dem Gelände und versorgte seine Kunden in einer integrierten Bar mit pfiffigen

Tapas, allerdings nur am Wochenende, weil er ansonsten in seinem Paradies für sich sein wollte.

Vera war daraufhin sehr neugierig geworden und hatte Ina gefragt, ob sie einmal dabei sein dürfte, wenn die beiden mal wieder für den Kanal zusammenarbeiteten.

Ina hatte sofort zugestimmt und sich sogar über das Angebot gefreut. „Du kannst die Produktionsassistentin sein", hatte Ina gescherzt. „Dann habe ich jemanden, der für das Wohlbefinden sorgt."

Vera hatte nicht gezögert. „Ja klar, so gern. Ich bringe Obst und Gemüse mit und dafür weht mir der Wind der großen weiten Welt um die Ohren."

Und heute war es so weit. Aber Vera sorgte nicht für gesunde Snacks, sondern präsentierte Mode, denn Ina war auf die Idee gekommen, sie ein paar Kleidungsstücke tragen zu lassen. „Du bist eine hübsche Frau mit guter Figur und geschmeidigen Bewegungen. Es könnte klappen", hatte sie sich ausgemalt.

Vera verstand sich sofort super mit Ingo und fand ihn in seinem pinkfarbenen Overall und den passend dazu gefärbten kurzen Haaren einfach nur schnuckelig. Als dann auch noch Ingo von „Volltreffer" schwärmte, während sie ihre ersten Schritte vor der Kamera wagte, war sie hin und weg. „Ich könnte dich küssen", rief sie ihm zu. „Wann bekommt eine Frau in meinem Alter schon mal so etwas zu hören."

Und jetzt stand Vera mit ihrem Seidenrock zwischen mannshohen Gräsern mit nougatfarbenen Wedeln und zeigte ihr schönstes Lächeln.

„Das geht durch die Decke", prophezeite Ingo und gab Ina einen Daumen hoch. „Vera kommt bei deinen Followern garantiert an und es bringt Abwechslung, wenn auf dem Kanal auch eine zweite Person zu sehen ist", so seine Einschätzung.

Er nahm wieder seine Kamera hoch und gab Vera das Startzeichen. „Super, jetzt zeig, was du kannst. Lächle, gib dein Bestes, du bist ein Traum", feuerte er sie an, und je mehr er sie anspornte, desto lockerer wurden ihre Bewegungen.

Es passte alles, die Haltung, der Gesichtsausdruck, die Stimmung am Set und die Videos waren viel schneller im Kasten, als alle erwartet hatten.

„Und, bist du zufrieden?", wollte Ingo von Vera wissen, als sie sich zu dritt auf einem Laptop das Ergebnis ansahen.

„Wichtiger ist, dass ihr zufrieden seid", meinte sie bescheiden.

„Also, ich bin hin und weg. Wir haben ein Naturtalent entdeckt", lobte sie Ingo erneut.

„Ja, ja, ich bin die zweite Heidi Klum!", alberte Vera.

„Wobei mir der attraktive Liebhaber fehlt. Aber ..." Sie seufzte. „Der kann ja noch kommen. Gebt mir ein paar Tage." Kaum ausgesprochen, wurde ihr Herz schwer. Da war ja jemand, dachte sie wehmütig, verbot sich aber selbst, weiter darüber zu träumen.

„Jetzt bin ich gespannt, was meine Follower sagen", warf Ina ein. „Immerhin bist du meine erste Konkurrenz."

„Die werden begeistert sein und ein bisschen Veränderung lieben", versprach Ingo.

„Ein bisschen ist gut. Nach zwei Jahren zwischen meiner Wohnung und den Parks meiner Heimatstadt Paderborn habe ich ihnen mit den neuen Locations in Spanien aber schon genug geboten."

„Und du bietest immer mehr. Sieh mal, wie toll das alles auch mit Carlos angekommen ist, der die letzten Male wirklich großartig posiert hatte."

Ina seufzte. „Aber heute lief er ziemlich unmotiviert durchs Bild."

„Er hatte eben einen schlechten Tag, unser Mini-Model", beruhigte Ingo sie. „Du solltest überhaupt mal einen Kanal nur mit Carlos machen. Das kommt bestimmt prächtig an. Er erzählt aus seinem spannenden Leben auf der kleinen Finca am Mittelmeer. Überleg dir das. Ich bin dabei."

Er räusperte sich und drehte an den Einstellungen seiner Kamera. „Aber zurück zur Mode. Du hast reichlich neue Follower bekommen. Das läuft doch gut hier im Süden. Aber der wahre Grund für deinen Erfolg ist, dass du dich zum Glück nicht von den Herstellern ‚kaufen' lässt, und das kommt an."

„Stimmt, ich schiebe das auch auf meine Authentizität und die Offenheit. Ich habe in meinem ersten Video hier in Spanien gesagt, was los war. Dass ich mit der Doppelbelastung Job und Kanal überfordert war und eine Auszeit gebraucht hatte. Darauf waren jede Menge positive Reaktionen gekommen."

„Das glaube ich. Die Leute merken, wenn man ehrlich ist."

„Genau, deshalb hat mir meine Ankündigung, weniger Videos online zu stellen, auch niemand übel genommen. Ich habe dafür ein schönes Ambiente mit einer bombastischen Natur und ganz viel Sonne versprochen, in einem Ferienland, das wohl jeder liebt."

„Und jetzt kommt ein Video mit einer gestrandeten Deutschen. Das ist bestimmt ein willkommener Schlenker." Er nahm Vera in den Arm, während sie sich neugierig auf dem Laptop weitere Sequenzen ansah.

„Wow, bin ich stolz. Wenn das meine Freundinnen sehen. Die werden staunen, was hier in Spanien aus der drögen Vera geworden ist."

„Ein tolles Hobby-Model", sagte Ina und begann, die getragenen und auf einem großen Holztisch abgelegten Kleidungsstücke wieder sorgfältig in die dazugehörigen Kartons zu verpacken.

Vera holte drei Wasserflaschen aus einer Getränkekiste und gab Ina und Ingo eine, bevor sie einen kräftigen Schluck aus ihrer nahm.

„Jetzt bin ich für Minuten deine Frau ,Happy 50' und bin total glücklich, dass ich dabei sein durfte." Sie sah zu Ina. „Soll ich dir etwas sagen: Du machst das klasse. Tolle Kleidung, von einer tollen Frau wie dir präsentiert, und das Ganze in dieser stimmungsvollen Umgebung. Das wird immer ein Erfolg sein."

„Habt ihr euch noch länger zu sagen, was ihr alles toll aneinander findet? Oder können wir noch etwas anderes machen?", stichelte Ingo grinsend.

Ina schüttelte den Kopf und ging darauf ein. „Ich nicht, du Vera?", fragte sie.

„Nee, wir machen weiter. Das tut uns doch gut."

„Okay, und wenn ihr dann fertig seid, kommt bitte mal auf meine Terrasse. Ich brutzele uns etwas und wir genießen zu dritt den Sonnenuntergang, bueno?"

Er ließ Carlos von der Leine und bedankte sich mit liebevollen Streicheleinheiten für seine Rücksicht. „Dieses Mal hast du genervt, mein kleiner Prinz, aber gleich stärken wir uns und du bekommst etwas ganz Besonderes."

Carlos flitzte sofort voraus zum Haus und setzte sich brav vor die Tür.

„Versteht er das?", wunderte sich Vera.

„Klar, er versteht alles, was er hören will", erklärte Ina lachend und schlüpfte in die bequemen Sneakers.

„Magst du eigentlich bleiben, ich meine dauerhaft?", fragte Ingo Vera, während sie weiter mit Ina die genutzte Kleidung verpackte.

Sie lächelte und zuckte mit den Schultern. „Ganz ehrlich, ich weiß es nicht. Ich lecke hier meine Wunden und das ist wunderbar. Was danach kommt? Keine Ahnung."

„Kannst du dir Zeit lassen?"

Sie legte einen Pullover zur Seite und sah Ingo zögerlich an. „Im Grunde ja. In Deutschland habe ich nichts weiter als einen Container mit Möbeln und ein Bankkonto. Was anfangs erschreckend für mich klang, finde ich mittlerweile ganz reizvoll. Ich will hier so lange bleiben, bis ich weiß, was ich will." Sie erzählte Ingo in wenigen Sätzen, was sie überhaupt nach Gandia geführt hatte, und Ingo hörte aufmerksam zu.

„Gute Idee, wie du deinen Neustart angehst", lobte er sie und blickte zu Ina. „Ich glaube, so etwas habe ich von dir auch schon mal gehört."

„Na ja, ich stecke noch immer im Neustart und versuche täglich weiter, die Kurve zu kriegen und mit der richtigen Mischung hier erfolgreich zu sein." Ina schloss einen Karton.

„Und? Läuft es?"

„Ich bin zufrieden."

„Prima, dann kannst du ja wirklich bleiben." Ingo zwinkerte Ina zu.

„Stimmt, das könnte ich vielleicht. Aber ich habe in Deutschland noch meine Wohnung, und das soll auch noch eine Zeit lang so bleiben. Ich bin so unsicher, was ich machen soll, dass ich erst einmal nichts tue."

„Genauso geht es mir auch", warf Vera ein. „Ich bin ja erst ganz frisch hier, weiß aber auch nicht, wohin für mich die Lebensreise geht. Also entscheide ich nichts. Ich finde das großartig."

„Tja, wenn ich euch so höre, wird Nichtstun unterbewertet. Wie man bei euch sieht, ist es eine perfekte Lebensstrategie."

KAPITEL 5

Was nicht sein soll,
will man nicht sehen

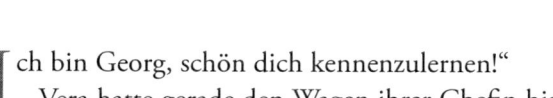

Ich bin Georg, schön dich kennenzulernen!"

Vera hatte gerade den Wagen ihrer Chefin hinter der Finca geparkt, wollte kurz die Schlüssel zurückgeben und sich dann hinlegen.

Sie war so tief in Gedanken an den gleichermaßen spannenden und schönen Tag versunken, dass sie fast an diesem großgewachsenen Mann, der im Garten an einem Zaun hantierte, vorbeigegangen wäre. Was machte er hier auf der Finca, um diese Uhrzeit? War es ein Mitarbeiter? Ein Nachbar? Sie hatte ihn noch nie gesehen.

„Das freut mich", entgegnete sie knapp und bemühte sich sehr, nicht unfreundlich zu wirken. Sie war geschafft. Die Arbeit am Stand, das Shooting, die ganze Entwicklung mit Maik setzten ihr zu. Aber das war ihre Sache und Georg musste das nicht ausbaden, deshalb lächelte sie ihn besonders herzlich an.

Er legte sein Werkzeug, einen Hammer und eine Zange, zur Seite, wischte sich die Hände an der Jeans ab und kam lächelnd auf sie zu. „Du musst Vera sein. Ich habe schon von dir gehört."

Wieso das denn?, dachte Vera genervt. Bis auf die Kunden am Stand kannte sie doch hier niemanden und ihre unfreiwillige Pause war ja nun nicht so spektakulär, dass sie sich herumsprach wie ein Lauffeuer. „Das freut mich auch", sagte sie höflich und nickte ihm zu. Georg war ein insgesamt eher unauffälliger Typ Mann. Sie schätzte ihn auf Anfang fünfzig, er trug Jeans, ein Poloshirt und Sneaker. Auffallend waren seine kräftigen Oberarme und sein ziemlich muskulöser Körper. „Möchtest du zu Margarethe", fragte Vera und sah sich um. „Hast du schon geklingelt? Sie müsste zu Hause sein. Ihr Wagen steht jedenfalls auf dem Parkplatz." Aber sie konnte den höflichen Herrn, der vermutlich aus beruflichen Gründen hier war, unmöglich stehen lassen. „Ich sehe nach, wo sie ist, und sie kommt dann zu dir!", meinte Vera und ging an Georg vorbei Richtung Finca. Sie war geschafft, wollte ins Bett und hatte gar keine Lust, sich hier einzumischen.

„Margarethe ist kurz beim Arzt."

„Margarethe? Ist was?" Vera war vom Donner gerührt.

„Eine Kleinigkeit, sie hat sich geschnitten, aber es ist besser, wenn sich das jemand ansieht."

Sie blickte zu Georg, der sie vielsagend ansah. „Ich glaube ich, muss dich mal aufklären, Vera", sagte er lachend. „Ich bin Margarethes Bruder und dachte, sie hätte dir schon von mir erzählt. Sie schien so eng mit dir zu sein."

„Bruder? Nein! Wir sind eng miteinander, aber ich hatte keine Ahnung, dass sie einen Bruder hat." Sie seufzte.

„Verzeih Georg, ich war so in Gedanken, dass ich vermutlich ziemlich blöd reagiert habe."

„Ist schon gut", winkte er ab. „Ich bin auch ganz spontan gekommen, also unangemeldet. Margarethe hatte keine Ahnung, dass ich heute hier auftauchen würde. Ich bin Landwirt und es gibt nur wenige Zeiten, in denen es auf dem Hof ruhiger ist. Im Moment ist so einer und da habe ich sofort reagiert und ‚Let's go' gesagt."

„Und dich in den nächsten Flieger gesetzt!"

„Genau, ich hatte Sehnsucht nach meiner Schwester und ihrem Traumleben hier."

Er zeigte auf den prächtigen Obstbaum-Hain, der sich vor ihnen ausbreitete. „Ich bin gern hier bei ihr, in dieser herrlichen Natur. Aber als Landwirt ist man an die Scholle gebunden und kann nur zu bestimmten Zeiten los, und jetzt passte es gerade." Er schob die Hände in die Hosentaschen. „An deinem Akzent hört man, dass du aus dem Raum Bamberg bist."

Vera grinste. „So wie du. Wobei es bei dir stärker rauskommt als bei Margarethe."

„Ja, die Welt ist klein. Als mir mein Schwesterlein erzählt hat, dass du aus unserer Region hier, ich sage mal, gestrandet bist, war ich schon ganz neugierig auf dich."

„Und? Enttäuscht?", fragte Vera.

Georg schüttelte den Kopf. „Nee, ganz und gar nicht. Du bist ein richtiges Frankenmädel."

Vera lächelte, merkte aber selbst, dass es etwas gequält wirken musste. Sie war gedanklich so sehr von Maik und der durch ihn ausgelösten Unsicherheit belastet, weshalb sie gern allein gewesen wäre. Sie spürte, dass sie Ruhe brauchte, um ihr Herz und ihre Gedanken neu zu ordnen. Aber jetzt war hier dieser freundliche Mann, der auch noch der Bruder ihrer Chefin war, und sie konnte ihn unmöglich einfach stehen lassen. Sie musste zumindest den Begrüßungs-Small Talk noch ein wenig durchstehen und dann mit einer Ausrede versuchen, endlich allein sein zu können.

„Hast du nur eine Schwester?", fragte sie, um überhaupt etwas zu fragen.

Georg sah auf die Bank, die am Garteneingang stand. „Komm, wir setzen uns!", schlug er vor. „Ich habe heute schon genug geschafft." Er wartete, bis sich Vera gesetzt hatte, und rutschte dann an ihre Seite.

„Ja, wir sind nur zu zweit", nahm er das Thema wieder auf. „Unsere Eltern sind vor ein paar Jahren verstorben und jetzt gibt es nur noch uns beide. Deshalb halten wir auch so felsenfest zusammen."

„Aber du hast doch bestimmt Familie?", fragte Vera.

„Leider nein", er räusperte sich. „Nicht mehr. Ich bin geschieden."

„Willkommen im Klub", meinte Vera und streckte ihm zum Einschlagen die Hand entgegen.

„Leidensgenosse?" Georg schlug ein.

Vera nickte. „Tja, das kann man so sagen. Wie lange ist es bei dir her?"

„Zumindest so lange, dass ich mich an meinen Singlestatus gewöhnt habe." Er lachte und sah nach oben, so, als wollte er zählen. „Lass mich kurz rechnen … drei Jahre. Meine Frau hat sich nach zwanzig Jahren Ehe entschieden, nicht mehr mit einem Landwirt zusammenleben zu wollen."

„Ach, ich vermute, sie hat dich so kennengelernt."

„Richtig, aber nur die romantische Sonnenseite gesehen. Der kernige Bauer, der im Abendlicht auf die Weide spaziert und seinen Kühen gute Nacht sagt."

„Und, ist das nicht so?"

Er lachte. „Doch schon, aber eben nicht nur. Insgesamt ist es schon hart, für sie zu hart. Zu viel Verantwortung, zu viel Arbeit, zu viel Natur. Sie war Bankkauffrau und hatte sich immer hinter dem Schreibtisch wohler gefühlt als auf dem Traktor, zumal sie so etwas wie Feierabend gewohnt war. Für uns Landwirte ist das ja ein Fremdwort. Tja, eines Tages bekam sie einen neuen Vorgesetzten und die Zusammenarbeit hat dazu geführt, dass sie immer später nach Hause kam, und irgendwann habe auch ich, der doofe Bauer, begriffen, was da ablief. Als ich sie mit dem neuen Mann konfrontiert hatte, ging alles ganz schnell. Sie wollte die Trennung und eine Woche später rollte der Umzugswagen auf den Hof."

„Wie war das für dich?"

Georg sah auf den Boden und schob mit der Fußspitze etwas Erde in ein Loch und trat die Stelle wieder fest.

„Ziemlich mies. Ich hatte es nicht in meinem Lebensplan, und da ich nicht sonderlich flexibel bin, war ich überrascht bis geschockt. Eigentlich wechselten sich die Gefühlslagen ab."

Sie seufzte. „Ich frage so genau, weil ich das kenne. Ich hatte das auch nicht in meiner Biografie vorgesehen. Habt ihr Kinder?"

Georg nickte und griff in seine Hosentasche, um das Handy herauszuholen.

„Ja, einen Sohn, Ben. Hier sieh mal." Er hielt ihr das Display seines Handys hin. „Er ist zweiundzwanzig und wird den Hof übernehmen. Im Moment studiert er an einer Landwirtschaftlichen Fachschule und macht das prima." Georg warf noch einen liebevollen Blick auf das Bild, bevor er das Handy wieder in die Hose steckte.

„Ihr habt ein gutes Verhältnis?"

„Und ob. Wir sind die besten Freunde. Er brennt genauso für das Leben wie ich. Das tut mir gut. Wir haben den Hof in siebter Generation. Mit Ben wird es weitergehen. Das ist ein großes Geschenk für mich."

„Und deine Frau? Ist sie noch glücklich?"

Georg nickte. „Ich glaube schon, zumindest höre ich das immer von Ben. Ich selbst habe keinen Kontakt mehr mit ihr. Aber mit dem Mann, mit dem sie mich damals betrogen hat, ist es längst aus. Er war nur das Vehikel, um in ein neues Leben zu kommen. Das ist mir heute längst klar."

„Gibt es denn einen neuen?"

„Ja, angeblich einen viel Jüngeren. Ben druckst immer herum, wenn ich danach frage. Er denkt wohl, es verletzt mich und erzählt deshalb immer nur ungern davon."

„Beschäftigt es dich denn?"

Er sah sie fragend an. „Ob sie einen Partner hat? Und wenn ja, wie alt er ist?" Georg schüttelte den Kopf. „Ach i wo, das ist vorbei. Du fragst bestimmt, weil du es nicht gern hast, dass du immer noch an deinen Ex-Mann denkst, stimmt's?"

Vera kratzte mit dem Zeigefinger zwei vertrocknete Blätter von einem Blumentopf, der direkt neben der Bank stand, und zupfte die Blätter der darin wachsenden Pflanze zurecht. Sie ließ sich etwas Zeit mit der Antwort, weil sie wirklich überlegte, ob es so war. Dachte sie noch so viel an ihren Ex-Mann? Und wenn ja, warum? Aber sie konnte es nicht beschönigen, Georg hatte recht. So viele gemeinsame Jahre ließen sich eben nicht einfach abhaken.

„Paul und ich hatten Rituale entwickelt und im Laufe der Zeit nach einem vertrauten Muster gelebt. Wenn so eine Beziehung zerbricht, ist zwar der Partner weg, aber die Rituale bleiben vertraut."

„Ich weiß, was du meinst", bestätigte sie Georg. „Wenn der Partner montags immer zum Sport ging, denkt man an jedem Montag daran, und wenn der Partner seinen Kaffee immer ohne Milch trank, legt man im Supermarkt auch keine Milch in den Einkaufswagen. Es dauert, bis man die alten Muster vergisst und neue entwickelt."

„Stimmt genau", gab Vera ihm recht. „Obwohl unsere Beziehung Geschichte ist, denke ich schon daran zurück. Und die Frage ‚Was wäre, wenn …' lässt mich oft nicht los."

Georg bat sie, sich kurz zu gedulden, und verschwand in der Küche. Überraschend schnell kam er mit einem Tablett in der Hand zurück und Vera sah, dass er zwei Flaschen Bier, Gläser und ein paar Tapas mitgebracht hatte. Er schenkte ihr das Glas ein und schob ihr Schälchen mit Manchego-Käse, Weißbrot und Oliven herüber. „Von Margarethe", sagte er knapp. „Einfach köstlich."

Vera war nicht hungrig und griff eher aus Höflichkeit nach den Leckereien.

„Ich mag nicht altklug erscheinen", nahm Georg das Gespräch wieder auf, nachdem er ein Stück vom Käse genascht hatte. „Aber ich habe einen zeitlichen Vorsprung und kann dir deshalb einen Rat geben. Nimm das einfach an. Es hat seinen Sinn, dass man üblicherweise von einem Trauerjahr spricht. Man muss nach einer Trennung wirklich alle wichtigen Momente im Jahr allein verbracht haben, um es verarbeiten zu können. Also neben den Feiertagen wie Weihnachten und Ostern, auch andere, mit großen Erwartungen besetzte Tage oder Ereignisse wie Geburtstage oder Ferien. Wenn man das alles einmal allein durchlebt, durchlitten und durchgestanden hat, fühlt man sich besser."

Sanft legte er Vera die Hand auf die Schulter. „Glaub mir, lass die Trauer zu, wehr dich nicht dagegen, sondern nimm sie an und du wirst erleben, dass sie geht, und zwar dauerhaft."

Vera roch jetzt an einer der Blüten und obwohl sie eigentlich hatte allein sein wollen und nur aus Höflichkeit so lange bei Georg ausgehalten hatte, begann sie das Miteinander mit ihm mehr und mehr zu genießen. Seit ihrer für sie wirklich schmerzhaften Trennung hatte sie sich mit niemandem länger über ihre Gefühlslage unterhalten. Gut, am Anfang noch in Deutschland mit Lisa und ein paar anderen Freundinnen, denen sie die Ohren hatte vollheulen können, was ihr ausgesprochen gutgetan hatte. Aber nach ein paar Wochen schien ihr ganzes Umfeld zu erwarten, dass sie die Trennung und das Alleinsein akzeptiert hätte, und sie bekam keine Resonanz mehr, wenn sie mit dem Thema anfing und erhoffte, sich aussprechen zu können. Bis auf Lisa waren Freunde und vertraute Arbeitskollegen schnell wieder zur Normalität übergegangen und machten sich keine Gedanken, wie sich eine Frischgetrennte fühlte, wenn sie zum Pärchenabend eingeladen wurde. Sätze wie Du gehörst doch weiterhin dazu", wenn sie eingeladen worden war, oder „Sei uns nicht böse, aber wir mussten uns entscheiden und Paul kennen wir eben schon aus der Schule", wenn sie ausgeladen worden war, klangen ihr wieder in den Ohren. Aber sie hatte immer nur registriert, jedoch nie kommentiert. Wie auch? Sie hätte nie eine Antwort darauf gewusst. Und so war sie dazu übergegangen, nicht mehr ihr Innerstes nach außen zu tragen, sondern all den Schmerz mit sich allein auszumachen, denn sie hatte auch Lisa nicht weiter damit strapazieren wollen. Und jetzt saß da völlig unerwartet ein fremder Mann und hörte ihr zu. Das tat gut und sie war diesem Georg richtig dankbar. Aber sie wollte auch nach vorn sehen, und so gut das Jammern auch zeitweise tat, es musste auch wieder vorbei sein.

Sie stand abrupt auf. „Du bleibst bestimmt ein bisschen länger hier, oder?", wechselte sie das Thema.

„Zwei Wochen, zu Hause ist mein Sohn eingesprungen und ich bin sicher, dass er die Generalprobe meistert. Ich habe mich mal aus der Schusslinie genommen, das ist ganz gut."

„Dann sehen wir uns ja vermutlich gleich morgen, wenn ich mit deiner Schwester auf den Markt fahre." Vera sah zur Einfahrt. „Hoffentlich ist es wirklich nur ein harmloser Schnitt, denn Margarethe ist noch nicht zurück."

Georg grinste. „Sie sitzt bestimmt noch irgendwo und hat sich verplaudert. Mach dir keine Sorgen, sie hätte sonst längst angerufen."

Ja, stimmte sie ihm innerlich zu und nickte.

Georg stand auch auf. „Apropos Markt, ich frage morgen früh nach, ob ich mithelfen kann."

„Und ich falle jetzt sofort ins Bett", meinte Vera. „Ich bin, man mag es kaum glauben, wirklich richtig erledigt. Das Klima ist für mich noch ungewohnt und die Hitze haut mich im Moment um."

„Bis morgen", verabschiedete sich Georg und griff nach seinem Bierglas. „Ich kenne das. Ich brauche immer ein paar Tage, um mich zu akklimatisieren. Im Moment bin ich auf einem guten Weg." Er zwinkerte ihr zu. „Und du, schlaf gut. Und grübele nicht mehr so viel. Freu dich lieber an dem, was du hast, als dem nachzutrauern, was du nicht hast."

„Kalenderspruch?", fragte Vera.

Georg ließ sich davon nicht aus der Ruhe bringen. „Bestimmt. Die merkt man sich doch immer am besten."

Vera lächelte. „Stimmt und sie fallen einem zu den unmöglichsten Gelegenheiten ein. Aber der passt gut."

Sie klopfte mit ihrer Hand auf den Tisch und wünschte ihm auch ein „Schlaf gut", bevor sie in Margarethes Wohnung ging, um den Autoschlüssel wie geplant zurückzulegen und dann abzutauchen in das Reich der Träume. Das kühle Bier hatte wunderbar geschmeckt, aber auch ihren Kopf etwas schummerig werden lassen. Sie war bettreif.

Sie musste bei der Hitze zwar auf eine kuschelige Decke verzichten, in die sie sich immer so gern einrollte, aber der Blick durch die Terrassentür in den Sternenhimmel und das Zirpen der Grillen würden das schon ersetzen.

Als sie nach einer Blitzdusche auf dem Kissen lag und zur Ruhe kam, ärgerte sie sich am meisten über sich selber. Die ganze Zeit war es kontinuierlich bergauf gegangen. Der Entschluss für den Hausverkauf, die Neuorientierung, die Fahrt im Wohnmobil, sogar die Zeit nach dem Crash, immer hatte sie sich auf dem richtigen Weg gesehen. Aber jetzt fühlte sie sich mies. Erst die Flirtnummer mit Maik, dann das ernste Gespräch mit Georg, zu viel für ihre Seele. Sie war innerlich aufgewühlt und bekam kein Auge zu. Es war eine heiße Nacht. Zum Glück konnte sie die beiden Flügeltüren zur Terrasse geöffnet lassen, weil der Eingang, wie in Spanien üblich, mit einer Gittertür gesichert war. Sie trug nur Shorts und ein weites Shirt und genoss den leichten Windhauch, der über ihr Bett hinwegstrich. Sie schob sich ein Kissen unter den Oberkörper und griff nach ihrem Laptop. Die Gespräche mit Maik hatten sie neugierig gemacht und sie schaute sich auf Youtube jede Menge Filme über Aussteiger an und verfolgte ihren Weg durch das südliche Europa Richtung Afrika. Und obwohl sie so fasziniert von dem war, was sie sah, fielen ihr irgendwann die Augen zu.

***

„Hallo Vera, habe ich etwas verpasst?" Vera war gerade erneut aus der Dusche gekommen, als das Handy surrte und sie Ina am Telefon hörte. „Ich habe eine Anmeldung zur nächsten Wanderung. Von Maik und dir. Er hat euch heute früh zusammen angemeldet. Sag mal, deute ich das richtig?"

Vera griff nach dem großen Badetuch, schlang es sich um den Körper und lief barfuß in die Küche, um sich einen Kaffee zu machen. „Warte mal Ina, Moment, ich bin noch nicht ganz wach. Maik hat was?"

„Du solltest nicht den Knopf der Kaffeemaschine drücken, während du telefonierst, Sweety", sagte Ina amüsiert. „Oder war es gestern so spät, dass du nicht mehr weißt, was du tust?"

„Spät?" Sie schüttelte den Kopf. „Nee, nee, aber ich weiß vielleicht wirklich nicht, was ich tue. Maik hat was gemacht, uns angemeldet?"

„Ja, ich habe meine Buchungsseite aufgerufen und eure beiden Namen gesehen. Du, ich freue mich riesig, aber ich habe mich nur gewundert, wieso ihr über eine Buchung lauft. Ich hatte zwar gemerkt, dass ihr euch auf unserer Wanderung supergut verstanden habt, doch eine gemeinsame Buchung hat mich dann schon überrascht."

Vera trank den ersten Schluck heißen Kaffee und fühlte sich gleich etwas besser. „Du, ich kann dich gut verstehen, ich wundere mich auch." Sie atmete tief durch. „Ich war mit Maik in Oliva am Strand gewesen und, was soll ich sagen, ich bin noch ziemlich verwirrt. Es passt so gut mit uns, dass ich es eigentlich nicht glauben mag."

„Davon hast du beim Shooting gar nichts erzählt. Hast du dich verliebt?", wollte Ina wissen. „Ich wusste es; ich habe gewonnen. Das Essen geht auf dich. Ich kenne ein schönes Restaurant in deiner Nähe."

„Nee, warte mal, ein bisschen musst du dich gedulden, bis wir die Wette entscheiden. Verlieben ist vielleicht zu viel gesagt, aber ein Knistern ist da schon. Insofern muss ich im Moment etwas kleinlaut sein. Ich finde, er ist nicht nur ein toller Mann, sondern er möchte auch nach Afrika, mit dem Wohnmobil. Du erinnerst dich, was ich dir gleich am Anfang unserer Begegnung erzählt habe? Ich hatte mir noch ausgemalt, nach Marokko überzusetzen, und jetzt ist da jemand, der sich das genauso vorstellt. Wir träumen dieselben Träume. Wie oft begegnet einem das?"

„Warte mal", warf Ina ein. „Bevor du weiter träumst, schließ die Augen und stell dir konkret vor, wie der Alltag mit diesem Mann aussehen würde. Hast du?"

„Was?" Vera hatte sich auf ihrer kleinen Terrasse an den Tisch gesetzt und blinzelte in die noch so unberührt wirkende Natur.

„Die Augen geschlossen. Mach es jetzt. Setz dich, schließ die Augen und mal dir konkret aus, was passiert."

„Ich sitze", machte sie das Spiel mit, schloss die Augen und hörte auf die vertraute Stimme der Freundin.

„So, und jetzt denk darüber nach, was das bedeutet. Du lebst auf fünf Quadratmeter …"

„Nein, zwölf" unterbrach sie Vera.

„Okay, dann zwölf, aber du sitzt mit Maik viele Stunden am Tag am Steuer oder daneben, ihr fahrt durch unwirtliches Gelände, habt Pannen und wartet ewig an einer abgelegenen Werkstatt, dass jemand euren Wagen wieder flottbekommt. Ihr fahrt tagelang, ach was, wochenlang durch Nichts, es gibt keine schönen Lokale, kein flottes Essen, nur Natur, die aber nicht immer so toll ist wie im Fernsehen." Ina räusperte sich. „Vera, bist du noch da?", wollte sie wissen.

„Ja klar." Vera kicherte. „Und ganz ehrlich, so schlimm finde ich die Vorstellung nicht."

„Ich weiß", sagte Ina und ihre Stimme klang jetzt ernst. „Aber du träumst dich gerade in so eine extreme Zeit mit einem Mann, den du kaum kennst. Selbst wenn ich schon länger mit Vicente zusammen wäre, hätte ich Sorge, ob unsere Beziehung so einer extremen Tour standhielte."

„Kann ich die Augen wieder aufmachen?", wollte Vera jetzt wissen.

„Klar, und versteh meine Botschaft. So eine Tour braucht Verlässlichkeit, Vertrauen, Geduld. Du kennst Maik nicht. Stell deine Pläne zurück und verreist in zwei Jahren und lernt euch bis dahin erst einmal richtig kennen."

„Zwei Jahre lang?" Sie seufzte und ließ den Kaffeelöffel in der Tasse kreisen. „Aber du hast ja recht. Ich glaube, ich kümmere mich jetzt besser erst einmal um meinen Job und mein spannendes Leben als um einen Mann."

„Klüger wäre es garantiert." Ina machte eine kurze Pause. „Weißt du", fuhr sie fort. „Ich will dich nicht aus deinen Träumen holen, wirklich nicht. Aber in unserem Alter hat man schon so viel auf den Kopf bekommen, dass man sich vor weiteren Schlägen hüten muss. Es kann irgendwann zu viel sein und das wollen wir doch alle nicht."

„Ich freue mich, so eine kluge Freundin und Ratgeberin zu haben. Du hast ja recht, wirklich." Vera trank den Rest des durchgerührten Kaffees und stand auf, um den Becher zurück in die Küche zu bringen. „Ich packe gleich meine Sachen." Sie sah auf die Uhr. „Ab acht bin ich unterwegs. Ich muss heute früh los. Wir haben viel zu tun. Ich komme in den nächsten Tagen auch bei euch vorbei. Ich bringe ein Geschenk, ein Dankeschön an Helga und Bernd, weil ich bei euch wohnen durfte."

„Das musst du doch nicht", warf Ina dazwischen.

„Ich weiß, aber ich möchte es unbedingt. Es war so großartig, wie die beiden mich aufgenommen haben. Du bekommst auch noch etwas, aber erst später."

„Untersteh dich", raunzte Ina.

„Nein, das ist alles schon fix. Ich möchte euch allen eine Freude machen."

„Und die Wanderung bleibt?"

„Mit Maik? Ja klar, sofern sie an einem Sonntag ist, und du wirfst dann bitte ein besonderes Auge auf ihn, deine Meinung ist mir wichtig."

Als Vera aufgelegt hatte, zog sie sich fix ihr Arbeitsoutfit an und machte sich auf den Weg. Georg war nicht zu sehen. Offenbar schlief er noch, allerdings war Margarethes großer Firmenwagen schon weg. Also ging es ihr gut. Vera musste sich beeilen, um mit dem kleinen Lieferwagen rasch nach Simat zu kommen, um ihr beim Aufbau zu helfen. Während der Fahrt genoss sie den Fahrtwind, der wenigstens ein bisschen Abkühlung brachte. Hier in den Bergen hatte sie schon Mühe, sich an die Temperaturen zu gewöhnen. Wie müsste es erst an der Küste, geschweige denn im flacheren Inland sein. Aber sie genoss ihr Leben, an jedem Tag und bei jeder Temperatur. Es war nicht wichtig, wie das Wetter war, sondern wie man sich seine eigene Biografie schrieb, und sie hatte gerade die Stelle mit der großen Spannung.

***

„Für ihn hört die Welt eben nicht an der nächsten Straßenecke auf! Er traut sich etwas zu, ist mutig und neugierig. So habe ich mir einen Mann immer vorgestellt."

Vera saß mit Ina am Hafen in der Bar von Ingo und sprudelte förmlich über. Sie hatte die Freundin eingeladen, weil sie jemanden brauchte, um sich Luft zu machen. Sie hatte ihr bereits haarklein erzählt, wie sie sich mit Maik verabredet und getroffen hatte und wie schön und unterhaltsam der gemeinsame Nachmittag und der romantische Abend gewesen waren und auch, dass er ihr nicht mehr aus dem Kopf ging.

„Du hast dich doch verliebt", stellte Ina fest. „Ich habe es gewusst. Das war mir schon auf der Wanderung klar, dass zwischen euch bestimmte Vibes herrschten. Du hattest dieses verräterische Blitzen in den Augen", erzählte sie, während Juan die Tapas servierte. Es gab Kroketten mit gebratenen Pilzen, Avocado-Dips und Cocas, eine Art spanische Pizza, dieses Mal mit Blattspinat garniert. Dazu hatte Vera einen Rotwein aus der Region bestellt, den sie unbedingt probieren wollte.

„Ich denke, wir trinken auf die Liebe", sagte Ina und hob das Glas und sie stießen gemeinsam damit an.

„Die Liebe tut leider oft weh", meinte Vera.

„Du hast Angst?"

Vera nickte. „Ja klar, Maik hat mir ein ganz neues Leben skizziert und so, wie er es gesagt hatte, hatte er es ernst gemeint."

Ina streichelte ihre Hand. „Veralein, sei doch nicht so kompliziert. Keiner zwingt dich, morgen in sein Wohnmobil zu steigen und loszubrausen. Aber du kannst ihn dir einfach einmal ansehen und gucken, ob er dir langfristig gefällt oder nicht. Und so lange musst du keine Angst haben."

„Und wenn er mir gefällt und ich ihm dann nicht mehr?" Sie blickte auf den Teller und sortierte mit der Gabel den Spinat auf der Coca. „Dann verlässt er mich und alles beginnt von vorn."

„So kannst du aber nicht ans Leben gehen. Es gibt keine Garantien, für nichts. Weder für die Liebe noch für irgendetwas anderes."

„Ach, du hast recht", seufzte sie. „Ich muss aufhören, jeden Stein dreimal umzudrehen."

„Allerdings. Du musst einfach losleben, irgendetwas kommt schon dabei heraus."

Vera dachte sofort an Schicksal, als in diesem Moment ihr Handy surrte und eine Nachricht von Maik in ihrem WhatsApp-Account aufblitzte: „Ich möchte dich wiedersehen. Morgen? Wo kann ich dich abholen?"

Sie las die Nachricht und lächelte. „Entschuldigung Ina, ich muss kurz antworten."

„Dein Traummann?"

Sie nickte und tippte „18 Uhr am Hafen von Oliva Playa. Ich freue mich sehr!" ins Handy, und als sie auf den Senden-Knopf drückte, vibrierte ihr Herz.

„Darf ich dir meinen Traummann vorstellen, Vicente!" Ina stand auf und begrüßte mit einem innigen Kuss einen gepflegt gekleideten dunkelhaarigen Mann, mit grauen Schläfen und einem Dreitagebart. „Das ist Vicente und das ist Vera, von der ich dir schon viel erzählt habe."

„Du bist der Arzt!", sagte Vera, und als sich Vicente zu ihr hinunterbeugte, begrüßten sie sich mit den in Spanien üblichen Küsschen.

„Ich freue mich sehr, dass wir endlich mal zu dritt zusammen sind." Ina und strich ihnen beiden über die Arme.

Vicente setzte sich zu ihnen an den Tisch, bestellte sich ein Glas Wasser und ein paar Nüsse und sah Ina ernst an.

„Sorry, dass ich hereinplatze. Ich möchte euch nicht stören. Aber Helga hat eben angerufen. Sie hatte versucht, dich zu erreichen, leider ohne Erfolg und deshalb mich angerufen. Und da ich gerade die Praxis abgeschlossen habe und wusste, dass du hier bist, bin ich schnell vorbeigekommen."

Ina sah ihn unruhig an. „Wieso? Ich habe doch mein Handy immer an. Ist etwas mit Bernd?" Sie griff in die Handtasche und sah auf ihr Handy. „Verdammt!", zischte sie. „Ich habe es nicht gehört. Das ärgert mich so sehr. Mama macht sich immer große Sorgen, wenn ich nicht erreichbar bin. Hoffentlich ist nichts passiert."

„Nein, nein, die sind beide fit. Aber du bekommst Besuch von deiner Tochter und ...", Vicente stockte, „... und deinem Mann."

„Meinem Mann?" Ina schien ihn nicht zu verstehen. „Du meinst meinen Ex-Mann? Was sagst du denn da? Hast du das richtig verstanden?"

„Ja klar." Vicente sah zu Boden. „Jedenfalls sind beide in den nächsten Tagen hier. Helga brannte die Neuigkeit so sehr auf der Seele, dass sie mir das anvertraut hat."

„Bitte? Ich bin fassungslos. Ich habe doch erst vorgestern mit Leonie gesprochen und es war alles bestens, das hatte ich herausgehört, und sie hat mit keinem Wort erwähnt, dass sie kommen will. Wieso sagt sie denn nichts?"

Vicente zuckte mit den Schultern. „Tja, ich habe keine Ahnung. Helga hat etwas herumgedruckst und dann gesagt, dass Leonie ihren Job verloren hat. Ob das alles ist, weiß ich natürlich nicht."

„Sie hat was?" Ina hielt sich vor Schreck die Hand vor den Mund. „Sie liebt doch ihre Arbeit so sehr und hatte große Pläne für das Museum."

„Ja, ich weiß, das hatte mir Helga schon einmal gesagt. Aber jetzt hat der Chef sie angeblich nicht übernommen, und deshalb ist sie komplett von der Rolle."

Ina schüttelte den Kopf. „Da passt doch etwas nicht zusammen. Das muss ja dann erst gestern passiert sein. Ich rufe sie gleich an." Sie entsperrte ihr Handy. „Ich weiß, wie sehr sie an dem Job hing."

Vicente legte ihr beruhigend die Hand auf den Arm. „Warte mal, sie ist doch kein Kind mehr und berufliche Niederlagen erlebt jeder. Mach dich nicht verrückt."

„Vicente hat recht. Ich kenne das auch", warf Vera ein. „Klar zieht es einem erst einmal den Boden unter den Füßen weg, doch oft kann es der Start in etwas Neues, etwas Besseres sein."

„Ich weiß, aber ich muss mit ihr sprechen. Warum hat sie nichts gesagt? Das spricht nicht für eine offene, vertrauensvolle Beziehung zur Mutter." Ina rutschte unruhig auf dem Stuhl hin- und her. „Verdammt, das kostet mich jetzt die letzten Nerven. Ich werde garantiert die ganze Nacht grübeln."

„Helga hat gesagt, dass Leonie heute bei ihrem Vater schläft. Also entscheide du, ob du sie anrufen solltest."

„Okay!" Ina atmete tief durch, steckte das Handy wieder in die Tasche. „Dann bleiben wir noch, aber nicht mehr so lange."

„Soll ich dich nachher mitnehmen? Ich habe noch einen kurzen Hausbesuch in Richtung Margarethe", fragte Vicente. Er sah Vera an. „Oder seid ihr mit Inas Auto gekommen?"

„Danke für das Angebot, Vicente. Aber ich bin wieder motorisiert und habe Ina mitgenommen."

„Oh, das ging ja fix. Hast du denn dieses Mal die Qualität im Auge behalten?"

„Allerdings. Nach meinen Erfahrungen mit dem Camper war ich mehr als ängstlich, wieder an eine Schrottlaube zu geraten. Aber Margarethe hat ihre zuverlässigen Beziehungen spielen lassen und einen wunderschönen Kleinwagen für mich ergattert, den ich sofort gekauft habe."

„Dann bin ich beruhigt. Bei Margarethe ist er garantiert mehrfach getestet und für einwandfrei befunden. Jeder hier weiß, dass man sie nicht übers Ohr hauen sollte. Sie lässt sich so etwas nicht gefallen."

„Ich denke, ich habe wirklich einen guten Kauf gemacht. Heute früh stand er in Simat. Ein kleiner, weißer Flitzer, der mich wieder unabhängig macht. Ich hatte keine Lust mehr, mich immer nach den Busfahrzeiten zu erkundigen beziehungsweise Margarethe einen der beiden Firmenwagen abzuluchsen."

„Das war dann bestimmt eine gute Entscheidung", sagte Vicente. „In der Stadt kommt man bestens ohne Auto zurecht. Aber im Umland, nein, das ist anstrengend und kostet Zeit. Die Busse fahren zwar pünktlich, doch halten an gefühlt jedem Schild. Das dauert und passt nur selten mit den Terminen zusammen, die man hat."

Vera hörte ihm fasziniert zu. Sie mochte seine dunkle Stimme. Ina sollte diesen richtig tollen Mann festhalten. Und dann stellte sie ihm viele Fragen, die Vicente offen und ausgiebig beantwortete. Vera erfuhr, dass er eine Hausarztpraxis am Strand hatte, seine Mutter Deutsche und sein Vater Spanier war und beide in Deutschland lebten. Er hatte einen dreißigjährigen Sohn, der in Deutschland studiert hatte und als Mathematiker erfolgreich war. Darüber hinaus machte er auch kein Geheimnis aus der Ex-Frau María, die mit einem deutschen Lehrer das Weite gesucht hatte, nach fünfundzwanzig Jahren Ehe. Laut Vicente hatten sie sich auseinandergelebt, weil er mit ganzem Herzen und viel, viel Zeit seine Hausarztpraxis führte. Jetzt wohnte er seit Jahren als Single im ehemaligen Familienhaus, einem schicken Neubau in den Bergen, ganz in der Nähe der Finca von Inas Eltern. Es war nicht zu übersehen, wie sehr Ina und Vicente ineinander verliebt waren, und Vera wünschte sich in dem Moment nichts sehnlicher, als auch wieder in einer Partnerschaft zu leben.

Als sie sich nach zwei Stunden voller anregender Gespräche und weiteren Tapas von Juan verabschiedeten, brachten Ina und Vicente sie noch zum Parkplatz, wo Vera in ihren Wagen einstieg.

Ina und Vicente machten sich ebenfalls auf den Heimweg. Offiziell wohnte Ina bei ihren Eltern auf der Finca, aber häufig übernachtete sie im nahe gelegenen Zuhause von Vicente. Jetzt wollte sie aber bei ihren Eltern bleiben, um möglichst viel über Leonies angekündigten Besuch zu sprechen.

Als Vera ihren Wagen aus dem Ort steuerte, dachte sie an Inas Satz mit dem „Losleben". Eigentlich hatte sie recht. Wie sollte sie ein schönes Leben führen können, wenn sie erst einmal eine Flut von Bedenken vorausschickte. Es war doch viel besser, sich mal auf etwas einzulassen. Sie musste ihr Ingenieurhirn aus- und ihr Herz einschalten. Und in dieser Stimmung fuhr sie in eine Haltebucht und drückte auf Maiks Telefonnummer. Sie atmete schwer, als sie darauf wartete, seine vertraute Stimme zu hören. Aber er ging nicht ans Telefon und als Vera das Handy ausstellte, spürte sie, dass es gut war, ihn morgen erst wiederzusehen.

KAPITEL 6

Einfach nur fühlen und *Es gibt viele Wahrheiten*

„Durchatmen und bis zehn zählen", sagte sich Vera, als sie den Wagen im Ortskern von Oliva Playa abstellte. Sie hatte schon drei Runden gedreht, bevor sie endlich eine Parklücke entdeckt hatte. Die Temperaturen waren am frühen Abend noch hochsommerlich heiß und Vera traute sich kaum, auszusteigen, weil sie fürchtete, viel zu stark zu schwitzen. Bitte keine Schweißflecken, hoffte sie und bereute, sich ausgerechnet heute für ein farbiges Kleid entschieden zu haben. Neutrales Schwarz oder Weiß wäre risikoärmer gewesen, dachte sie. Aber sie hatte sich für das zweite Date ein lindgrünes Sommerkleid angezogen und mit silberfarbenen Flip-Flops kombiniert. Ina hatte ihr nach einem Videoblick in ihren Koffer noch als Stylingtipp ein buntes Seidentuch empfohlen. „Passt perfekt und rundet das Bild ab", hatte sie fachmännisch gesagt. Vera fühlte sich erneut richtig herausgeputzt, aber für Maik wollte sie schön sein. Selbstbewusst nahm sie ihre Korbtasche vom Rücksitz des Wagens, sah noch schnell in den

Rückspiegel, um sich die Lippen nachzuziehen, und stieg bewusst beschwingt aus. Mit federnden Schritten lief sie zum verabredeten Treffpunkt, der Promenade, und spürte schon nach wenigen Metern, dass ihre Haare bei den Temperaturen im Gesicht klebten. „Verflixt, das nächste Mal treffe ich meinen Traummann im Winter", murmelte sie, aber dann war ihre Sorge um ihr Aussehen verflogen, denn sie entdeckte Maik, der unter einer Palme stand, und ihr Herz pochte spürbar schneller. Er sah wieder hinreißend aus in einer weißen Hose und einem beigefarbenen Leinenhemd, und als er ihr zuwinkte, gab es kein Halten mehr. Sie ging immer schneller und auch er lief ihr entgegen. Vera fühlte sich wie in einem Liebesfilm aus den Fünfzigerjahren, den sie als junges Mädchen einmal mit ihrer Mutter gesehen hatte und in dem auch ein verliebtes Paar sehr stimmungsvoll aufeinander zulief. Und genauso fiktiv wie im Film kam ihr in dem Moment ihr Leben vor. Sie trug ein romantisches Sommerkleid und lief engelsgleich am Strand von Oliva Playa in die Arme eines erfolgreichen Unternehmers, der mit ihr nach Afrika wollte. Schnitt – Aus. Das konnte nur ein Schmalzfilm sein, für das Leben taugte die Szene nichts. Aber während sie das noch dachte, spürte sie bereits seine starken Arme, die sie an seine muskulöse Brust drückten, und weil alles so filmreif war, fanden sich natürlich auch ihre Lippen und ihre Zungen spielten sehnsüchtig miteinander. Vera schmiegte sich so fest an Maik, dass sie sich am liebsten gewünscht hätte, in ihn hineinzukriechen und eins zu werden.

„Ich kann nicht genug von dir bekommen", hörte sie seine tiefe Stimme, und sein heißer Atem streifte ihr Ohr.

„Aber es ist besser, wenn wir dafür allein sind", raunzte sie ihm ins Ohr.

Maik fasste Vera mit beiden Händen an die Schultern und sah ihr ins Gesicht. „Du bist eine kluge Frau und ich finde, wir sollten uns jetzt einmal mein Wohnmobil ansehen, ich meine gründlicher als bei deinem ersten Besuch."

Vera spürte ihr Inneres vibrieren und hatte nur noch einen Wunsch: Sie wollte diesen Mann spüren, überall, sich in ihm verlieren und ihn nicht mehr loslassen, bis in alle Ewigkeit nicht.

Maik legte seinen starken Arm um ihre Hüften und schob sie sanft über die Straße. „Ich stehe etwas abseits, an einem kleinen Park. Es ist nicht weit von hier."

„Das hast du aber vorausschauend gemacht." Nervös kicherte sie und ärgerte sich zugleich über ihr Teenagerverhalten.

„Eher hoffnungsvoll", konterte er, ganz gelassen. „Auf einem Campingplatz lebst du mit dreihundert Nachbarn auf engem Raum. Das passt nicht immer gut."

„Ich verstehe, du möchtest keine Zeugen", stellte Vera fest und in ihrem Inneren tobte ein wahrer Orkan. Sie hatte Mühe, ruhig zu gehen, so sehr wackelten ihre Knie.

„Sagen wir es anders: Ich wollte keine Zeugen an der Eingangstür."

Vera schmiegte sich im Gehen in seinen Arm, auch um nicht vor lauter Aufregung wegzuknicken. Hoffentlich merkte er nicht, wie sehr ihr Herz polterte, dachte sie, während Maik ihr sanft aufs Haar küsste.

„Ich bin glücklich", hauchte er ihr ins Ohr, als sie vor der Tür ankamen und er sie mit einem Knopfdruck öffnete und Vera vor sich einsteigen ließ.

Sie stand in dem Gang des Wohnmobils und im selben Moment ging der Bewegungsmelder an und erleuchtete den Innenraum. Vera konnte am Ende des Gangs den Schlafbereich sehen und es kaum erwarten, dort zu sein.

Maik kickte mit einem Bein die Tür hinter sich zu, schob sich an ihr vorbei, griff ihre Hand und zog sie zum großen, mit weißer Wäsche herrlich einladend hergerichteten Bett.

„Als ich dich in Simat sah, wusste ich sofort, dass es mehr ist als eine Wanderung", flüsterte Maik und nahm zwei Gläser aus der benachbarten Küchenzeile. Er öffnete den Kühlschrank und holte eine Flasche Cava, den spanischen Sekt, heraus und wenig später ploppte der Korken auf und das prickelnde Etwas floss in die stilvollen Gläser. „Heute ist ein Feiertag", so Maik.

„Und was feiern wir", fragte Vera, nachdem sie ihre Flip-Flops abgestreift hatte, in die Kissen gerutscht war und sich mittlerweile so außer sich fühlte, dass sie kaum noch einen Ton herausbekam. Sie war zweiundfünfzig Jahre alt und empfand Liebe, Lust und Leidenschaft wie ein Teenager, der sich mit seiner Schülerliebe heimlich bei den Eltern traf.

„Wir feiern den Start in ein neues Leben, in ein gemeinsames", sagte Maik und reichte Vera ein Glas.

Sie stießen an, sahen sich tief in die Augen und tranken einen Schluck. „Und was macht dich so sicher?", fragte Vera.

Maik stellte das Glas ab und rutschte an Veras Seite. Dann nahm er ihr Gesicht in seine Hände und blickte sie lange tief und durchdringend an, bevor er sie leidenschaftlich küsste. Nach einer gefühlten Ewigkeit ließ er von ihr und sah sie noch einmal an. „Ist deine Frage damit beantwortet?", flüsterte er mit rauchiger Stimme.

Vera nickte und genoss es, wenig später seine forschenden Hände auf ihrer glühenden Haut zu spüren. Draußen brannte noch die Sonne vom Himmel, aber in Vera brannte die Lust und die knipste alles aus, was um sie herum geschah. Es gab nur sie und Maik und ihre Körper, die sich ineinander verloren. Alles, was hinter ihr lag, war weit weg, und alles, was vor ihr lag, noch nicht wichtig. Es zählten nur der Moment, die heiße Haut, die Lust, und alles bekam etwas Unwirkliches, Entrücktes, Fernes, und einige Momente lang fühlte sie sich so abgehoben wie zwischen Leben und Tod.

Nach dem fulminanten Höhepunkt schmiegte sie sich an seine schweißnasse Brust, lauschte seinem rasenden Herzen und alles wirkte, als wäre sie am Anfang einer wunderschönen Lebensstrecke. Er spielte mit zwei Fingern in ihrem Haar und sie strich mit ihrer Handfläche über seine Schenkel. Diese intime Vertrautheit zu erleben, ließ sie sich endlich wieder ganz als Frau fühlen. Nach Jahrzehnten hatte sie Sex mit einem anderen Mann als Paul. Das war neu, ergreifend und aufrüttelnd, aber auch wunderschön gewesen. Eine Zäsur in ihrem Leben; das Alte war endgültig abgeschlossen, das Neue konnte starten.

Vera empfand sich wie aus ihrem Alltag gespült und schloss selig die Augen. Aus der Box erklang ein französisches Chanson, das Maik offensichtlich gerade angestellt hatte. Der melodische Rhythmus, die eingängige Sprache, von der sie so gut wie nichts verstand, und der Mann, der ihr eigentlich noch fremd sein müsste und doch so nah war, all das fühlte sich an, als hätte sie eine Tür aufgestoßen. Eine Tür in ein neues Leben, voller Spannung und Abenteuer. Adieu Vera, so wie du einmal warst. Jetzt gab es eine neue Vera, die Mut hatte, alles anders zu machen. Eine neue Vera, die das Abenteuer suchte und vielleicht schon gefunden hatte. Nicht nur das kleine, nein, das ganz, ganz große.

***

„Vergiss die Zitronenkisten nicht, und die mit den Bananen. Aber dann ist der Wagen auch voll“, rief Margarethe Vera zu.

Sie warf erst einen kontrollierenden Blick in den Lieferwagen, anschließend auf ihren Laptop, machte mit dem Stift diverse Haken, bevor sie das Gerät in das Handschuhfach schob und sich hinter das Steuer setzte.

„Ich fahr dann schon mal los. Aber es ist keine Eile. Es reicht, wenn du in einer guten Stunde nachkommst.“

„Alles klar, ich sorge hier noch für etwas Ordnung“, rief Vera und winkte Margarethe bestätigend zu.

„Ich bringe die leeren Kisten ins Lager“, meinte Georg und stapelte sie in Windeseile aufeinander.

„Meine Güte, bei dir sieht man den Profi“, staunte Vera. „Dabei wolltest du doch eigentlich eine Auszeit.“

„Habe ich doch", meinte er lachend. „Wenn du glaubst, dass sich ein Landwirt lange in den Liegestuhl legt, liegst du falsch."

„Arbeitest du hier immer mit?"

Georg blieb kurz stehen. „*Mit* ist die falsche Formulierung. Aber das erzähle ich dir ein anderes Mal."

Vera war überrascht. Irgendwie schien sie etwas verpasst zu haben. Sie packte noch die von Margarethe gewünschten Kisten in den kleinen Lieferwagen und klappte die Türen zu. Der Wagen war im Kühlmodus und sie musste nicht hetzen.

Sie brauchte jetzt einen Muntermacher und freute sich auf einen starken Kaffee auf der Terrasse. Das Zusammensein mit Maik hatte etwas in ihr wachgerüttelt. Das Leben schien wieder so frisch, so spannend. Sie fühlte sich ein bisschen so, als hätte sie Puffer unter den Füßen und musste sich immer kneifen, um sich nicht wegzuträumen, sondern im Alltag zu bleiben. Spätestens heute Abend würde sie ausgiebig mit ihm telefonieren und weiter planen. Sie hatten sich schon geschrieben.

„Soll ich dir einen Kaffee mitbringen", rief sie Georg zu und als der nickte, kam sie kurz darauf mit zwei Bechern aus der Küche zurück.

„Wir stärken uns erst einmal", meinte sie zu Georg und stellte die zwei Kaffeebecher auf den Holztisch am Eingang.

„Damit kommst du gerade recht", meinte Georg und setzte sich zu ihr auf die Bank. „Was hältst du von einer Brezel?", fragte er.

Genüsslich verdrehte Vera die Augen. „Darf man seine Landsmännin so quälen?"

„Wenn ich eine Woche hier bin, träume ich immer von Brezeln und Butter zum Frühstück. Man hat schon merkwürdige Gewohnheiten. Aber ich gebe ihnen nach und habe immer etwas dabei. Die Brezeln sind schon im Ofen und ein Schmankerl habe ich auch bereits selbst gemacht. Gib mir einen Moment. Ich bringe dir etwas, das dich staunen lässt."

Vera war froh, noch so lange Zeit zu haben. Brezel? Hmh! Ihr lief das Wasser im Mund zusammen.

„Wie lange bist du denn in der Regel hier? Immer nur zwei Wochen?", fragte sie, als Georg wieder zum Tisch kam.

„Unterschiedlich. Am Anfang war ich nie lange, dafür aber öfter hier. Damals lebten unsere Eltern noch und ich konnte ein paar Tage immer spontan weg."

„Hast du selten richtigen Urlaub gemacht?"

Georg nahm einen kräftigen Schluck aus der Tasse. „Ganz ehrlich, nie! Bis auf die wenigen Tage kenne ich das gar nicht. So eine Auszeit, wie ich jetzt habe, ist erst möglich, seitdem mein Sohn erwachsen ist. Aber warte noch mal kurz, ich bin gleich wieder zurück."

Vera nickte und genoss den Blick auf die grauen Felswände, die jetzt in der zum Glück recht kühlen Morgensonne silbrig glänzten. Davor breiteten sich lichte Laubwälder aus und man konnte den senffarbenen Sandboden sehen. Wenn sie nach rechts schaute, sah sie in die üppigen Kronen der Obstbaumhaine, die wie ein grünes Dach Margarethes endlos erscheinendes Grundstück bedeckten.

Sie träumte sich weg in diese herrliche Natur und als sie erneut Georg Stimme hörte, hatte sie den Eindruck, dass sie tatsächlich kurz weggenickt war.

Georg stand mit einem Korb duftender Brezeln und einem, sie konnte es kaum glauben, handgezupften Obazda vor ihr.

Er setzte sich zu ihr an den Tisch und reichte ihr den Brezelkorb. „Bitteschön, damit wir Franken auch glücklich sind."

„Sind wir, exakt jetzt, wenn wir eine Brezel in der Hand halten, eine frische, warm und duftig, dann sind wir einfach happy." Vera griff zu und zog das Teigteil auseinander. „Das ist der Volltreffer heute, das beste Frühstück seit meiner Abreise", jubelte sie. Sie zwinkerte ihm zu. „Das vergesse ich dir nie. Und Obazda, ich glaub's nicht." Sie nahm das Schälchen, strich mit dem Messer etwas von der Käsemasse auf den Teller, den Georg ihr hingestellt hatte.

„Schade, dass Margarethe heute so früh losmusste. Sie hätte sich bestimmt gefreut."

„Klar, aber die kennt das schon. Heute wollte ich dich überraschen."

Vera steckte sich das Brezelstück mit dem Käse in den Mund und, schloss wohlig die Augen. „Überraschung gelungen", flötete sie und küsste ihn ganz spontan auf die Wange. „Du bist ein echter Schatz."

Sie griff wieder zum Kaffee. „Aber das weiß Margarethe auch. Sie hat gestern so voller Liebe von dir gesprochen."

„Wirklich? Das ist schön. Wir hängen auch aneinander und … wir können uns immer aufeinander verlassen. Bei Margarethes Geschichte ist das auch nötig."

„Geschichte?"

„Wie? Hat sie das auch nicht erzählt?", hakte Georg nach.

„Zumindest nichts, was ich mit ‚Geschichte' verknüpfe."

„Dann war es Zeitmangel", behauptete er sofort. „Meine Schwester geht mit ihrer Vergangenheit immer offen um. Ich kann dir also ruhig alles erzählen."

Er biss erneut von seiner Brezel ab, nahm auch einen Schluck vom Kaffee, so als wollte er sich stärken.

„Vergangenheit?"

„Na, ja, die ist schon speziell", erzählte er weiter. „Ich habe die Finca hier mit Margarethe aufgebaut. Es steckt ihr Erbe darin und ich wollte ihr helfen. Sie ist zwar mit mir auf dem Hof aufgewachsen, aber hier im Süden sind die Abläufe schon anders. Es herrscht ein mediterranes Klima, mit anderer Erde und anderen Pflanzen. Sie brauchte Know-how und das hat ein bisschen gedauert."

„Wie lange ist sie denn schon hier?"

Er blickte in den Himmel. „Dreizehn, nein, vierzehn Jahre. Meine Güte, wie die Zeit vergeht."

„Und sie wollte gern in den Süden?"

„Ich denke, sie musste in den Süden. Zu Hause wäre sie nicht darüber hinweggekommen. Du musst wissen, Margarethe war Benediktinerin."

„Eine Nonne?", fragte Vera und konnte sich nur an wenige Momente in ihrem Leben erinnern, in denen sie wirklich einmal baff war. „Du meinst eine richtige Ordensschwester?"

„Genau, wir sind alle katholisch, also die Familie, aber Margarethe hatte von Anfang an eine besondere Beziehung zu Gott. Sie hat nach der Schule erst eine kaufmännische Ausbildung gemacht und auch ein paar Jahre in ihrem Beruf, übrigens auch recht erfolgreich, gearbeitet. Sie war Abteilungsleiterin in einem Metallverarbeitungsbetrieb geworden und hat gut verdient. Aber dann hat sie auf einmal davon gesprochen, ins Kloster zu gehen."

„Ein ungewöhnlicher Schritt für eine junge Frau", warf Vera ein und naschte erneut von den Brezeln.

„Fanden wir alle und wir waren auch ziemlich irritiert. Aber Margarethe ist ein bisschen hineingeschlittert. Sie hat anfangs für den Orden nur die Buchführung gemacht. Die Stelle war ganz normal ausgeschrieben. Aber dann hat sie sich bei den Schwestern so wohlgefühlt, dass sie plötzlich auch dort leben wollte. Sie ist ins Noviziat gegangen und hat später tatsächlich die Weihe abgelegt."

„Konntest du damit leben?"

„Na ja, es war schon ein Gedanke, an den ich mich erst gewöhnen musste. Als ich das erste Mal meine Schwester im Habit sah, musste ich schon schlucken. Aber nach und nach habe ich mich daran gewöhnt."

Er lächelte. „Gut war, dass sie in keinem kontemplativen Orden war, sondern die Nonnen in ihrem Kloster sehr engagiert im Leben stehen. Sie betreiben eine Schule, ein Pflegeheim, eine Gärtnerei und ein Weingut, sind also sehr aktiv. Wir haben uns oft gesehen."

Vera hörte fasziniert zu und war ungeheuer gespannt, was wohl dazu geführt hatte, dass dieselbe Margarethe heute einen Ökohof in Spanien besaß.

„Und was ist dann passiert?", fragte sie deshalb ungeduldig.

„Tja, jetzt wird es richtig spannend", versprach Georg. „Und ich wette, dass du niemals darauf kommst." Er strich ihr über den Arm. „Aber ich hole uns erst noch etwas Wasser und einen frischen Kaffee und dann erzähle ich dir alles."

Vera sah auf die Uhr. Sie hatte noch Zeit, zum Glück, denn sie hätte nicht gewusst, wie sie gleich mit Margarethe zusammenarbeiten sollte, wenn sie nicht die ganze Geschichte kennen würde. Unruhig pickte sie mit Finger einige Krümel vom Teller und drehte sich mehrmals um, um zu sehen, ob Georg zurückkäme.

Der schien ihre Ungeduld zu ahnen, denn er stand schon nach wenigen Minuten mit einem Tablett mit Wasserflasche, zwei Gläsern und den neu gefüllten Kaffeebechern wieder am Tisch.

„Sie hat sich verliebt", sagte er, bevor er sich erneut zu Vera setzte.

„Ach, in einen Spanier? Und deshalb lebt sie nun hier?", schoss es aus Vera heraus.

Er schüttelte den Kopf. „Das wäre ja leicht. Zu leicht für meine Schwester." Er lachte. „Sie hat sich in den örtlichen Pfarrer verliebt und nicht nur das, die beiden hatten eine jahrelange, heftige Affäre und schließlich eine Beziehung."

Vera war baff. Daran hatte sie am allerwenigsten gedacht. „Oh, das klingt aber nach jeder Menge Rederei und Schwierigkeiten."

„Allerdings, anfangs wurde nur getuschelt, aber nach und nach waren meine Schwester und ihr Freund

Stadtgespräch. Du weißt ja, wir leben in einer christlichen Region."

„Oh ja, das kann ich mir gut vorstellen. Wenn unser Pfarrer ausgerechnet mit einer Nonne ein Verhältnis begänne, wäre das ein richtiger, handfester Skandal. Hat dir das etwas ausgemacht?"

„Ach nein, für mich war das nicht wichtig. Die beiden waren glücklich, das zählte. Übrigens ist Mark ein super Typ. Die beiden waren ja oft bei mir, heimlich natürlich, oder unter ausgedachten Vorwänden. Ich mochte ihn gern. Wir haben ihn alle gemocht."

„Und die Kirche hat weggesehen?"

„Anfangs schon. Es herrschte damals bereits Priestermangel und das Bistum ließ niemanden leichtfertig gehen. Man wollte ihn behalten und hat gehofft, dass die Sache nicht auffliegt, und da die Gemeinde ihren Pfarrer auch behalten wollte, haben alle geschwiegen."

Vera nippte an ihrem Kaffee und wartete, wie die Geschichte weiterging.

„Es war eigentlich so, wie es überall läuft." Georg seufzte spöttisch. „Der Pfarrer hat eine Geliebte, alle tuscheln, aber niemand will sich den Mund verbrennen. Tagsüber bekamen sie das mit den üblichen Ausreden prima hin. Sie hatten angeblich den berühmten christlichen Austausch und waren deshalb viel zusammen. Nachts war es schwieriger, zu erklären, und sie lebten ein großes Versteckspiel. Die Gemeinde hat es so akzeptiert und so hätte es heute noch sein können."

„Aber …"

Georg nickte. „Genau, es kam alles anders. Ein paar Gemeindemitglieder haben sich an die Kirchenführung gewandt und die beiden verraten. Die Kirche musste reagieren und hat Mark vor die Wahl gestellt: Liebe oder Amt."

„Und?" Vera drehte nervös an dem Brezelkorb. „Was ist passiert?"

„Er hat das Amt gewählt."

„Bitte? Und damit die Liebe verraten!" Am liebsten hätte sie Margarete in den Arm genommen, wenn sie jetzt bei ihnen wäre.

„So kann man es ausdrücken."

„Das ist ja grausam."

„Das war es auch. Für Margarethe war eine Welt zusammengebrochen. Sie hatte monatelang um ihre Beziehung gekämpft, sogar einen Job für Mark beim Arbeitsamt gefunden."

„Dann hätte es doch ein Happy End geben können", warf Vera ein. Es hörte sich alles an wie aus einem Film. Ob der Pfarrer mit seiner Entscheidung glücklich geworden war? Sie trank einen Schluck Kaffee.

„Aber Mark hatte Angst, mächtige Angst, sich im weltlichen Leben nicht behaupten zu können. Ich habe oft mit ihm darüber gesprochen. Er hatte pure Existenzangst und meinte immer, er könne doch nichts anderes. Aber es war nicht nur das. Er liebte auch sein Amt, sagte oft, er wolle nichts anderes, und ja, er hat sich schweren Herzens von Margarethe getrennt."

Vera seufzte mitfühlend. „Das tut mir so leid. Die Arme. Es muss schlimm für sie gewesen sein."

„Ja, sie hat mit allem gehadert. Mit der Kirche, mit Gott, mit den Menschen. Sie war sogar eine Zeit lang in einer Klinik, und als sie herauskam, meinte sie, ein neues Leben beginnen zu wollen, aber nicht in Deutschland. Und als sie dann in einem Fachblatt von der Finca hier las, hat sie zugeschlagen und mit über vierzig ein ganz neues Leben angefangen."

„Und deshalb hast du ihr beim Aufbau geholfen? Oder?"

„Ich hatte mehr Fachwissen und konnte mich einbringen. Ich liebe meine Schwester und habe gesehen, dass sie mich braucht. Ich wollte, dass sie wieder auf die Beine kommt, wir alle wollten das. Deshalb bin ich oft hierhergekommen und wir beide haben richtig rangeklotzt, und wir haben es geschafft. Wie du siehst."

„Was ist denn aus diesem Mark geworden?"

„Ich habe noch einen recht guten Kontakt zu ihm. Wir sind eigentlich immer noch so etwas wie Freunde. Weißt du, ich habe seinen Konflikt verstanden. Es ist nicht leicht für einen Priester, sein Amt aufzugeben. Für eine Nonne auch nicht."

Er warf zwei Vögeln ein paar Bröckchen von den Brezeln zu, die sich sofort darauf stürzten.

„Aber Margarethe hätte natürlich auch bleiben können", stellte er noch klar. „Doch sie fühlte sich verraten. Sie hat nicht verstanden, dass der liebe Gott etwas gegen zwei Menschen haben kann, die sich lieben. Mit Gott ist sie mittlerweile wieder im Reinen, mit der Institution Kirche auch. Sie will nur nicht mehr dabei sein."

„Und Mark ist immer noch Pfarrer?"

„Ja, aber kein besonders glücklicher. Er hat seinen Schwung, seine Begeisterungsfähigkeit, seine Lebendigkeit, alles verloren. Ganz ehrlich …", er zögerte, „… ich glaube, er trinkt. Ich denke, er ist an seiner inneren Zerrissenheit gescheitert."

Vera nickte zustimmend. „Zum Glück hat Margarethe die Kurve bekommen, trotz der tiefen Enttäuschung. Vom Partner verraten und aufgegeben zu werden, das ist schon ein böser Schlag."

„Allerdings, und die Enttäuschung war ihr lange anzusehen. Sie wirkte innerlich zerbrochen."

„Ich habe so eine Erfahrung auch gemacht, allerdings nicht in puncto Partner." Vera räusperte sich. „Ich glaube, ich habe das noch nie jemandem so erzählt, aber da du das Thema schon angeschnitten hast, kann ich auch etwas dazu beitragen. Bei mir ging es um den Job." Sie lehnte sich zurück und sah kurz nach oben, um sich auf die Erinnerung zu konzentrieren und um die Erfahrungen korrekt wiedergeben zu können. „Ich bin gleich nach meinem Studium zu einer Firma gegangen, die sich auf Städteplanung spezialisiert hatte, und habe mich vom ersten Tag an wirklich richtig in die Aufgaben hineingekniet. Überstunden waren immer selbstverständlich für mich gewesen. Es ging mir um das Projekt, dass ich zu verantworten hatte. Der Aufwand, der dafür zu leisten war, war unwichtig."

Vera beugte sich nach hinten und zupfte gedankenverloren vertrocknete Blätter von den Zweigen. „Ich war meinem Vorgesetzten gegenüber immer loyal, hatte so gut wie keine Fehlzeiten und hatte, ich weiß, Eigenlob stinkt, aber trotzdem, wirklich gute Arbeit abgeliefert."

Sie sah Georg zögerlich an. „Weißt du, allein, wenn ich daran denke, kommen mir die Tränen." Sie seufzte und stützte den Kopf auf ihre gefalteten Hände, bevor sie weitersprach. „In der Trennungszeit ging es mir wirklich schlecht und ich habe einen Fehler gemacht. Nichts großes, aber eine Unachtsamkeit, die mir zweifellos nicht hätte passieren dürfen. Zum Glück hat es meine Kollegin bemerkt, wir haben das zu zweit korrigiert und ich habe mich zudem noch entschuldigt und auch meine Situation erklärt." Sie schob sich die Sonnenbrille ins Haar, wischte sich mit der Hand über die Augen und versuchte, die Tränen zurückzuhalten. „Es war so schlimm." Sie schüttelte den Kopf. „Ganz ehrlich, während ich dachte, es sei alles gut, hatte mein Chef schon die Kündigung vorbereitet. Am Tag nach dem Gespräch hatte ich das Schreiben bereits im Postkasten. Kein ehrliches Wort der Erklärung, des Warums, nichts. Ich bekam eine formale Kündigung, ohne ein Wort des Bedauerns."

Sie sah zu Boden. Georg reichte ihr eine Papierserviette, damit sie sich die Nase schnäuzen konnte. Sie bedankte sich mit einem Nicken, tupfte sich erst die Augen und dann die Nase sauber. „Nach mehr als fünfundzwanzig Jahren Betriebszugehörigkeit einfach herausgeworfen zu werden, das tut weh und nimmt dir jedes Vertrauen in die Menschen. Das alles kam nach meiner Trennung als i-Tüpfelchen dazu. Ganz ehrlich, ich hatte das Gefühl, keinen inneren Kompass mehr zu haben." Sie trank gedankenverloren von dem Kaffee und sah dann Georg direkt an. „Ich erzähle dir das nur, um zu sagen, dass ich mich mit enttäuschtem Vertrauen auskenne."

Georg blickte sie mitfühlend an, bevor er sich äußerte. „Das tut mir leid. Solche Erfahrungen brennen sich in die Seele. Man sieht dir an, dass du daran trägst." Er hielt kurz inne, um Vera die Zeit zu geben, zur Ruhe zu kommen. „Das ist ja noch recht frisch. Was macht es denn mit dir?"

Vera hatte sich wieder gefasst und sprach nun ruhig und besonnen. „Ich habe daraus gelernt", erklärte sie. „So eine Erfahrung verändert. Ich habe mich zurückgezogen und bin vorsichtiger geworden. Ich gehe nicht mehr unbelastet auf Menschen zu." Sie lächelte Georg an. „Vor dieser Enttäuschung habe ich bei jedem mit einem Vertrauensvorschuss reagiert. Das ist seitdem anders. Ich wittere viel früher Gefahren in Form von Übervorteilung oder Hintergehen. Meine eigentlich positive Art ist mir abhandengekommen, leider."

„Verstehe", meinte Georg und nickte nachdenklich. „Du fühlst dich in der beruflichen und privaten Situation ausgetrickst. Das macht etwas mit einem Menschen. Ich bin durch die Trennung von meiner Frau auch vorsichtiger geworden. Vielleicht habe ich deshalb keine Partnerin, wer weiß. Der Spruch ‚Gebranntes Kind scheut das Feuer' trifft wirklich zu."

„Aber du kennst auch den Spruch ‚Jedem Neuanfang wohnt ein Zauber inne'. Den habe ich mir in der Situation oft gesagt. Es hat auch etwas Gutes, wenn man, ich sage es so schlicht, von allem einfach ausgeknockt wird. Plötzlich ist nichts mehr, wie es war, und man muss sich ganz neu aufstellen. Das beflügelt und heilt."

Georg legte ihr den Arm um die Schulter und drückte sie fest. „Schön, dass du das so sehen kannst. Ich finde es richtig." Dann sprang er auf und schob einen Käfer zurück, der in einen mit Wasser gefüllten Topf zu plumpsen drohte. „Pass auf, mein Kleiner." Er ließ das Tierchen auf den Finger krabbeln und setzte ihn in einem Grasstückchen ab. „Sorry, dass ich dich unterbrochen habe, aber es war ein Notfall."

„Ich weiß, und Käferrettung geht vor."

„Meinst du das ernst?", wollte er wissen.

„Ja klar, ich liebe Tiere und finde Käferretter auch klasse."

Georg schien einen Moment lang irritiert. Dann sprach er aber einfach weiter. „Bei Margarethe war das so. Sie hat durch ihre Erfahrung den Neustart wirklich gebraucht. Sie wollte nur weit weg, so weit, wie es für sie machbar war. Eine Zeit lang hat sie sogar daran gedacht, nach Südamerika zu ziehen. Als sie dann mit der Idee kam, *nur* nach Valencia zu gehen, war ich richtig erleichtert."

Vera blickte auf die Uhr. „Ich glaube, ich muss los, leider. Margarethe braucht mich." Vera stellte das Geschirr auf das Tablett und wischte ein paar Krümel zur Seite. „Morgen ist Sonntag. Das ist ganz gut. Die letzten Tage waren ziemlich hektisch. Was machst du?", wollte sie wissen.

„Ich werde mit Margarethe Bäume schneiden. Das ist mehr als überfällig." Er blickte zum wolkenlos blauen Himmel. „Bei dem Strahlewetter macht das Spaß. Und du? Du aalst dich bestimmt am Strand."

„Mal sehen, nach dem Wetter muss ich ja nicht fragen. Aber ich habe eine Einladung von Ina bekommen. Vicente hat Geburtstag und Ina bereitet auf der Finca eine Feier für ihn vor. Es gibt Paella und wie ich hörte, seid ihr auch eingeladen. Um fünfzehn Uhr geht's los."

„Ja, Margarethe hat schon berichtet, aber ich glaube, wir werden es nicht schaffen. Es ist wirklich dringend mit den Bäumen und wir sind garantiert erst abends fertig."

„Oh schade, dann mache ich mich mal mit den Zitrusfrüchten auf den Weg."

„Genau, und ich hüte das Haus!"

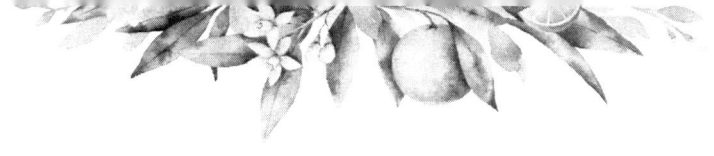

KAPITEL 7

Familie und noch viele weitere Turbulenzen

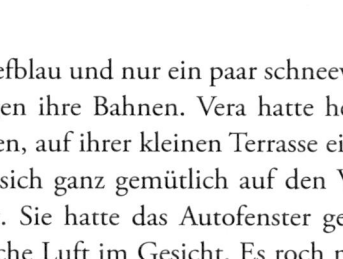

Der Himmel war tiefblau und nur ein paar schneeweiße Wölkchen zogen ihre Bahnen. Vera hatte heute erst einmal ausgeschlafen, auf ihrer kleinen Terrasse einen Kaffee getrunken und sich ganz gemütlich auf den Weg zu Inas Finca gemacht. Sie hatte das Autofenster geöffnet und genoss die frische Luft im Gesicht. Es roch nach Jasmin, Oleander und ab und zu glaubte sie, den geliebten Duft von Orangenblüten in der Nase zu spüren. Die silbrigen Blätter der Olivenbäume raschelten im Wind. Sie fuhr durch prächtige Orangenbaumhaine, vorbei an grasenden Pferden und Ziegen. Welches Paradies!, schoss es Vera durch den Kopf, und welches Glück, hier leben zu dürfen. Eigentlich müsste sie ihrem Paul dankbar sein, dass er sie verlassen hatte, denn ohne seinen Seitensprung hätte sie all das hier niemals erleben können. Sie dachte auch an Maik und die emotionale Zwickmühle, in der sie seit ihrer wunderbar romantischen und leidenschaftlichen Begegnung steckte. Sie mochte die Vorstellung des

Neuanfangs, auch auf eine Partnerschaft bezogen. Sie hatten gestern bis in die Nacht hinein telefoniert, sich Anekdoten aus der Vergangenheit erzählt, aber auch einfach nur herumgealbert. Doch je mehr Zeit seit ihrem Liebesrausch verging, desto mehr kam die Angst, sich selbst zu überrumpeln und zu früh auf das falsche Pferd zu setzen. Sie brauchte noch Zeit, viel Zeit.

Vera fuhr auf den Parkplatz der Finca und sah mindestens ein halbes Dutzend Autos. Das würde bestimmt eine schöne Sonntagsparty. Als sie ausstieg, hörte sie fröhliches Lachen und viele durcheinander schnatternde Menschen.

Sie atmete tief durch und freute sich darauf, Ina und ihre Eltern zu sehen, aber auch Vicente noch näher kennenzulernen. Wie wunderbar, dass Ina diesen sympathischen Mann hier gefunden hatte. Zumal ihre Freundin gerade in einer mehr als schwierigen Situation steckte. Sie hatte erst gestern Abend ein längeres Telefonat mit ihr geführt und Ina hatte ihr erzählt, was sich so Wichtiges in der Familie ereignet hatte.

Leonie hatte ihren Arbeitsplatz tatsächlich verloren, das war schon schlimm genug, doch belastender war ein anderes Thema, dass sie Helga zwischenzeitlich am Telefon gebeichtet hatte. Sie hatte sich in Paderborn nicht mehr wohl gefühlt, denn zum einen war Ina einfach in Spanien geblieben, aber zum anderen hatte ihr Vater große Pläne. Er hatte ein Auslandsangebot bekommen und konnte im fernen Kanada mit einem System-Gastronomie-Unternehmen Karriere machen. Als er Leonie das erzählt hatte, war sie mit einem Weinkrampf zusammengebrochen. Allein wollte sie nicht bleiben und jetzt war sie mit ihrem

Vater bereits im Anflug, damit die Familie in einer Krisensitzung eine Lösung finden könnte, und Ina fühlte sich völlig von der Rolle. Sie hatte sogar kurzzeitig daran gedacht, alles hinzuwerfen – damit auch ihre Beziehung zu Vicente – und zurück nach Paderborn zu gehen. Doch Helga hatte sie wieder auf Spur gebracht und Ina hatte erkannt, dass ihr Vicente viel zu wichtig war, um ihr gerade neu gestartetes Leben komplett über den Haufen zu werfen. Helga hatte die Idee, dass sich Leonie in Spanien etwas suchen könnte. Das Land hatte so viele Kunstdenkmäler, da käme eine Restauratorin gut zurecht. Aber Leonie wollte das wohl nicht, noch nicht.

Obwohl das Familienkrisengespräch anstand, wollte Ina um alles in der Welt zuvor den heutigen Geburtstag von Vicente zu einem gelungenen Fest machen. „Ich muss da durch", hatte Ina sich verabschiedet.

Und genau das schien sie perfekt hinzubekommen, denn als Vera das Haus betrat, empfing sie eine rundherum heitere Stimmung.

Auf der Terrasse brutzelte der Reis in der riesigen Paellapfanne und auf den Stühlen hatten es sich circa zwanzig Leute bequem gemacht, die bunt durcheinanderredeten. Helga und Bernd kamen als Hausherren sofort auf sie zu und begrüßten sie überschwänglich, natürlich mit einem ausgelassen hüpfenden Carlos im Schlepptau. Auch Ina und Vicente, die mit einem ihr fremdem Paar zusammenstanden, kamen dazu und gaben ihr zwei Küsschen auf die Wange. Vera hatte mehrere erlesene Flaschen Wein gekauft und dafür tief in die Tasche gegriffen. Aber Helga und Bernd, Vicente und Ina waren so feine Menschen, die alles Gute dieser Welt verdient hatten.

Inas Eltern sahen wie immer hinreißend aus. Helga trug dieses Mal ein wasserblaues leichtes Leinenkleid und Bernd, vermutlich bewusst von Ina ausgesucht, die passend blaue Leinenhose, kombiniert mit einem weißen Shirt. Ein gediegenes Paar, dachte Vera und freute sich, dass Bernd, wie zuvor Vicente, die Etiketten unter die Lupe nahm und sichtbar beeindruckt die Qualität des Tropfens feststellte.

„Für so etwas Gutes brauchen wir einen Anlass in kleinem Kreis", sagte Bernd. „So ein Tröpfchen braucht Ruhe und Respekt." Er nahm die Flaschen und nickte Vera zu. „Komm mal mit", meinte er und ging mit ihr zu seinem Weinschrank im Wohnzimmer. „Hier bewahre ich meine Schätze auf, aber einen Weininfovortrag erspare ich dir heute. Das holen wir nach, mit einer zünftigen Weinprobe."

„Ich freue mich darauf", meinte Vera und drehte sich überrascht um, weil sie Inas Stimme gehört hatte.

„Wenn Bernd in Fahrt kommt, dauert das Stunden. Ich werde dich mal befreien", ulkte Ina augenzwinkernd und zog sie zurück in die Küche.

„Bin gleich wieder da", rief Vera noch Bernd zu und war neugierig, was Ina ihr wohl verraten wollte.

„Ich bin so froh, dass du da bist", flüsterte sie ihr zu. „Ich habe richtig Muffensausen, vor dem, was jetzt kommt. Aber am heutigen Tag, Vicentes Geburtstag, will ich alles verdrängen und nur ein schönes Fest haben."

„Gute Idee", bestätigte sie Vera in ihrem Vorhaben. „Margarethe und Georg kommen vermutlich nicht. Sie sind im Dauerstress", plapperte sie drauflos, bemerkte aber schnell, dass es in Ina richtig zu brodeln schien. Vera sah sie an. Sie wirkte nervös, hatte dunkle Augenringe und eine ungewöhnlich unruhige Haut. Vera zog die Freundin etwas zur Seite. „Gibt es denn Neuigkeiten? Ich meine von Leonie und Christopher?"

Ina schüttelte den Kopf. „Nein, zum Glück nicht noch weitere. Es reicht mir so. Aber morgen kommen die beiden an und Vicente hat mich heute schon so traurig angesehen, als ich ihm davon erzählte. Er kann mit dieser skurrilen Familienzusammenführung gar nichts anfangen und hat spürbar Angst um mich." Sie seufzte. „Und ich um uns. Das wollte ich dir sagen. Ich habe wirklich Angst, dass unsere Beziehung mein ganzes Familienchaos nicht aushält. Vicente ist furchtbar unruhig und richtig aufgekratzt. Ich bin mir unsicher, ob er das alles mitmacht. Bei seiner Vergangenheit kommt er nicht damit klar, wenn demnächst Christopher bei mir schläft."

Sie sah Vera an und legte fast schon Hilfe suchend die Hand auf ihren Oberarm. „Ich brauche jetzt ganz viel Fingerspitzengefühl, sonst platzt mein schönes Leben wie eine Seifenblase", sagte sie leise.

„Das hast du doch, und steuerst das Schiff mit sicherer Hand. Mach dir keine Sorgen."

Ina strich Vera mit der Hand über die Wange. „Es ist lieb, dass du das sagst. Ich bin dir sehr dankbar für deine Mutmachworte."

„Hey, das ist ja schön, dass ich dich auch mal kennenlerne. Du musst Vera sein."

Vera sah überrascht hoch und stand einem ausgesprochen gut aussehenden Mann gegenüber. Er hatte halblanges, grau meliertes Haar, das wellig sein Gesicht umspielte, blitzend weiße Zähne und das herzlichste Lächeln, dass sich Vera vorstellen konnte.

„Ich bin Aaron, schön, dich mal zu sehen." Er küsste erst Vera und anschließend Ina auf die Wangen. „Die beiden schönsten Frauen der Küste im Arm, da kann es einem doch nur gut gehen."

Ina lehnte sich ganz vertraut an ihn. „Toll, dass du da bist. Helga meinte, du hättest so viele Törns und könntest bestimmt nicht kommen." Und zu Vera gewandt meinte sie. „Aaron ist Jachtbesitzer und bietet Segeltörns an."

„Das klingt ja spannend. Tagesausflüge?", fragte sie nach.

„Auch, aber das ist nur sein Alltagsgeschäft", übernahm Ina die Antwort. „Am liebsten erobert er die Weltmeere. Wann geht es denn wieder los?"

„Ach, im Moment bin ich einfach nur ausgebrannt. Die Saison war bisher richtig hart. Ich fahre Ende des Monats mal ein paar Tage allein hinaus. Nur der alte Mann und das Meer, das brauche ich."

„Alter Mann?"

„Ja, Aaron kokettiert", stellte Ina klar. „Er ist übrigens ein hier hängengebliebener Engländer, der mal ein richtiger Londoner Investment-Bank-Star war." Ina küsste beiden auf die Wangen. „Ich lasse euch mal allein. Ich muss mich um die Gäste kümmern."

Vera sah Aaron interessiert an. „Und? Bist du zufrieden in deinem anderen Leben?"

„Sehr. Ich habe genau das, was ich wollte, die Freiheit, in der Natur zu sein. Aber im Moment ist meine Freiheit durch zu viele Buchungen eingeschränkt. Man muss wirklich immer wieder justieren, damit man nach einem Neustart nicht in das alte Muster fällt."

„Du lebst das Abenteuer. Das habe ich auch versucht, als ich mit meinem Wohnmobil in Bamberg gestartet bin. Allerdings nicht so erfolgreich, wie ich es geplant hatte."

„Ich habe schon von deinem Pech gehört. Aber es hängt auch davon ab, wie man Abenteuer definiert. Aus der Sicht der Psychologie ist ein Abenteuer eine Erlebnisfolge, die aus der gewohnten Ordnung herausfällt. Wer eines erlebt, macht neue Erfahrungen, stellt die eigenen Kräfte auf die Probe, weil man ja auch Risiken eingeht und Gefahren bewältigen muss. Die Seele liebt Abenteuer, denn genau das alles braucht sie." Er blickte Vera an. „Langweile ich dich?"

Nachdenklich schüttelte Vera den Kopf. „Es klingt so selbstverständlich, wie du es sagst, aber in der Realität ..."

„Warte mal kurz." Er winkte ab. „Gerne können wir das Thema gleich fortsetzen, doch ich habe Durst. Du auch? Ich hole uns was. Was magst du?"

„Auf keinen Fall Alkohol. Bei der Hitze geht für mich nur Wasser."

„Für mich auch. Dann sehe ich mal, dass ich besonders kühles Wasser erwische, und für den Geschmack kann ich uns eine Orange holen, die peppt das sowieso immer auf."

Begeistert blickte Vera Aaron nach. Er sah nicht nur klasse aus, er hatte auch einen hervorragenden Stil. Er trug eine graue Leinenhose, ein weißes Leinenhemd und Leinenslipper in Schwarz. Dazu die schwarze Brille, perfekt. Seine Bewegungen waren trainiert und als er mit zwei großen Gläsern Wasser, in denen jeweils eine Orangenscheibe schwamm, zurückkam, blickte sie bewusst zur Seite, damit er sie nicht als Stalkerin entlarven konnte. Meine Güte, schoss es ihr durch den Kopf. So wie Aaron sahen Helden aus.

Sie stießen mit ihren Gläsern an und er zwinkerte er zu.

„Zurück zum Abenteuer", schloss Vera an. „Warum macht es unsere Seelen glücklich?"

„Ganz einfach, sie erzeugen Glücksgefühle. Klar lieben wir alle Geborgenheit, aber die Sehnsucht nach Abenteuern existiert parallel dazu immer. Das geht dir doch nicht anders."

Er trank erneut von dem Wasser und stellte das Glas auf einem Tischchen ab. „Denk doch an Erlebnisse, die dich in den Bann gezogen haben. Was war das? Der morgendliche Weg zum Büro? Das wöchentliche Tanken? Wohl kaum. Eine Wanderung in den Alpen oder ein nächtlicher Ausflug an einen See? Schon eher! Daran denkst du, wenn du dich erinnerst. An die spannenden Momente in deinem Leben. An die Abenteuer, die großen und die kleinen. Stimmt's?"

Vera nickte und sie konnte sehen, dass Aaron thematisch in seinem Element war. Seine Augen strahlten noch heller und lebendiger als zuvor. Und weil er die Hände frei hätte, unterstrich er seine Sätze mit fließenden Handbewegungen.

„Es sind diese Momente, die einem geordneten Leben, in dem immer alles gleich abläuft, Reiz, Farbe und Aufregung geben, Erlebnisse, in denen Unvorhersehbares passiert. Das macht die Faszination aus und killt die Langeweile. Und wir bewundern Abenteurer. Menschen, die unentwegt Gefahren bewältigen müssen, die immer wieder zu neuen Ufern aufbrechen, die Regeln brechen, die das Schicksal herausfordern, die ihre Leistungsfähigkeit steigern wollen und die durchhalten, egal, was passiert, finden wir klasse. Manche gehen so weit, dass sie es sogar brauchen, ihr Leben zu riskieren, und auch das fasziniert uns."

„Gehörst du ebenfalls dazu?", wollte Vera wissen. „Immerhin bist du doch häufig allein auf dem großen Meer."

Aaron blickte kurz in den strahlend blauen Himmel. „Das kann man so sehen. Aber ich bin nicht der Typ, der den Kitzel des Überlebenskampfes braucht. Nein, wirklich nicht. Ich nehme die Gefahr in Kauf, denn es gibt immer brenzlige Momente, wenn man unterwegs ist, aber ich suche sie nicht. Ich glaube, das ist noch ein Unterschied."

„Und warum machst du das? Um deine Seele zu erfreuen, richtig?"

„Genau, der Lohn sind die Glücksgefühle. Jede bewältigte Situation ist eine neue Erfahrung mit sich selbst, eine Bestätigung der Kraft, die in einem steckt. Abenteuer machen glücklich."

„Und muss man dafür die Welt umsegeln oder in den Weltraum fliegen?", sprach Vera ihre Gedanken aus.

„Nee, wie schon vorhin gesagt, es reicht der nächtliche Ausflug an einen See. Da passieren so viele neue, unbekannte Dinge, das kann ungeheuer aufregend sein. Auch solche kleinen Abenteuer und welche, die gut geplant und sicher sind, wie eine Reise nach Rom oder Lappland, versprechen spannende Erlebnisse. Oder eine Tour mit dem Heißluftballon ist auch besonders aufregend. Man sieht seine Heimat aus einer anderen Perspektive und fühlt sich schwerelos. Ich denke, wenn man Langeweile vermeidet und für einen gewissen Nervenkitzel sorgt, erlebt man schon Glück."

Vera hatte ihr Glas ausgetrunken und Aaron holte aufmerksam schnell ein weiteres.

„Du machst es richtig. Bei der Hitze kann man nicht genug trinken", meinte er und reichte ihr dieses Mal Wasser mit Zitronensaft und Eiswürfeln.

„Hui, noch erfrischender als mit Orange", schwärmte Vera, nachdem sie einen großen Schluck genommen hatte. „Ich habe bei den Temperaturen immer das Gefühl, auszutrocknen."

„Du siehst aber zum Glück nicht so aus", meinte er lachend. „Im Gegenteil, frisch wie eine Sommerblume."

„Klar, ich bin ja auch gut gewässert", konterte sie. „Noch einmal zurück zum Thema. Wenn ich jetzt zwei Wochen nach Mallorca fahre, ist das schon Abenteuer?"

„Ja klar, heraus aus dem Alltag, das macht es schon aus. Und dann natürlich die vielen Graustufen. Man kann in ein gebuchtes Hotel gehen und sich Tag für Tag auf denselben Liegestuhl legen. Da wird aus dem erhofften Abenteuer eher die große Langweile. Aber man kann auch das wieder aufbrechen, indem man einen Urlaubstag mal ganz anders nutzt. Man sollte an allen beliebten Urlaubsorten etwas ausprobieren, zu Fuß durch eine Vulkanlandschaft gehen, über Baumkronen schweben, auf einem Hausboot übernachten, eine Fahrt durch den Dschungel machen, das ist alles großartig und streichelt die Seele."

Bei Aarons Worten setzte Veras Kopfkino ein. Wo sie schon gewesen war, aber doch immer nur auf ausgetretenen Pfaden und Routinen. Bis sie in ihren Camper gestiegen war. „Du meinst, wir brauchen Abenteuer?", fragte sie weiter und hing förmlich an Aarons Lippen.

„Ja, in jeder Form, und wenn nicht real, dann in der Fantasie. Warum sind denn Abenteuerfilme so beliebt? Weil es bei den Zuschauern kitzelt und sie sich wegträumen. Denk daran, was wir als Kinder gern gelesen oder gesehen haben. Wir wollten Gefahren miterleben und mit dem Helden mitfiebern. Gut, vom sicheren Kinderbett aus, aber schön war es trotzdem. Wir lassen uns gern von einem aufregenden Leben faszinieren und aufzeigen, wie man schwierige Situationen meistert. Solche Geschichten helfen unserer Seele, lebendig und zuversichtlich zu bleiben, wir wollen spüren, lernen, wie andere aus Lebensabenteuern als Sieger hervorgehen."

Vera nickte. „Ich habe es noch nie so zusammengefasst gehört. Aber ich gebe dir in jedem Punkt recht."

„Die Hirnforschung kann das auch erklären. Mentales Erleben von Gefahr wie Gefühle von Angst, Aufregung, großen Druck, Sorgen, weil man den Weg nicht findet, oder kein Hotelzimmer mehr frei ist, all das also, was wir nicht kontrollieren können, führt zur Ausschüttung von Neurotransmittern. Das sind Stoffe, die ganz spezielle Gefühle auslösen, die uns in erregte Stimmung bringen. Abenteuer wirken stimulierend, sie steigern sogar die Libido."

„Wie meinst du das denn?"

„Na ja, in besonderen Situationen verliebt man sich leichter in sein Gegenüber als morgens an der Bushaltestelle, an der man schon seit zwanzig Jahren täglich steht."

Aaron sah sie jetzt verführerisch an und strich ihr völlig unvermittelt eine Haarsträhne aus dem Gesicht. „Entschuldigung, aber du hattest ein Mückchen auf der Wange."

Vera bedankte sich lächelnd, ließ sich jedoch nicht von ihm einwickeln. Sie hatte schon mit Maik im Kopf und im Herzen genug zu tun. Für einen weiteren Flirt war absolut kein Platz mehr. „Du meinst also, Abenteuer sind der Schlüssel zur Liebe?"

„Nicht nur, aber sie öffnen die Tür zu den Gefühlen leichter. Es kennt doch jeder: Nichts ist für eine Beziehung tödlicher als Langeweile. Wenn man sich nur mit dem Alltag herumschlägt, wenn ein Tag genauso ist wie der andere, dann geht die Liebe verloren."

Vera nickte. „Davon kann ich ein Lied singen."

„Ich auch" meinte Aaron. „Als ich in London lebte, war ich einige Jahre verheiratet. Jeder von uns führte ein Leben voller Hektik und versank in seinem Alltag mit Terminen, Problemen, ständigem Funktionierenmüssen. Wenn wir zusammen waren, haben wir geschlafen oder die längst fällige Ruhe gesucht. Erlebnisse, Abenteuer, alles Fehlanzeige. Irgendwann haben wir uns einfach nicht mehr wahrgenommen und sind zum Glück friedlich auseinandergegangen."

„Bist du immer noch Single?", fragte Vera.

Aaron nickte. „Und ich werde es wohl auch bleiben. Mein Leben mag keine Frau führen."

„Sei dir da nicht zu sicher. Ich glaube, du wirst schnell eine tolle Frau finden, die auf dein Boot kommt."

„Ja, für ein paar Tage."

„Und Nächte."

Er schmunzelte. „Wie meinst du das?"

„Na ja, Liebe ist ja auch ein Abenteuer."

„Das stimmt, sich auf einen Menschen einzulassen, kann wirklich eines sein. Aber noch mal zurück. Wie ich von Ina gehört habe, warst du auch schon mal verheiratet und weißt, was ich meine. Für die Liebe, ich denke an unsere verflossenen Ehen, wären Abenteuer gut gewesen, und vielleicht wären wir noch verheiratet, wenn wir uns auf Abenteuer eingelassen hätten. Herzklopfen, Gänsehaut, dieses spezielle Prickeln, das man aus der Zeit der Verliebtheit kennt, das stellt sich wieder ein, wenn man zu zweit etwas Aufregendes wagt."

„Das klingt wirklich schön, was du sagst."

„Und es stimmt", war er überzeugt. „Wenn Paare Abenteuer suchen, sie gemeinsam bewältigen, sich dabei immer wieder neu aufeinander einstellen, dann stärken sie die Beziehung miteinander. Aus Aufregung wird Erregung, das heißt, man verliebt sich wieder ineinander. Das geht übrigens auch bei Menschen, die sich nicht kennen.

Menschen brauchen Abenteuer, um viele gute Erinnerungen zu haben, gute Geschichten zu erzählen. Das ‚Weißt du noch …‘ und ‚Damals, als …‘ das belebt die Seele und stärkt die Liebe. Je schöner die Erinnerungen, desto größer die Freude."

Vera nickte zustimmend. „Weißt du, was ein bekannter Dichter einmal gesagt hat? ‚Die Erinnerung ist das einzige Paradies, aus dem wir nicht vertrieben werden können‘."

„Das klingt schön, das werde ich meinen Gästen demnächst vor den Törns erzählen. Er toller Satz. Aber jetzt habe ich dir genug vom Abenteuer allgemein erzählt und auch viel zu viel von mir. Kommen wir mal zu dir. Wie hast du denn das Missgeschick mit dem Wohnmobil weggesteckt?"

„Zuerst war es richtig bitter. Ich hatte mich sehr auf die Reise bis nach Andalusien gefreut."

„Ich habe einige Kunden bei meinen Törns, die mit dem Wohnmobil unterwegs sind, und führe immer spannende Gespräche mit ihnen. Sie haben so viel zu erzählen. Es hat etwas Faszinierendes. Stehenbleiben, wo man mag, morgens die Natur genießen an einsamen Stränden, das ist schon sehr speziell."

„So ist es aber nur, wenn man illegal steht. Normalerweise bist du auf engen Campingplätzen und der Nachbar sieht dir morgens auf die Kaffeetasse."

„Ja, das haben mir meine Kunden natürlich auch erzählt. Doch die wildromantische Seite klingt ansprechender und in Oliva Playa muss das Campingleben für Wohnmobilbesitzer ganz schön sein. Ich hatte ein paar Kunden, die dort dauerhaft sind. Also sie reisen durch das Land, wenn sie Lust haben, fliegen nach Deutschland, wenn sie Heimweh haben, und stehen auf dem Campingplatz, wenn sie ihr mobiles Zuhause erleben möchten. Das klingt für mich sehr abwechslungsreich."

„Unbedingt. Ich habe einen Freund, der in Oliva Playa ist und beides macht. Er parkt seinen Camper mal auf dem Platz, mal irgendwo, wo es ihm gefällt."

„Das ist auch eine gute Idee. Ist er dauerhaft hier in Spanien?"

„Das weiß ich nicht so genau. Auffallend ist allerdings sein Wohnmobil, ein richtiger Luxusschlitten mit Kleinwagen auf der Rampe und supermodern. Das ist kein Camping, das ist Luxus."

Aaron sah sie skeptisch an. „Heißt er zufällig Maik? Und hat er mit IT zu tun?"

Vera nickte. „Ja, genau, ungefähr unser Alter. Ein Kölner und er spricht auch so."

„Dann meinen wir denselben. Er war bei mir auf dem Schiff, mit seiner Frau."

„Mittlerweile Ex-Frau. Er ist geschieden."

„Huch, das wundert mich. Die wirkten so zufrieden miteinander, zumal sie ein tolles Projekt planten. Sie wollten mit dem Wohnmobil längst durch Afrika reisen. Das war ihr Jugendtraum und den wollten sie endlich wahr werden lassen." Er sah nachdenklich über das Tal. „Und jetzt sind sie schon geschieden, tja, wie schnell das geht."

Innerlich erstarrte Vera. Wann sollte das gewesen sein? Bei Maiks Erzählungen hatte es geklungen, als läge der letzte Kontakt lange zurück. „Hat er denn gesagt, dass es seine Frau war und er mit ihr fahren wollte?"

Aaron plauderte unbekümmert weiter. „Ist auch schon ein bisschen her, aber zumindest hatten sie einen gemeinsamen Namen und sprachen sich auch mit Schatz und den üblichen Kosenamen an. Und für seine Tochter war die Dame zu alt. Nette Leute übrigens. Ich mag ja Rheinländer. Immer das Herz am rechten Fleck." Er sah zu Boden. „Aber jetzt, wo du es sagst. Ich hatte später zwei Kunden vom besagten Campingplatz, die mir gesagt haben, dass Maik sein Fahrzeug ab und zu mal woanders abstellt. Vermutlich hat er mittlerweile eine andere. Aber nun ja, das geht schnell hier. Die Sonne, der Wein, die gute Laune und Leichtigkeit, da muss man kaputten Ehen nicht lange nachweinen."

Sollte sie sich so in Maik getäuscht haben? Hatte er ihr Märchen aufgetischt? War sie in der einen leidenschaftlichen Nacht auf einen Windhund reingefallen? Vera seufzte.

Aaron stupste sie an der Schulter. „Was gibt es zu seufzen? Wir müssen uns ja nicht sorgen, wir sind ja Singles."

Vera zwang sich, die Gedanken an Maik abzustellen. „Was meinst du, nimmst du mich auch mal mit. Ich wäre gern mal auf dem Meer."

„Ja sehr gern, Ende des Monats wird es ruhiger und dann stechen wir beide mal in See. Hast du Erfahrung?"

Vera schüttelte den Kopf. „Nee, ich komme aus Franken, da ist das Meer immer weit weg."

„Die Paella ist fertig!" Vicente stand lächelnd an der riesigen Pfanne und rief seine Gäste zu sich. Ina hatte Teller und Besteck auf einer Anrichte vorbereitet und bat die Gäste, sich zu versorgen.

„Dann will ich mal mit der schönen Frau zum Essen gehen", flirtete Aaron offen und zog Vera zu dem aufgebauten Buffet.

Sprachlos stand sie vor dem Angebot, denn es gab dort außerdem verführerisch duftende Fischspezialitäten, Salate, Süßspeisen, eigentlich alles, was man sich vorstellen konnte.

„Lass dir bitte nicht von Aaron den Kopf verdrehen", flüsterte Ina im Vorübergehen. „Er ist ein Traummann, wirklich, nur nicht treu. Wenn es dir um ein Abenteuer geht, ist er die ideale Besetzung, wenn du etwas anderes suchst, solltest du dich in acht nehmen."

„Spielverderberin", meinte Vera und schmollte bewusst übertrieben. „Dann tröste ich mich eben mit einer Portion Paella."

„Gute Idee, und als Nachtisch bleib bitte beim Obst und lass die tollen Männer hier auf der Terrasse unbeachtet stehen."

„Auf jeden Fall", ging Vera auf die Bemerkung ein. „Mein Bedarf an diese Art von Abenteuern ist derzeit voll gedeckt."

KAPITEL 8

Wenn alles durcheinander purzelt

„Hast du heute Abend Zeit? Hier wächst mir gerade alles über den Kopf."

Vera war mit dem Auto auf dem Weg zum Markt, als sie Inas Anruf erreichte, und sie hörte bereits an ihrem Tonfall, wie sehr sie unter Druck stand.

„Natürlich? In Ingos Bar am Hafen? Acht Uhr?", meinte sie knapp, um der Freundin mitzuteilen, dass sie die Dringlichkeit verstanden hatte.

„Ich bin da!"

„Magst du mir vorab ein bisschen erzählen, was passiert ist?", fragte Vera noch nach, bekam aber nur ein „Bis später" als Antwort.

Auweia, dachte Vera. Das hörte sich nach einem Notfall an. Als sie den Hörer aufgelegt hatte, war sie voller Sorge. Ina schien richtig neben sich zu stehen. Das konnte eigentlich nur mit dem Aufenthalt von Christopher zusammenhängen, der offenbar alles andere als unkompliziert verlief.

Obwohl Vera auf dem Markt heute besonders viel zu tun hatte, bekam sie die Sorge um Ina nicht mehr aus dem Kopf. Sie bediente zwar die Kunden wie gewohnt freundlich und zuvorkommend, dachte jedoch immer daran, was wohl bei Ina passiert sein konnte.

Ein Gutes hatte das jedoch: Sie musste nicht permanent an Maik denken und kam auch nicht in Versuchung, ihn anzurufen. Klar reizte es sie auf der einen Seite, ihn schnell wiederzusehen, aber sie hatte sich sowieso vorgenommen, alles ganz ruhig anzugehen und jetzt, mit Aarons Sätzen im Kopf, musste sie ihr Herz sowieso erst einmal festhalten. Deshalb hatte sie auch auf Maiks Nachricht heute früh, ob sie sich sehen könnten, mit einer Ausrede reagiert. Sie wollte einfach nur Zeit gewinnen.

Als sie mit Margarethe um zwei Uhr den Stand abbaute, war sie erleichtert und zählte ungeduldig die Stunden, bis sie sich mit Ina treffen konnte. Dabei gab es ausgerechnet an diesem Tag auch noch etwas zu feiern.

„Volltreffer!" Margarethe strahlte, während sie die leeren Kisten in den Lieferwagen packte. „Heute haben wir fast alles verkauft." Sie wies mit der Hand auf zwei Kisten mit gemischtem Gemüse und ein paar Zitrusfrüchten. „Sieh mal, das ist alles, was wir nicht losgeworden sind. Ich kann mich nicht erinnern, dass ich schon einmal so erfolgreich den Stand geschlossen habe." Sie legte Vera den Arm um die Schulter. „Die Umsätze werden immer besser, weil ich durch dich eine besonders tatkräftige Unterstützung habe", sagte sie und fügte leise ein „Danke dir" dazu.

„Charmeurin!" Vera nahm Margarethe fest in den Arm. „Ich freue mich sehr über das Kompliment, doch es liegt bestimmt nicht an mir, sondern an der tollen Qualität deiner Ware."

„Nein, die war immer gut. Aber seitdem du hier bist, kommen immer mehr Kunden. Sie mögen deine Art und ich sehe sehr wohl, dass du nicht nur zupacken kannst, sondern auch willst. Du bist jemand, der jeden Tag alles gibt. Eigentlich ideal für die Selbstständigkeit."

Margarethe beugte sich durch das geöffnete Rückfenster ihres Wagens, holte zwei Flaschen Wasser von der Sitzbank und bot Vera eine an.

Sie griff erfreut zu und trank einen großen Schluck. „Wow, tut das gut. Bei der Hitze kann man wirklich nicht genug trinken. Aber apropos Selbstständigkeit. Da sagst du was", nahm Vera das Gespräch wieder auf. „Ich hatte in der Tat schon das ein oder andere Mal daran gedacht, mich mit einem Beratungsbüro selbstständig zu machen. Du wirst lachen, sogar noch Ostern habe ich davon gesprochen. Aber mein Mann..." sie räusperte sich, „... Ex-Mann war auch Freiberufler. Und er fand es besser, dass wenigstens einer von uns ein geregeltes Einkommen nach Hause brachte. Zwei Selbstständige, das war ihm zu riskant."

„Verstehe, aber du bist ja noch jung."

„Bitte? Du hast ja heute deinen Komplimente-Tag." Vera warf die leere Wasserflasche in einen Abfallkorb und griff nach den letzten zwei Kisten, um sie im Wagen zu verstauen. „Dann wende ich jetzt mal das Blatt", sagte Vera, zog die Autotür zu und sah Margarethe an. „Ich finde es großartig, was du auf die Beine gestellt hast. Ein wirklich richtig gutes Unternehmen, in dem man gern arbeitet."

„Okay, wir sind quitt." Margarethe lachte. „Zurück zum Alltag: Wenn das so weitergeht, habe ich bald alle meine Kredite abgezahlt und endlich gehört meine Finca mir."

Vera genoss es, dass Margarethe so offen mit ihr sprach und sogar die Finanzen erwähnte. „Ich gratuliere dir und wenn ich dich sehe, scheint es dir trotz der vielen Arbeit richtig gut zu gehen."

„Stimmt, aber etwas Freizeit würde mir auch gefallen." Sie zog die Schürze ab und verstaute sie hinter dem Fahrersitz. „Übrigens hat uns Alexandra eingeladen. Sie veranstaltet demnächst eines ihrer Selbstfindungsseminare und ich möchte mir das einmal ansehen. Hast du Lust?"

„Klar, gern, ihr erzählt alle so viel von ihr. Ist das nicht die Coachin, bei der jeder herausfindet, was er wirklich möchte?"

„Gut formuliert. Das hätte von ihrer Webseite sein können. Aber es stimmt. Alle, die ihre Seminare mitgemacht haben, wissen anschließend, was sie tatsächlich wollen. Ich kann mit das gar nicht richtig vorstellen, aber sie stellt gezielt Fragen, und um die zu beantworten, sortiert man seinen Kopf."

„Das klingt gut und passt doch für jeden. Bestimmt kann ich auch viel von ihr lernen." Und augenzwinkernd meinte sie: „Und wer will sich denn nicht sortieren. Ich bin dabei."

„Na prima, dann melde ich dich schon mal an. Isst du eigentlich heute mit uns? Georg kocht etwas aus der Heimat."

„Wirklich? Bestimmt Spätzle oder ähnlich Leckeres." Vera verdrehte die Augen. „Das wäre heute mein

Festmenü. Aber ich kann leider nicht. Ich bin mit Ina verabredet. Meinst du, Georg kocht an einem anderen Tag noch mal?"

„Für dich garantiert, er hat schon erzählt, wie gern du die fränkische Küche hast. Vielleicht passt es gleich morgen. Aber es ist gut, dass du heute mit Ina Zeit verbringst. Sie braucht das jetzt. Da ist gerade so richtig viel passiert. Helga hatte mich angerufen." Sie machte eine Bewegung mit der rechten Hand. „Meine Güte, da brennt, wie man so schön sagt, die Hütte. Ina braucht jemanden zum Zuhören."

„Huch, das klingt echt nicht gut. Ich hatte heute früh bei ihrem Anruf auch den Eindruck, dass da gehörig etwas schiefläuft. Weißt du denn mehr?"

Margarethe seufzte. „Das soll sie dir selber erzählen, aber schon mal als Einstieg: Da ist gerade wirklich der Teufel los."

„Na, dann lass uns fahren, damit wir noch Zeit haben, auf dem Hof aufzuräumen und schon für morgen das meiste vorzubereiten. Und danach mache ich mich frisch und auf den Weg. Offenbar brauche ich heute meine ganze Kraft."

„Und Georg sage ich für den Abend ab. Er will ja nicht nur mich, sondern uns mit einem fränkischen Abend überraschen. Dann machen wir unser Essen morgen oder übermorgen. Ich kläre das mit meinem Bruder. Heute ist er übrigens unterwegs. Er sieht sich bei einem Großgärtner neue Pflanzen an und rät mir dazu, einige Sorten auszutauschen."

„Und? Siehst du das auch so?"

„Unbedingt! Er ist der Fachmann und ich kann nahezu blind auf ihn hören."

***

Der Nachmittag verging für beide wie im Flug. Sie schafften Ordnung auf der Finca. Vera lernte, wie man Olivenbäume schneidet, Pfirsichbäume vor Ungeziefer bewahrt und Zitronenbäume richtig wässert. Alles anstrengende, aber spannende Arbeiten, und Vera genoss es, in die Welt der Landwirtschaft eintauchen zu können. Sie nahmen sich jedoch auch die Zeit zu einem entspannten Kaffee in der Abendsonne.

Als Vera schließlich nach einer schnellen Dusche aufbrach, um nach Gandia Playa zu fahren, entdeckte sie auf dem Weg zum Auto noch Georg, der offenbar gerade erst zurückgekommen war, aber bereits an einem Anbau hantierte. „Hey, du bist noch fleißig?", fragte sie.

„Was heißt ‚noch', bei uns Landwirten gibt es keine Zeiten. Auf einem Hof ist immer etwas zu tun."

Sie lehnte sich an einen Zaunpfahl und sah ihm zu. „Wird es dir denn nicht auch mal zu viel?", wollte sie wissen.

Er legte den Schraubenzieher auf den Boden und setzte sich unbekümmert ins Gras und nahm einen Schluck aus einer Wasserflasche, die er neben sich stehen hatte. „Sicherlich, aber dann höre ich auf. Ich bin ja ein freier Mann. Das ist die schöne Seite am Landwirt sein." Er klickte mit dem Daumen den Flaschenverschluss zu und legte die Flasche zurück ins Gras. „Sieh mal, der Zaun

hier, der kann auch warten. Ich kann das schon steuern."
Er klopfte mit der Hand neben sich. „Magst du? Hast du
Zeit? Ich liebe es, im Gras zu sitzen."

„Ich auch", meinte Vera. „Dann fühle ich mich der Natur so nah. Aber ich kann leider nicht. Ich muss los."

„Ist es schon so spät?", wunderte sich Georg. „Ich habe
bereits gehört, dass du heute keine Zeit für mein Koch-
abenteuer hast, weil du mit Ina unterwegs bist."

„Genau, ich fahre nach Gandia Playa und höre mal, was
los ist."

„Grüß sie schön, obwohl ich sie noch nicht wirklich
kenne. Aber Margarethe schwärmt immer sehr von ihr.
Sie sagt, sie sei eine tolle Frau."

„Ich kann deine Schwester nur bestätigen. Sie hat mir
von der ersten Sekunde an geholfen, mich unterstützt,
mir zugehört. Sie ist klug und hat das Herz auf dem rechten Fleck. Deshalb bin ich auch für sie da, wenn sie mich
braucht, so wie heute eben."

„Dann lasst es euch gutgehen. Und genießt das Essen.
Gutes Essen hilft der Seele." Georg stand auf und griff
wieder zum Schraubenzieher und blinzelte Vera zu. „Bis
später und lass mich wissen, wann wir uns zum fränkischen Abend sehen."

„Mache ich", meinte Vera, sah auf die Uhr und wurde
unruhig. „Jetzt muss ich los, sonst lasse ich die Arme noch
bei Ingo warten."

Und wirklich, obwohl Vera ziemlich Gas gab und sofort
einen Parkplatz fand, kam sie erst kurz nach acht am Hafen an. Sie griff nach ihrer Tasche und düste los. Das Meer
glitzerte tiefblau in der Abendsonne, die Schiffe dümpelten

im ruhigen Hafenwasser und ab und zu knatterte ein Motorroller an der Promenade entlang. Urlauber flanierten entspannt, Kinder spielten auf den diversen Spielplätzen und in den Chiringuitos saßen noch jede Menge Strandliebhaber. Vera genoss es, die paar Minuten zur Bar zu laufen. Dieser Ort hatte für sie etwas Magisches und sie wusste längst genau, was sie so faszinierte. Es war die Mischung zwischen Meer und Geschäftigkeit, Natur und Komfort. Es passte alles und man fühlte sich auf der einen Seite ein klitzekleines bisschen wie auf einer Insel und auf der anderen Seite genauso wie in einem Städtchen, in dem es alles gab, was man sich wünschte, abgespeckt zwar, aber immerhin.

Als Vera in Ingos Bar ankam, saß Ina schon an einem Tisch auf der Terrasse. Vera war beeindruckt, weil sie sich trotz ihres Kummers so bezaubernd zurechtgemacht hatte. Ihr dunkelblondes Haar fiel wellig auf die Schultern und sie trug ein schlichtes weißes Sommerkleid, kombiniert mit goldenen Zehensandalen. Aber sie saß abgewendet an einem Zweiertisch mit Meerblick und hatte sich bereits eine Flasche Wein mit zwei Gläsern bestellt. Ein Lächeln huschte nur kurz über ihr Gesicht, als Vera an den Tisch kam und sie zur Begrüßung von hinten umarmte und auf die Wange küsste.

„Setz dich. Wir gönnen uns heute einen Wein. Ich brauche Leichtigkeit und Helga ist so lieb und holt uns ab. Wir dürfen also ein Gläschen genießen", sagte sie und versuchte offensichtlich, möglichst fröhlich zu lächeln.

Aber Vera merkte sofort, dass ihr Lächeln gequält wirkte. Sie setzte sich nach der Begrüßung an den Tisch und meinte, ohne lange drum herumzureden: „Dann erzähl mal. Ich bin sehr gespannt, was dich so belastet."

„Ich fasse mich kurz: Meine Tochter hätte es lieber, wenn ich zurück nach Hause komme, und mein Ex-Mann wohnt neuerdings bei uns, als vorübergehender Pflegefall. Reicht das?"

Vera stellte das Glas, aus dem sie gerade trinken wollte, vor Schreck wieder auf den Tisch. „Oh, das ist in der Tat starker Tobak. Aber ganz so kurz wollte ich es nun auch nicht hören. Kannst du mir bitte die Langversion schildern."

Vera bestellte bei Juan eine große Flasche Wasser, denn sie hatte nicht vor, mehr als ein Glas von dem Wein zu trinken. Sie brauchte ihr Auto und war längst darauf eingestellt, Ina nach Hause zu bringen. Sie würde Helga später eine WhatsApp schreiben, dass sie entspannt auf ihrer Finca bleiben könnte.

Ina wartete, bis Juan das Wasser gebracht hatte, und redete dann weiter. „Ich hatte dir ja schon erzählt, dass Leonie ihren Job verloren hatte und mit Christopher kommen wollte, um mit der ganzen Familie eine Lösung zu finden. Es geht ja auch darum, dass ich in Spanien bin und Christopher nach Kanada will, alles zusammen ist für Leonie natürlich zu viel. Wir haben ein inniges Mutter-Tochter-Verhältnis. Nach der Trennung von Christopher sind wir beide sehr eng zusammengerückt."

Inas Stimme überschlug sich fast, so ungestüm und hektisch erzählte sie.

„Christopher wollte mitkommen, das hattest du erwähnt. Ich weiß nicht, wie gut euer Verhältnis ist, aber so ein schon ewig getrenntes Paar zusammen bei den Eltern und dann noch mit der Tochter, vor der alle Rücksicht üben, das hat schon was. Und wieso eigentlich vorübergehender Pflegefall?"

„Gleich, das ist der zweite Katastrophenstrang und der Auslöser für das ganze Chaos. Helga hatte für die beiden eine Ferienwohnung reserviert. Sie wollten einen Kurzbesuch von vier Tagen. Aber dieser blöde …" Sie blickte kurz auf das Meer und atmete tief durch, so als ob sie Mut bräuchte. Dann räusperte sie sich und nahm einen viel zu großen Schluck aus dem Weinglas.

„Blöde was?"

„Helga hatte Christopher und Leonie nach ihrer Ankunft zum Abendessen eingeladen und das hat auch gut mit uns allen geklappt. Anschließend sind die beiden in die Wohnung gefahren. Am nächsten Tag, also heute früh, wollte Christopher natürlich den tollen Vater und Draufgänger spielen und hat sich mit Leonie Rennräder gemietet."

„Oh, ich ahne!"

Ina seufzte. „Radfahren ist in der Region hier sehr populär. Das Klima ist klasse und die Strecken in den Bergen herausfordernd. Wenn du mal darauf achtest, siehst du viele Profis auf den Straßen, neben den Freizeitradlern, zu denen Christopher gehört. Ich vermute, dass er das letzte Mal vor dreißig Jahren auf dem Rennrad gesessen hat."

„Und dann ausgerechnet jetzt?"

„Ein blöder Unfall, denn bereits bei der ersten Mini-Tour ist er im Straßengraben gelandet, hat einen komplizierten

Bruch und sitzt jetzt mit einem Gips am Fuß zu Hause bei meinen Eltern."

„Bitte, das ist doch nicht wahr."

„Leider ja. Leonie hat ihn aus dem Graben gezogen und den Krankenwagen gerufen. Dort hat man den Bruch diagnostiziert, seinen Fuß eingegipst und ihn nach Hause geschickt. Er kann sich ohne Krücken nicht bewegen. Helga wollte natürlich nicht Leonie in die Pflicht nehmen und so hat sie ihren Ex-Schwiegersohn bei sich zu Hause hocken und ich damit auch."

„Und was ist mit Kanada?"

„Das kann er sich momentan abschminken, bevor er wieder seinen Fuß richtig belasten kann, wird es Wochen dauern."

„Und soll er die ganze Zeit bei euch bleiben?"

„Ich habe keine Ahnung, wie er sich das vorstellt. Helga versteht sich gut mit Christopher und hat ein Riesenherz. Außerdem will sie Leonie nicht vor den Kopf stoßen, es ist ja ihr Vater. Bernd hat nach seiner Operation an der Galle noch genug mit sich selbst zu tun und möchte einfach nur Frieden."

„Und was möchtest du?"

„Ich? Ich möchte, dass mein Ex-Mann überall ist, wo er mag, nur nicht bei mir."

„Dann frage ich mal anders. Wo ist die Lösung?"

„Deshalb bin ich hier. Ich weiß keine, Vera. Ich denke nicht, dass Christopher rasch nach Hause will, denn er ist zurzeit Single und hat niemanden, der sich um ihn kümmert und zum Beispiel Einkäufe erledigt. Ich kann wohl kaum meine Eltern bedrängen, ihn vor die Tür zu setzen."

Sie rieb sich die Augen. „Ich bin ziemlich von der Rolle, weil ich mit so viel Durcheinander nicht gerechnet hatte. Was soll ich denn jetzt machen? Hast du eine Idee? Ich brauche eine Lösung, schnell, denn es gibt noch jemanden, der ziemlich sauer auf die ganze Situation ist."

„Da muss ich nicht lange raten: Vicente. Der hat natürlich keine Lust, dass seine Traumfrau morgens mit ihrem Ex-Mann frühstückt."

„Bingo", rief Ina und nickte. „Genau, bei uns hängt mächtig der Haussegen schief. Vicente spricht kaum noch mit mir. Aber klar ist: Er möchte, dass ich jetzt sofort zu ihm ziehe, sozusagen auf diese Weise ein klares Bekenntnis für ihn abgebe. Sein Haus, du hast es noch nicht gesehen, sei groß genug und er wolle sich nicht länger mit quälenden Gedanken über meine große Liebesversöhnung außer Gefecht setzen lassen. Ganz ehrlich, ich verstehe ihn, denn umgekehrt würde mir das auch nicht gefallen."

„Aber das ist doch eine gute Idee", meinte Vera spontan.

„Veralein, ich will nicht in eine Abhängigkeit. Das ist doch viel zu früh. Und schon gar nicht lasse ich mich erpressen. Aber ich will auch nicht, dass mein Ex-Mann in meinem derzeitigen Zuhause herumsitzt. Das ist alles gruselig." Sie griff nach dem Weinglas und trank es fast auf ex aus.

„Ina, langsam" ermahnte Vera ihre Freundin.

Doch die schob ihr sanft, aber bestimmt, die Hand zur Seite. „Ich bin langsam am Ende und fühle mich von allen Seiten unter Druck gesetzt und halte das so nicht aus."

„Ist denn Christopher wirklich das kleinste Problem? Was ist denn mit Leonie?"

„Ja, das stimmt schon, dass sie sich alleingelassen fühlt. Ich stehe jetzt vor der Entscheidung, mit meiner Tochter zurückzugehen, damit sie wieder glücklich wird, oder mit ihr hierzubleiben. Ich weiß nicht, was richtig ist."

Vera griff über den Tisch nach ihrer Hand. „Mal halblang. Leonie ist erwachsen und du hast hier dein neues Leben an der Seite von Vicente und …"

„Ja, ich weiß. Aber für mich ist sie auch immer noch meine kleine Leonie. Loslassen fällt mir besonders schwer und ich habe Angst, mir später Vorwürfe zu machen. Klar, sagt die nüchterne Vernunft in mir: Wenn ich jetzt alles sausen lasse und wieder nach Paderborn gehe, dann verliebt sich Leonie prompt kurz danach und zieht mit ihrer großen frischen Liebe nach sonst wohin. Und ich stehe dann in der alten Heimat ohne Vicente und habe für nichts und wieder nichts alles aufgegeben." Sie blickte Vera jetzt fast schon hilfesuchend an. „Darf ich auch mal an mich denken?"

Vera streichelte ihr zustimmend über den Arm. „Allerdings darfst du das. Was sagt denn dein Herz? Du liebst doch Vicente."

„Und wie! Ich will ja auch hierbleiben, aber unter Druck gleich zu ihm ziehen? Ich möchte mehr Zeit, das ist mir zu schnell zu viel Abhängigkeit. Zudem kann ich von Luft und Liebe nicht leben. Ich brauche auch Geld und will mir erst ein sicheres Einkommen aufbauen, bevor ich zu einem Mann ziehe."

„Aber du hast drei Standbeine. Die Redaktion, die dich online beschäftigt, den Kanal, den du mit Ingo machst, und die Wanderfirma. Das wird doch reichen."

„Tut es ja, aber ich muss dafür etwas tun und will alles fest unter Kontrolle haben, damit ich weiß, ob es dauerhaft klappt. Das kannst du doch bestimmt am allerbesten verstehen. Du hast doch auch immer alles unter Kontrolle."

„So lange ich angestellt war, auf jeden Fall. Aber als Selbstständige weißt du nie, ob du künftig alles packst. Du musst immer auf Zack sein, um dein Einkommen zu sichern. Das habe ich doch bei Paul lange genug gesehen. Du bist frei, aber die Freiheit hat ihren Preis. Da es im Moment gut läuft, bleib hier und mach weiter deine Arbeit."

„Und Leonie? Was wird aus ihr?"

„Ina, Leonie ist kein Kind mehr. Wenn sie so an ihrer Mutter hängt, was ich gut verstehen kann, dann tun ihr ein paar Jahre in Spanien auch gut. Sie ist jung und könnte herrlich bei dir und deinen Eltern leben, zumindest vorübergehend, und hier viel lernen. Paderborn läuft doch euch allen nicht weg." Sie strich Ina erneut über den Arm. „Mal ehrlich, eigentlich hast du eine ganz wunderbare Perspektive. Auf keinen Fall solltest du etwas machen, was du nicht hundertprozentig magst."

Ina sagte kein Wort, sah stattdessen bedröppelt auf die Tischplatte. „Ich habe einfach Angst, zu einem Mann zu ziehen und wieder betrogen zu werden. Ist das so unverständlich?"

Vera lächelte. „Es wird nicht jeder betrogen und was ist schon sicher? Sicherheit gibt es nicht. Vicente hat einen guten Vorsatz, das ist alles, was du in der Liebe erwarten kannst. Mehr Zusicherungen sind irreal."

„Aus dir spricht immer die sachliche Technikerin."

„Stimmt, ich sehe alles meist recht nüchtern, klar, direkt, schnörkellos, zumindest wenn es nicht mich betrifft." Sie zwinkerte Ina zu, aber die war so mit sich beschäftigt, dass sie die Ironie gar nicht wahrnahm. Vera sprach deshalb gleich unbeirrt weiter: „Hör auf zu grübeln und zieh einfach vorübergehend zu deinem Vicente. Der Rest löst sich dann fast wie von selbst."

Ina atmete tief durch und schloss die Augen, bevor sie Vera wieder ansah. „Weißt du, ich mag keine Fehler machen. Ich möchte jetzt nur noch das Richtige tun. Ich habe gerade erst meine Mutter wiedergefunden und seit Kurzem auch eine neue Liebe. Ich möchte das alles festhalten, damit nichts mehr passieren kann. Deshalb wäge ich genau hin und her ab. Ich will und kann mir keinen Fehler mehr erlauben."

„Aber Vicente macht so einen guten Eindruck und ich habe dich zwar nur zweimal mit ihm gesehen, doch beide Male saht ihr richtig glücklich aus."

„Das sind wir auch, und deshalb wäre ich gern freiwillig und in Ruhe zu ihm gezogen. Jetzt ist alles so verkrampft und belastet, und wenn ich erst da bin, gibt es kein Zurück mehr. Das ist dann die nächste Falle, in der ich sitze."

Ina blickte auf das Meer, das sich wie ein dunkelblauer Spiegel vor ihnen ausbreitete und sagte kein Wort, so als müsste sie erst verdauen, was sie gerade ausgesprochen hatte. Vera hielt das Schweigen aus und nippte nur an ihrem Wasser.

„Ach es ist gut, dass du zuhörst und ich mir Luft machen kann", sagte Ina nach einigen Minuten. „Du bist eine tolle Freundin. Hoffentlich wird es bei dir nicht auch einmal so turbulent wie gerade bei mir. Apropos, was ist denn mit diesem Maik?"

„Meinst du, dass du das jetzt hören möchtest?", fragte Vera vorsichtig und griff unruhig nach ihrem Handy. „Soll ich dir einmal etwas vorspielen?"

Ina schien die Abwechslung zu gefallen, denn sie beugte sich neugierig herüber. „Hast du eine Nachricht von ihm?"

„Genau! Die kam vorhin. Magst du?"

„Und ob, spiele mal ab."

Vera druckste ein bisschen herum, bevor sie auf Wiedergabe drückte. „Ich möchte, dass du einfach mal hörst, wie liebevoll er ist." Dann hielt sie Ina ihr Telefon ans Ohr, damit sie trotz der Bargeräusche seine Stimme hören konnte.

Ina war mucksmäuschenstill, horchte genau zu und verstand, dass Maik bis über beide Ohren verliebt war, Vera unbedingt wiedersehen wollte und zum wiederholten Male nach Oliva Playa eingeladen hatte.

„Und? Wie findest du das?", fragte Vera.

„Total nett. Das ist doch richtig prima. Wenn du nicht gleich in der nächsten Woche mit ihm verschwindest, sondern dir ein bisschen Zeit lässt, ihn näher kennenzulernen, ist das eine Riesenchance für dich."

„Ich habe auch schon zugesagt und wir haben heute früh lange telefoniert. Ich mag ihn wirklich, aber, tja, das *aber* ... Ich weiß nicht mal genau, was es ist. Vielleicht nur das Gespräch mit Aaron, vielleicht etwas anderes. Auf jeden Fall spielen meine Gefühle gerade verrückt. Findest du ihn denn glaubhaft? Du hast ihn doch beim Wandern kennengelernt." Vera hatte fast einen Kloß im Hals, weil sie wieder die Sätze von Aaron im Ohr hatte, schob aber alle quälenden Gedanken schnell weg. Sie wollte Ina nicht damit belasten. Sie steckte ihr Handy zurück in die Tasche und winkte ungeduldig Juan zu. „Apropos Essen, Juan wartet schon die ganze Zeit darauf, was er uns bringen kann. Wollen wir uns ein paar Tapas teilen?"

Ina nickte. „Ich möchte die Kroketten, darin könnte ich versinken."

„Okay, dann nehmen wir eine bunte Mischung und probieren reihum. Einverstanden?"

Sie gab Juan die Bestellung auf und nickte zustimmend, als er ihr von den Gambas in Öl vorschwärmte, die heute im Tagesangebot waren. „Die kosten wir gern", bestätigte sie und freute sich auf die vielen Köstlichkeiten.

„Zurück zu deiner Frage. Tja, das ist schwer zu sagen. Aber auf mich wirkte er reizend: freundlich, hilfsbereit, kein bisschen launisch. Ich hatte ein gutes Gefühl. Außerdem gehen wir ja bald wieder zusammen auf Tour und ich sehe ihn mir dann noch einmal ganz besonders genau an." Sie strich Vera über die Wange. „Was soll schon passieren, meine Liebe. Du hast für die nächste Zeit Arbeit bei Margarethe und er ist sowieso hier, also, ideale Voraussetzungen, um sich am Mittelmeer näher kennenzulernen."

„Du …", druckste Vera unsicher herum. „Es gibt da etwas, das mich auch bedrückt."

„Ach, es gibt jetzt schon Schattenseiten?"

„Ich weiß nicht, ob es welche sind", sagte Vera vorsichtig, war aber froh, aussprechen zu können, was ihr auf der

Seele lag. „Aaron meinte, er habe bei ihm einen Törn mit seiner Ehefrau gemacht."

„Wie? Er ist verheiratet?" Sie seufzte. „Na ja, du auch, dann passt es ja."

„Ina bitte, nimm mich ernst. Mir hat er gesagt, er sei geschieden. Und jetzt sagt Aaron etwas anderes und bezieht sich dabei auch auf das, was andere Gäste vom Campingplatz so erzählen." Sie atmete schwer. „Ganz ehrlich, es passt einiges nicht zusammen. So parkt er sein riesiges Gefährt überall, nur nicht auf dem Campingplatz, zumindest nicht, wenn er mit mir verabredet ist."

„Was denkst du?"

„Dass mich niemand dort sehen soll!"

„Hmh." Ina schien unsicher, ob sie die Ansicht teilen sollte.

„Es kommt noch dicker", fuhr Vera fort. „Laut Aaron hat er schon mit seiner Frau die Afrikatour geplant. Von wegen, ich bin seine Traum-Reisebegleiterin. Ich bin die Notlösung." Sie seufzte. „Jedenfalls ist meine Anfangseuphorie verblasst."

„Verstehe" gab Ina ihr recht. „Das ist in der Tat ein wenig seltsam."

„Lasst es euch schmecken", meinte Juan und stellte einen großen Teller auf den Tisch, mit duftenden Kroketten und einem üppigen Avocado-Salat. „Die Gambas kommen etwas später", vertröstete er sie.

Fast zeitgleich stachen Vera und Ina mit ihren Gabeln in die Kartoffelröllchen und probierten davon.

„Das Pilzaroma zum Kartoffelgeschmack, ich liebe das", meinte Vera.

Ina nahm erneut einen Schluck von dem Wein und Vera konnte deutlich sehen, dass ihr der Alkohol zu Kopf gestiegen war, denn sie schien nicht mehr bedrückt, sondern wieder recht fröhlich und unbekümmert zu sein.

„Ach Vera, in unserem Alter lügen besonders die Männer beim Thema Trauschein gern", kam Ina auf Veras Problem zurück. „Es gibt eben viele tote Ehen, die nur noch auf dem Papier existieren. Es geht um Firmen, Vermögen, Rente, den guten Schein, den man wahren will. Aber eine neue Liebe möchte man trotzdem." Sie ließ zwei Eiswürfel in ihr Weinglas gleiten und drehte vorsichtig daran. Gibst du mir eigentlich recht?"

„Ja klar, das ist aber auch nur in der Theorie so einfach. Wer möchte denn mit einem Partner zusammenleben, der offiziell immer noch jemand anderes im Hintergrund hat, jemanden, der immer mehr Zugehörigkeit hat. Man ist *nur* die Nummer zwei, nee, das will ich nicht sein."

„Verständlich, aber es ist ein bisschen an der Realität vorbei. Manchmal ist das die berühmte Kröte, die man schlucken muss."

Vera hob ihr Wasserglas und streckte es Ina zum Anstoßen hin.

„Möchtest du einen Minischluck, für den Geschmack?", fragte Ina.

Vera schüttelte den Kopf. „Nee, Autofahren und Alkohol trenne ich strikt. Ich nehme lieber noch einen Saft." Sie signalisierte Juan, was sie wünschte, und als er das Glas brachte, trank sie einen Schluck und spürte der fruchtigen Frische auf der Zunge nach. „Zurück zum Thema mit der Kröte. Ich soll also damit leben, dass nie jemand wirklich zu mir gehört? Weißt du, wenn ich dann im Krankenhaus liege, darf mein Partner nicht zu mir, aber wenn irgendwo eine andere erkrankt, ruft man ihn an. Nein, das schlucke ich nicht."

„Du willst ja sowieso keinen Partner!", warf Ina ein.

„Den Satz vergisst du nicht, stimmt's?", scherzte Vera. „Ich gebe ja zu, dass ich mir das mittlerweile auch anders vorstellen kann, aber wenn schon, dann will ich keinen Kompromiss mehr, ich will alles, vom Leben und von der Liebe, basta!"

Der Rest des Abends verging wie im Flug. Vera fand, dass es Ina gutgetan hatte, sich ihren Kummer von der Seele zu sprechen und auch ein Glas Wein zu viel getrunken zu haben. Denn statt um ihren Familienkummer ging es zum Schluss um die Mode, die sie künftig auf ihrem Kanal zeigen wollte, ihre Liebe zu Spanien und die große Freude, die sie bei ihren Wandertouren empfand.

Als Vera sie zurück zur Finca brachte, wirkte die Freundin entspannt und sogar ein bisschen fröhlich. Im Gegensatz zu ihr, denn Vera hatte sich zwar ausgesprochen, sah aber keine Lösung. Sie würde aber Maiks Einladung annehmen. Sie sehnte sich nach ihm und außerdem brauchte sie Klarheit, egal in welche Richtung.

„Kommst du noch mit hinein? Bestimmt ist Christopher noch munter und du kannst ihn kennenlernen", schlug Ina vor, als Vera auf das Grundstück rollte.

„Nee, lass mal", winkte Vera ab. Sie war müde und wusste, dass sie morgen wieder früh herausmusste. Als Ina die Tür öffnen wollte, hielt Vera sie am Arm zurück. „Warte mal", meinte sie und sah ihr fest in die Augen.

„Hör noch mal kurz zu. Der Trouble in deiner Familie ist ganz schnell wieder vorbei. Das löst sich alles auf und du wirst hier wunderbar weiterleben. Mit deinen Eltern, deinem Vicente und vielleicht auch bald deiner Tochter. Also Kopf hoch, du bist ein Glückskind."

Ina seufzte. „Und du eine tolle Freundin. Ich halte dich auf dem Laufenden."

Als Vera allein die letzten Kilometer nach Hause fuhr, dachte sie darüber nach, wie sie sich sehen könnte. Ihr Glück schien ihr nicht mehr so nah. Die Sätze von Aaron hatten sie mächtig verunsichert. Sie wollte keine Beziehung mit einem verheirateten Mann. Sie musste dem auf den Grund gehen und das ganz schnell.

KAPITEL 9

Heimat ist auch was Schönes

Was war das? Etwa fränkische Volksmusik Musik? Vera lauschte, glaubte aber, sich getäuscht zu haben. Sie setzte sich mit einer Karaffe eiskalten Zitronenwassers auf ihre kleine Terrasse, um kurz durchzuatmen und sich die dringend nötige Erfrischung zu gönnen. Der Tag war heiß, lang und anstrengend gewesen. Sie hatten erneut gut am Stand verkauft, aber während Margarethe die Temperaturen von über dreißig Grad scheinbar locker wegzustecken schien, setzten sie ihr mächtig zu. Sie war die Hitze nicht gewöhnt und es war eben etwas anderes, ob man als ‚Alemana' in den Sommermonaten am Mittelmeer urlaubte, so wie sie es bisher kannte, oder sich zwischen Sonne, Strand und Palmen seinen Lebensunterhalt verdiente und einen ganz normalen Alltag lebte. Ständig fühlte sie sich verschwitzt, fand, dass ihre Haare nur noch unkontrolliert an ihrem Kopf klebten, und war schon erschöpft, wenn sie morgens gerade erst aufgestanden war. Immer war sie eine Sonnenliebhaberin gewesen, sehnte sich jedoch neuerdings Wolken am Himmel herbei und träumte von einem Tag in dunklen deutschen Wäldern.

Sie nahm einen großen Schluck von dem Prickel-Wasser und spürte schon zurückkehrende Lebensenergie, als die kalte Flüssigkeit durch ihre Kehle rann. „Oh, tut das gut", murmelte sie und goss sich gleich ein weiteres Glas ein. Trinken, immer trinken, das hatte sie in diesem spanischen Sommer gelernt.

Entspannt legte Vera ihre Füße auf einen Hocker und es fühlte sich an, als ob ihre durch das lange Stehen gequälten Füße lautstark „Danke, dass du auch mal an uns denkst" riefen. Sie lehnte sich zurück, kuschelte sich in das weiche Polster des Gartenstuhls und atmete bewusst ein. Die Luft war immer noch sommerlich heiß, aber sehr würzig und es war ein Genuss, sie einzuatmen. Sie bemerkte noch, dass ihr die Lider schwer wurden, und schloss wohlig die Augen. Sie freute sich auf den weiteren Abend, denn heute erwartete sie ein echtes Schmankerl, das von Georg angekündigte heimatliche Essen.

Da war sie wieder, die vertraute Wirtshausmusik. Einen Moment dachte sie erneut daran, sich zu täuschen. Aber dann umwehte ein warmer duftender Windhauch ihre Nase. Ein Grill!, schoss es ihr durch den Kopf und sie begriff, dass alles Realität war. Georg und sein Fest! Sie blickte auf ihr Handy. Verdammt, sie musste los. Sie sprang fix auf, schüttelte sich zurecht und stand im Blitztempo unter der Dusche. Hoffentlich war es noch nicht zu spät, ihre Hilfe bei den Vorbereitungen anzubieten. Jeansrock, weiße Leinenbluse, Leinenslipper, das passte. Sie machte sich schnell etwas die Haare, legte ein kleines bisschen Lippenstift auf und tuschte sich die Augen. Gut so, dachte sie bei einem Blick in den Spiegel und lief leichtfüßig hinaus ins Freie, direkt in den Garten und sah Georg mit einem großen Tablett aus der Küche zur überdachten Terrasse gehen.

Biergarten-Musik, zünftiges Essen, Geschichten aus der Heimat, besser ging es nicht, jubelte Vera innerlich. All das waren Streicheleinheiten für ihre Seele, die langsam darauf reagierte, dass mit Neustarts und Aussteigen nicht nur Sonnenseiten verbunden waren, sondern alles eine ganz schön anstrengende Angelegenheit sein konnte. „Es liest sich nur so leicht in Magazinen", hatte Vera erst kürzlich einer Kundin gesagt, die sie gefragt hatte, wie sie nach Spanien gekommen sei. „In Wirklichkeit ist es kräftezehrend, sein Leben hinter sich zu lassen." Die Dame, sie lebte in Dénia und war ebenfalls Deutsche, hatte gelächelt, genickt und „Ich weiß, was Sie meinen" gesagt. Sie hatte Jahre gebraucht, in ihrer neuen valencianischen Heimat wirklich anzukommen. Ihr Rat war deutlich. „Sie brauchen Geduld." Vera wusste nicht, ob sie davon genug hatte. Aber jetzt wollte sie weder nachdenken noch grübeln, sondern einfach nur genießen.

Georg hantierte auf der Terrasse an einem Bierfässchen, und Vera war überrascht, als sie sah, wie liebevoll er bereits alles dekoriert hatte. Auf dem Tisch steckten weißblaue Fähnchen, kombiniert mit passenden Servietten und Glasuntersetzern. Dazu gab es Bierkrüge und Schälchen, ebenfalls mit weiß-blauer Deko. Er konnte diese ganze Grundausstattung eines Franken unmöglich im Flugzeug mitgebracht haben. Offenbar war all das irgendwann einmal im Wagen in den Süden gebracht worden. Sie schmunzelte. Das ist Heimatliebe, dachte sie.

„Hast du geschlafen?" Georg strahlte freundlich, als sich Vera zu ihm stellte. „Ich habe dich schon vermisst", sagte er liebevoll.

„Sorry, ich bin offenbar weggenickt, dabei wollte ich dir doch bei der Vorbereitung helfen. Das tut mir so leid."

„Alles gut, allein hatte ich freie Bahn und konnte alles so machen, wie ich es wollte. Das war auch ganz schön." Er wies mit der Hand auf den Tisch. „Erinnert es dich an unsere Heimat? Bist du jetzt traurig und möchtest am liebsten bei Alois im Klostergarten sitzen und ein eisgekühltes Helles trinken?"

„Im Klostergarten? Liebst du das auch dort?" Die Erinnerung an viele lustige Abende bei Alois ließ sie lächeln. „Ich esse da immer den Käsesalat und die Brezel. Letztere sind übrigens die besten in ganz Franken und auch gesamt Bayern. Garantiert!" Vera war so berührt, dass sie den Biergarten des in Bamberg so beliebten Gastronomen richtig vor sich sah.

„Alois' Brezeln sind vielleicht die besten in Deutschland. Aber die besten in Spanien mache ich." Georg hielt ihr ein Körbchen hin, in dem goldbraun gebackene Brezel lagen, natürlich auf einer weiß-blauen Serviette. „Bitteschön, du darfst vergleichen."

„Die waren schon beim letzten Mal richtig lecker. Wo hast du die denn her?"

„Geheimnis, wird nicht verraten."

Vera brach ein Stück ab und schob es sich in den Mund. „Schmeckt super und schmeckt immer, rund um die Uhr", sagte sie. „Aber ich will nicht nur schlemmen. Kann ich nicht wenigstens noch ein bisschen helfen? Ich fühle mich sonst schlecht."

„Das vergeht", meinte Georg scherzhaft und drückte sie sanft auf die Bank. „Du hast frei und ich habe sowieso alles fertig. Margarethe war zum Einkaufen in einem Gartenmarkt und räumt gerade die Sachen weg. Danach sind wir startklar." Er blinzelte ihr zu. „Es reicht, wenn du einfach da bist."

Er zeigte mit dem Finger auf einen Beistelltisch, auf dem das Fässchen aufgebaut war. „Das kleine Teilchen ist mehr für die Stimmung. Bei der Hitze passt Wasser besser. Aber nun sag mal ehrlich: Wenn wir uns die Palmen wegdenken, können wir uns wie in Bamberg fühlen, stimmt's?"

„Absolut! Und wow, das sieht alles klasse aus. Du hast nicht nur ein Helles und Brezeln im Angebot, sondern …"

„… richtig, auch Käsesalat, Spätzle, Rettich und, und, und. Du wirst dich noch wundern."

„Ich glaube es nicht", staunte Vera und wackelte wie ein Kind vor Freude mit den geballten Fäusten. „Das ist ja wirklich wie in der Heimat." Sie schnupperte. „Das Einzige, was nicht passt, ist der Orangenduft, der wieder in der Luft liegt."

„Das stimmt, aber den kann ich mir auch gut im Biergarten vorstellen. Der Duft macht fröhlich und das passt doch auf der ganzen Welt."

„Da hast du recht", bestätigte Vera. „Dann genießen wir mal Franken mit Orangenduft. Das hat was."

„Übrigens habe ich noch Ina eingeladen, und Alexandra, die Coacherin."

„Oh toll, da freue ich mich. Alle erzählen von ihr, aber ich habe sie noch nicht kennenlernen dürfen. Ich bin sogar demnächst mit deiner Schwester bei einem ihrer Seminare."

Kaum hatte Vera das ausgesprochen, hörte sie Reifen auf dem Kies knirschen und sah zum Eingangstor. „Ist das Alexandra?", fragte sie und staunte, als sie ausstieg, „Das ist ja eine beeindruckende Erscheinung."

Die großgewachsene Frau, die mit sicherem Schritt und aufrechter Haltung über das Gelände mehr schritt als ging, zog sicher überall Blicke auf sich. Alexandra hatte ihr lockiges dunkles Haar unkompliziert hochgesteckt und trug ein türkisfarbenes, fast bodenlanges Baumwollkleid mit einem passenden Schal, der locker ihre gebräunten Schultern umspielte. Dazu hatte sie viel auffälligen Silberschmuck kombiniert und silberne Zehensandalen. Mit ausgebreiteten Armen ging sie auf Georg zu und umarmte ihn herzlich.

Danach kam sie zu ihr. „Du bist Vera, ich freue mich sehr, dich kennenzulernen." Sie drückte sie fest und küsste sie auf die Wangen. „Meine Güte guapa, du hattest richtig Pech. Ich habe es schon von Margarethe gehört. Aber es hat sich doch alles bestens gefügt. Jetzt kannst du dieses schöne Land ausgiebig kennenlernen. So ist es manchmal im Leben. Man braucht Zeit, um zu verstehen, wofür etwas seinen Sinn hatte."

Vera lächelte sie freundlich an. „Huch, du kommst ja schnell zum Punkt", meinte sie und war über die Mini-Analyse ihrer Lebenssituation überrascht, stieg aber gleich darauf ein. „Ich bin auch richtig froh, dass sich alles so entwickelt hat. Schön, dich kennenzulernen. Ich habe umgekehrt auch schon einiges von dir gehört. Du bist die Frau für alle Notlagen."

Alexandra strahlte sie an. „Das ist zwar ziemlich verkürzt, aber zutreffend. Zu mir kommt man gern, wenn man nicht mehr weiterweiß und jede Menge Fragen hat. Dabei liefere ich gar keine Lösungen, sondern helfe meinen Klienten nur, selbst Antworten zu finden."

„Na, da hätte ich aber jede Menge Fragen, auf die ich keine Antworten weiß." Vera lachte und freute sich, dass ihr Georg den Arm um die Schulter legte und „Ich weiß auch nie Antworten" murmelte.

„Doch, Vera, du kennst sie und du auch, Georg. Aber sie sind so in eurem Inneren vergraben, dass ihr sie nicht hört, zumindest manchmal nicht."

„Und du bringst mich auf die Spur?", fragte Vera.

„Genau, ich bringe dich auf den Weg zu deinen Antworten. Das ist eigentlich alles. Ich helfe dir, längst bekannte Lösungen aufzuspüren. Das ist eine aufregende und sinnvolle Reise, die wir gemeinsam unternehmen."

Sie lächelte Georg zu. „Deine Antwortreise hat dich auch ans erste Ziel gebracht."

„Ja, und wenn es mich mal wieder packt, weiß ich, wo ich dich finde." Er schob sich die Hände in die Hosentasche und hörte Vera und Alexandra aufmerksam zu.

„Und wie läuft das ab?", fragte Vera.

„Ganz einfach. Ich stelle dir Fragen, und indem du dir die Antworten überlegst, führe ich dich langsam zu den richtigen Inhalten. Wenn du nach ein paar Sitzungen gehst, ist dein Leben nicht mehr ein Labyrinth, in dem du dich verlaufen hast, sondern ein aufgeräumter Park, in dem du gemütlich herumspazierst, Pause machst, Dinge besichtigst und die Irrwege sind verschwunden."

„Das klingt aber aufregend." Vera und war beeindruckt und neugierig, auf das, was sie erwartete.

„Ist es auch", warf Georg ein. „Ich lüfte jetzt mal ein Geheimnis. Alexandra hat mir sehr geholfen, als ich nach der Trennung von meiner Frau ziemlich von der Rolle war. Es kam damals so viel zusammen und irgendwann hat sie mich hier entdeckt. Wie ein Häufchen Elend habe ich da hinten gesessen." Er zeigte auf eine Bank am Rande der Orangenbaum-Plantage, von der aus man einen fantastischen Blick auf die Berge hatte. „Da habe ich stundenlang vor mich hingestarrt und war oft zu kraftlos, einfach nur aufzustehen. Irgendwann saß Alexandra neben mir. Die Gespräche mit ihr waren damals Balsam für meine Seele und haben mir die Augen für die Zukunft geöffnet."

Er zwinkerte Alexandra zu. „Ja, ja, ich weiß längst, dass dich damals nicht der Himmel geschickt hatte, sondern meine geliebte Schwester."

Alexandra schmunzelte. „Na, die hat ja einen direkten Draht nach oben. Also so völlig falsch ist das mit dem Himmel nicht."

„Solche Gespräche könnte ich auch gut gebrauchen", warf Vera ein. „Ich weiß im Moment ja auch nicht, wie es weitergeht. Soll ich dauerhaft hierbleiben, zurück nach Hause fliegen oder in das ganz große Abenteuer starten? Ich habe jeden Tag eine andere Vorstellung, was das Beste für mich ist."

„Erst einmal denken wir nicht an die Zukunft, sondern an unseren hoffentlich hungrigen Magen. Es ist ja perfekt angerichtet!" Margarethe hatte sich zwischen Vera und Alexandra gestellt, nahm beide an die Hand und ging mit ihnen im Schlepptau zum Esstisch. „Jetzt lasst euch mal verwöhnen. Weg mit den ernsten Gedanken. Wir schlemmen, schunkeln und denken an unsere fränkische Heimat. Also los!" Und zu Alexandra gewandt meinte sie lachend: „Du hast zwar in Hamburg gelebt, bist aber immerhin in Bayreuth geboren. Du darfst mitschunkeln."

„Und was machen wir mit unserem Nordlicht Ina?", fragte Vera. Margarethe sah auf die Uhr. „Bei ihr drücken wir mal ein Auge zu. Sie kommt übrigens etwas später. Wir sollen schon anfangen."

Georg gab dem Lautsprecher das Kommando „lauter", hebelte gekonnt das Mini-Bierfass auf und hielt ein kleines Bierglas unter den Zapfhahn. Als das erste frischgezapfte Bier im Glas war und alle einen Probeschluck nahmen, wurde begeistert geklatscht.

Vera konnte sich nicht sattsehen an der stimmigen Dekoration und das Wasser lief ihr im Mund zusammen, als Margarethe ihr mit einem Löffel duftenden warmen Kartoffelsalat auf den Teller gab. Wie sehr sie das alles vermisst hatte! Und den anderen schien es genauso zu gehen wir ihr, denn wie Pingpong-Bälle flogen die Anekdoten aus der Heimat hin und her. „Weißt du, wo …" und „Erinnerst du dich …" waren die beliebtesten Satzanfänge und gemeinsam amüsierten sie sich über ihre Erlebnisse in der fernen Heimat.

Vera genoss die Zeit, aber das Angebot von Alexandra ging ihr nicht mehr aus dem Kopf. Sie könnte wirklich gut jemanden gebrauchen, der ihr half, den richtigen Weg einzuschlagen. Schade, dass Margarethe so dazwischengefahren war, sonst hätte sie vielleicht eine Antwort von Alexandra bekommen, beziehungsweise einen Hinweis, wie sie ihre Antworten selber fand, zumindest hatte sie das angedeutet. Sie seufzte und atmete tief durch. Es belastete sie zunehmend, so orientierungslos zu sein. Das Leben einfach vor sich hin plätschern zu lassen, war nicht ihr Ding. Sie sehnte sich nach einem Plan. Gut, vor Kurzem hatte sie noch dazu tendiert, sich auf das ganz große Abenteuer einzulassen. Sie wollte nach Afrika übersetzen, vielleicht sogar an der Seite eines Mannes, der ihr auf Anhieb gut gefallen hatte. Doch das unerwartet eingetretene Glück hatte deutliche Risse bekommen. Aarons Aussagen über Maik hatten sie nachhaltig irritiert. Klar könnte die ganze Ehegeschichte nur Fantasie sein, ein wildes Gerücht, das irgendjemand in die Welt gesetzt hatte. Sie hatte längst gelernt, dass ausufernde Tratschereien unter den deutschsprachigen Auswanderern normal waren. Viele waren nicht mehr berufstätig und hatten viel Zeit, sich mit Geschwätz über ihre Landsleute den Tag zu vertreiben. Jeder wusste etwas von jedem, und so waberte eine mächtige Gerüchtewelle über den beliebten Küstenorten. War Maik wirklich der, der er vorgab zu sein? Und welche Rolle spielte seine angebliche Frau? Sie brauchte Klarheit.

„Weißt du Vera, ich wollte dir die ganze Zeit schon sagen, dass du eine tolle Frau bist", hörte sie plötzlich Georgs vertraute Stimme und war froh, dass er sie damit aus der quälenden Gedankenspirale holte. Er hatte sich mit einem Salatteller neben sie gesetzt und sah sie herzerfrischend lachend an. „Ich finde, du bist eine Frau, die die Beine auf der Erde und das Herz auf dem rechten Fleck hat."

Vera blickte etwas unsicher zu Boden. Sie konnte die Sätze nicht einordnen. Georg war ein ungeheuer liebenswerter Mann. Sie schätzte seinen Humor, seine schlagfertige Art, doch sie hatte mit Maik schon genug zu tun und mittlerweile war sie auch wieder soweit, überhaupt keinen neuen Partner mehr zu wollen.

„Danke für dein Kompliment", sagte sie leise. Sie seufzte. „Aber die Beine auf der Erde ... tja, leider nicht immer." Sie lächelte ihn etwas gequält an. „Ich wünschte, es wäre so." Und dann wechselte sie schnell das Thema. „Dein Kartoffelsalat ist übrigens großartig."

Georg griff nach dem Teller mit dem aufgeschnittenen Rettich und ließ Vera probieren. „Und? Schmeckt er wie zu Hause?"

Das deftige Gemüse entfaltete auf ihrer Zunge sein typisches Prickeln. „Warte, Moment, ja, stimmt. Großartig gewürzt", meinte sie und gab ihm dann ein ‚Daumen hoch'. „So, wie ich heute hier schlemme, solltest du unseren geliebten ‚Sonnenhof' in Bamberg übernehmen. Du machst echt wunderbares Essen."

„Abwarten", sagte Georg und schob Vera jetzt eine Gabelspitze mit seinem Käsesalat in den Mund. „Den musst du auch noch probieren."

„Fantastisch", schwärmte sie. „Der hat die richtige Mischung aus Öl und Essig und dazu die Wildkräutermischung." Dann winkte sie ab. „Jetzt ist genug mit der

Mästung, mein Lieber. Ich möchte noch in meine Hosen passen. Aber den Gastronomiegedanken solltest du verfolgen."

„Das sage ich ihm auch immer", warf Margarethe ein. Sie stand jetzt neben Vera und hatte Alexandra im Schlepptau. Die beiden Freundinnen hatten richtig Spaß, hakten sich unter und schunkelten zu der typischen Festzeltmusik. Alexandra sang zeitweise lautstark die Texte mit und Vera hatte sich nicht vorstellen können, dass sie auch so eine heitere und unbekümmerte Seite hatte. Schließlich schunkelten, lachten und alberten sie zu viert, mal sitzend, mal stehend, erfreuten sich an den langsam abkühlenden Temperaturen, dem Essen und dem kühlen Bier.

„Vorsicht, bei der Hitze steigt der Alkohol schnell in den Kopf. Man sollte es bei ein paar Schlückchen lassen", hatte Margarethe sie schon gewarnt, und so floss statt Bier das Wasser in Strömen.

In einem ruhigen Moment setzte sich Vera neben Alexandra auf die Bank und sprach aus, was ihr auf der Seele brannte. „Was hast du eigentlich damit gemeint, dass du mir eine Antwort geben kannst? Meinst du das ernst? Margarethe und ich wollten ja beim nächsten Selbstfindungsseminar dabei sein, aber vielleicht hast du schon vorab einen Tipp für mich."

Alexandra war sofort im Thema. Sie hatte gerade ihren Salat aufgegessen und schob jetzt den Teller zurück. „Dann komm mal her und wir gehen ein paar Schritte." Sie hakte Vera unter und signalisierte den beiden anderen, dass sie ins Bad wollte und Vera ihr den Weg zeigen würde.

„Weißt du, unsere Psyche mag es gern vertraut", begann sie ein ernstes Gespräch und zog Vera sofort, als sie aus dem Blickfeld waren, auf einen kleinen Weg. „Das gilt genauso, wenn man nicht sonderlich zufrieden ist. Wir mögen den Status quo nun mal besonders gern."

„Ja, das stimmt, ich bin auch erst gegangen, als es nicht mehr anders ging."

„Eben, du musstest erst in das neue Leben quasi geschubst werden. Aber überleg, was du gewonnen hast. Wer immer auf Nummer sicher geht, bleibt irgendwann stehen. Du bist vorangekommen, doch jetzt musst du allein entscheiden, denn es ist niemand da, der dich schubsen kann."

„Das stimmt, ich weiß aber wirklich nicht, wie es weitergeht. Einfach weitermachen wie bisher?"

„Denk daran, dass es keine perfekten Entscheidungen gibt. Aber es gibt eine Faustregel: Entscheidungen, die keine positiven Empfindungen hervorrufen, sind in der Regel auch keine guten."

„Wie meinst du das?"

Alexandra schob Vera auf eine Bank, die in der Nähe stand. „Komm, wir machen einen Schnellkurs. Du wirst sehen, es hilft dir."

Vera war dankbar über die Unterstützung, setzte sich bereitwillig hin und freue sich, dass Alexandra an ihre Seite rutschte.

„Pass auf, es geht ganz schnell. Du hast ein paar Möglichkeiten, die sich dir jetzt eröffnen, richtig? Welche sollst du annehmen? Das ist die Frage, okay?"

Vera nickte zustimmend.

„Also gut", meinte Alexandra. „Du trainierst dein Gefühl, indem du dir Zeit und Ruhe nimmst, in die jeweilige Situation abzutauchen. Stell dir genau vor, wie dein Leben bei den einzelnen Wegen, die du einschlagen kannst, aussehen und ablaufen würde. Wichtig ist dabei, dass du das so vielseitig und gründlich machst, wie möglich."

„Das heißt, ich male mir etwas aus?"

„Genau! Du legst dich an den Strand, oder hier auf diese Bank, in dein Bett, wo immer es dir gefällt, und gehst einen konkreten Tag in deinem möglichen neuen Leben durch. Du stellst dir ganz exakt vor, was dich erwartet."

Vera hörte aufmerksam zu und versuchte, sich auszumalen, wie das ablaufen würde.

Alexandra legte ihr die Hand auf den Arm. „Aber halt, alles ohne verklärte Brille. Du malst dir nicht aus, wie schön es ist mit dem neuen Mann, dem neuen Job, dem neuen Haus. Nein, du stellst dir die Realität vor und das ganz genau, möglichst detailgetreu. Wie ist es, wenn du aufstehst, im Regen an der Bushaltestelle stehst. Danach mit der blonden Kollegin, die du noch nie sonderlich geschätzt hast, acht Stunden zusammenarbeiten musst oder du es mit den Kindern deines neuen Partners am Wochenende zu tun bekommst. Es muss lebendig, realitätsnah, konkret sein. Und dann fragst du dich genauso konkret: Welche Gefühle löst das in mir aus? Was empfinde ich? Angst, Sorge, Freude, Unsicherheit. Alles ist möglich, aber registriere das."

„Das klingt spannend", warf Vera ein. „Es hört sich so leicht an und es ergibt Sinn."

„Es ist eine gute Methode. Du wirst es erleben. Für eine Entscheidung brauchst du eine positive gefühlsmäßige Reaktion. Was sich gut anfühlt, kann nicht falsch sein. Aber …" sie zeigte mit der Handfläche das Stoppzeichen. „… wir sind noch nicht fertig. Denn das berühmte Bauchgefühl ist kein Freibrief, denn es beruht auf Intuition, also Erfahrung. Was ist, wenn wir die gar nicht haben? Gut, wir haben davon gelesen und gehört. Trotzdem ist es ein dünnes Eis. Also, jetzt musst du deinen Kopf fragen. Findet der das auch gut? Oder hat er Einwände? Was passt nicht? Warum widersprechen sich Kopf und Bauch? Was habe ich übersehen? Gibt es vielleicht doch eine bessere Alternative?" Alexandra sah Vera eindringlich an. „Ich fasse zusammen: Wenn wir Herz und Kopf in unsere Entscheidung einbeziehen, wenn wir alle beide fragen, dann sind wir grundsätzlich auf dem richtigen Weg."

„Das klingt nach viel Arbeit für mich?"

„Allerdings, Entscheidungen zu treffen, die einem guttun, ist Arbeit." Alexandra zupfte etwas Gras ab und bildete daraus auf der Sitzfläche der Bank zwei kleine Grashäufchen. „Sieh mal, der linke hier ist dein Verstand, der rechte dein Gefühl. Beides liegt ganz getrennt nebeneinander."

Vera betrachtete die Häufchen.

„So ist es oft und dieses Getrenntsein führt dazu, dass wir unglücklich sind. Wir möchten selbstständig sein und etwas mit den Händen machen, arbeiten aber in einer Bank. Wir möchten mit unserer Jugendliebe zusammen sein, wollen aber unsere Ehe nicht aufgeben, weil sie uns Sicherheit gibt. Wir möchten die Welt umrunden, fahren aber nach Amrum, weil es einfacher ist und so viel preiswerter." Sie schob die beiden Grashäufchen zusammen und strahlte Vera an. „Das ist das Optimum. Herz und Verstand sind deckungsgleich. Wir leben so, wie wir es lieben, und das ist vernünftig. Wer das erreicht hat, ist am Ziel."

Vera war baff. Es klang so logisch, so einfach. Warum war sie nicht allein darauf gekommen? „Du hast mir gerade die Augen geöffnet. Ich bin ganz sicher, jetzt das Richtige zu tun."

„Das freut mich meine Liebe. Aber auch wenn es im Moment bestimmt enttäuschend klingt: Es gibt keine absolut richtigen Entscheidungen. Du kannst die Zukunft nicht durchdringen, nicht alle Unwägbarkeiten und Eventualitäten mit einbeziehen. Egal, wie du dich entscheidest, schiefgehen kann es immer. Das musst du wissen. Wir müssen alle mit den Konsequenzen unserer Entscheidungen leben und die Verantwortung dafür übernehmen. Das ist das Leben. Auch wenn du nichts tust und einfach jeden Tag so weiterlebst wie bisher, wirst du hadern. Das gehört nun mal dazu."

Vera sah Alexandra fasziniert an. „Ich habe in diesen wenigen Momenten so viel gelernt. Jetzt verstehe ich, warum alle so von dir schwärmen."

„Na, na, zu mir kommen Menschen, die sich im Kreis drehen und wenn ich mit ihnen einen Ausweg finde, sind sie happy und loben mich. Das heißt noch nicht, dass der Weg auch dauerhaft für sie passt. Ich kann nur Hilfestellungen geben, alles andere machen meine Klienten selber. Man sollte sie loben, nicht mich."

„Ach du, sei nicht so bescheiden." Vera nahm Alexandra fest in den Arm und strich ihr liebevoll über den Rücken. „Danke, danke, danke", flüsterte sie ihr ins Ohr. „Danke, dass du mir hilfst, auch meinen zweiten Neustart zu meistern."

Alexandra fasste ihr an die Schultern. „Und komm trotzdem zu meinem nächsten Seminar. Ich gehe mehr in die Tiefe und du wirst sympathische Frauen kennenlernen. Scheu dich auch nicht, immer wieder zu fragen, wenn dir etwas auf der Seele brennt, okay?"

„Mache ich, ganz bestimmt."

„Und ich gehe jetzt wieder zur Hausherrin und stärke mich noch mit ein paar Spätzle. Die sind großartig, ach, was sage ich, es schmeckt alles prima." Sie winkte Vera zu, während sie noch einen Moment zurück auf die Bank rutschte und durchatmete. Das Leben brauchte nicht nur Energie, es brauchte auch eine Gebrauchsanweisung, dachte sie.

„Ach, wir bekommen Gäste", hörte sie Margarethe plötzlich rufen und sah Inas nougatfarbenen Geländewagen auf den Finca-Parkplatz rollen. Ina kommt, wie schön. Vera stand sofort auf, um die Freundin willkommen zu heißen.

Als sich die Tür öffnete, sprang Carlos zuerst heraus und hüpfte mit großen Schritten auf die fröhliche Vierergruppe zu. Ina dagegen wirkte alles andere als happy. Bereits ihre Körperhaltung verriet, dass sie sich nicht gut fühlte.

„Bleibt bitte sitzen", meinte sie sofort, als sie sich zu den anderen an den Tisch setzte. „Verzeiht die Verspätung.

Ich musste noch etwas klären." Sie griff nach einer Brezel. „Ich nehme auch ein Bier. Das brauche ich jetzt."

Margarethe und Alexandra sahen sich besorgt an und auch in Vera kam Sorge auf. Ina schien neben sich zu stehen, da waren sich offenbar alle ganz sicher.

Georg stellte ihr ein frisch gezapftes Mini-Bier hin und Ina winkte ihm zu. „Schön, dass du Zeit gefunden hast. Bisher haben wir uns ja nur wenige Male zwischen Tür und Angel gesehen, dafür hat Margarethe mir schon viel von dir erzählt." Georg ging um den Tisch herum und nahm sie zur Begrüßung in den Arm. „Du bist ja hier bekannt wie ein bunter Hund."

„Tja, aber das liegt mehr an meinen Eltern als an mir. Sie haben mich kräftig herumgereicht."

„Schön, dass du da bist", sagte er und reichte ihr die Schüssel mit dem Salat.

Ina nahm dankend alles an und biss zuerst herzhaft in die Brezel. „Köstlich, das erinnert mich an meinen Besuch auf der Wiesn." Sie sah irritiert in die Runde. „Feiert ihr eigentlich gerade das Oktoberfest? Das ist doch jetzt, zumindest bald."

„Genau jetzt, so wie das in München", meinte Georg. „Deshalb holen wir ein bisschen Bierzelt-Stimmung nach Spanien."

„Gelungen", sagte sie zwischen zwei Bissen, bevor sie mit Bier nachspülte. „Wenn ihr wüsstet, was bei mir schon wieder los ist." Sie sah in die Runde. „Botschaft an alle: Überlegt euch gut, wen ihr heiratet. Es sind zu viele Konsequenzen damit verbunden."

Ina sagte das betont locker und schien nicht zu bemerken, dass sowohl Vera als auch ihre Freunde besorgt waren.

„Magst du reden?", fragte Alexandra einfühlsam.

„Ich muss reden", antwortete sie, nahm von dem Kartoffelsalat und probierte ihn sofort. „So einen habe ich mal in München gegessen. Ihr könnt einfach kochen!" Sie sah in die Runde und ihre Augen flackerten nervös. „Also, ich erzähle euch alles. Seitdem mein Ex-Mann bei meinen Eltern und damit auch bei mir wohnt, habe ich die Dauerkrise mit Vicente. Er unterstellt mir, dass zwischen uns, also zwischen Christopher und mir, wieder etwas läuft."

„Wie? Dass du mit ihm schläfst?", fuhr Vera dazwischen.

„Das hat er nicht behauptet, aber zumindest haben wir seiner Meinung nach Gefühle füreinander." Sie nahm einen Schluck von dem Wasser, das ihr Margarethe jetzt hingestellt hatte. „Ehe ihr fragt, es ist nichts zwischen uns, wirklich nichts. Christopher ist Leonies Vater und das ist die einzige Bindung, die wir haben."

„Und sagst du ihm das?", fragte Vera nach.

„Ständig! Ich sage dauernd, dass das Quatsch ist, aber er will das nicht hören. Er wittert immer, dass ich ihn ausbooten will."

„Ja gut, aber verstehen kann ich ihn auch. Immerhin lebst du mit ihm zusammen, zumindest im Moment", gab Margarethe zu bedenken.

„Vorübergehend für ein paar Tage, weil es nicht anders geht. Ich bin fünfzehn Jahre geschieden und mit Vicente superglücklich. Aber mittlerweile verbarrikadiert er sich in der Praxis und geht mir aus dem Weg."

„Und was will er dir damit sagen?", wollte Alexandra wissen.

„Gar nichts. Er will nicht wieder verletzt werden und zieht sich von mir zurück, damit es im Trennungsfall weniger wehtut."

„Alter Trick!", meinte Margarethe. „Aber er bringt schnell Verwirrung."

„Oh ja, mittlerweile herrscht Funkstille. Er geht nicht mal mehr ans Telefon. Ich habe es den ganzen Tag über probiert. Vergeblich!" Ina fuhr sich mit der Hand durch das Haar und schüttelte den Kopf. „Das ist doch alles unglaublich. Seinen Geburtstag hat er noch mitgespielt, seitdem ist er komplett abgetaucht." Sie sah fast schon verzweifelt in die Runde. „So ein Mist, ich habe doch Christopher gar nicht eingeladen. Was soll ich denn machen, wenn er sich das Bein bricht? Für uns alle ist es selbstverständlich, dass wir uns kümmern."

Ina griff nach ihrer Brezel und legte sich eine Portion Spätzle auf den Teller. „Hmh", meinte sie nach dem ersten Probebissen. „Ich liebe wirklich die spanischen Tapas und leckeren Salate, aber die deutsche Küche kann sich auch sehen lassen."

Margarethe schmunzelte, weil sich Carlos recht energisch an ihre Beine schmiegte und auf seine Streicheleinheiten bestand. „Aber im Ernst, Ina, wie geht es jetzt bei dir weiter?", wollte sie wissen. „Ich würde dir gern helfen."

„Das kannst du nicht. Gespräche helfen bei Vicente nicht, sein Misstrauen in den Griff zu bekommen. Seitdem Leonie angerufen und Christophers Besuch angekündigt hatte, ist er der wandelnde Zweifel. Anfangs hat er mich kritisch beäugt und sich alles Mögliche vorgestellt. Mittlerweile sehen wir uns gar nicht mehr und ich habe wirklich Angst, ihn zu verlieren. Er sitzt schon so tief in seinem emotionalen Schneckenhaus, dass ich Sorge habe, er kommt nie mehr da heraus." Sie nahm einen kräftigen Schluck Wasser und blickte zu Margarethe. „So, ich haue gleich wieder ab. Ich habe morgen zeitig eine Wandergruppe."

„Und du schläfst zu Hause?"

„Ja klar, Leonie ist auch dort. Meine Güte, es geht um ein paar Tage und mein Freund macht so ein albernes Theater und denkt sich die große Familienversöhnung aus." Ina schüttelte genervt den Kopf. „Mit Christopher, nach fünfzehn Jahren Distanz, ach was, wir hatten schon viel länger nichts mehr. Und jetzt, husch, sind wir verliebt wie Teenager und verbringen wilde Liebesnächte unter Palmen. Was soll denn der Quatsch?"

„Das nennt man Eifersucht!", sagte Vera trocken.

„Aber übertriebene", warf Ina ein. Sie griff noch einmal nach einer Brezel. „Darf ich sie mitnehmen? Als Wegzehrung."

Margarethe nickte, stand dann auf und nahm Ina in den Arm. „Versuch, zu schlafen. Das beruhigt sich alles. Bald ist dein Christopher wieder in der Heimat und du hast deine Ruhe."

„Wisst ihr was, ich gehe auch." Alexandra sah auf die Uhr. „Mitternacht! Da muss ich ins Bett. Ich habe morgen Handwerker da." Sie verabschiedete sich von allen mit Küsschen und ging dann mit Ina zum Parkplatz.

Vera sah, dass sie noch ein paar Minuten mit Ina sprach. Bestimmt wollte sie sie ermutigen, ruhiger zu werden und positiv in die Zukunft zu sehen, dachte Vera und entschloss sich, zum Ende des wunderschönen Abends noch ganz in Ruhe ein Bier zu trinken.

Als sie Georg darauf ansprach, zapfte der ein goldgelbes Helles und Margarethe nutzte die Gelegenheit, sich zu verabschieden. „Jetzt, wo die beiden das Bett erwähnt haben, träume ich auch von meinem und lege mich hin." Sie küsste erst Vera und dann ihren Bruder und verschwand eilig im Haus.

„Im Moment ist hier ganz schön was los." Georg sah Vera nachdenklich an. „Das fällt mir besonders auf, weil ich in einer guten, ruhigen Phase stecke. Es geht mir gut, ich habe mich mit den Herausforderungen des Lebens arrangiert, da fällt es umso mehr auf, wie viele Menschen mit sich und dem Leben hadern."

„Ich habe vorhin mit Alexandra gesprochen. Sie hat mir tolle Tipps gegeben."

„Ich weiß auch welche", warf Georg ein. „Magst du meine Fast-Version hören?"

„Gern!"

„Vertrau auf dein Herz, es sagt dir genau, was für dich passt. Manchmal muss man dem Herzen nur etwas Zeit lassen, sich zu äußern."

„Mein Herz sagt aber jeden Tag etwas anderes", warf Vera ein.

Georg schüttelte den Kopf. „Nee, nee, das täuscht. Nimm dir Zeit, es richtig zu verstehen. Mein Tipp: Gönn dir einen kurzen Tapetenwechsel. Es reicht eine Autofahrt ans Meer oder ein Spaziergang durch die Natur, zumindest etwas, das dir Ruhe verspricht, und irgendwann meldet sich deine innere Stimme und sagt laut und deutlich, was sie will. Du wirst dich wundern, wenn du sie hörst, und ich verspreche dir, dass du danach wie auf Schienen deinen Weg gehst."

Vera seufzte. „Ich hoffe, so sehr, dass du recht hast." Dann nahm sie ihn spontan in den Arm. „Weißt du eigentlich, dass du der Einzige bist, mit dem ich herrlich reden kann? Es ist schön, sich so gut verstanden zu fühlen."

„Ich spreche auch gern mit dir. Ich fühle mich nicht nur verstanden, sondern auch angenommen. Das tut gut." Er sah Vera an. „Trinkst du noch ein zweites Bier mit mir?"

„Klar, aber mit ganz viel Eis. Ich habe hier meine Liebe zu kalten Getränken entdeckt. Und magst du auf die Musik verzichten? Ich würde lieber die Grillen hören."

„Ich auch", stimmte er ihr zu, drehte die Box aus, ließ ein bisschen Bier ins Glas laufen und gab jede Menge Eis dazu. „So, für dich, genieße es", meinte er und setzte er sich zu ihr und gemeinsam genossen sie das Schweigen, die Stille, die Geräusche der Natur.

Vera wusste nicht, wie spät es war, als Georg sie sanft anstupste. „Ich glaube, ich bringe dich mal ins Bett, sonst fällst du hier gleich schlafend vom Stuhl."

Vera fühlte seine starken Arme, die sie hochzogen und zu ihrem Appartement führten. „Entschuldigung, dass ich immer wegschlummere", flüsterte sie und war wirklich todmüde.

„Du darfst das. Mit dir ist es auch schön, wenn wir nur zusammensitzen, den Tieren lauschen und du wegnickst."

Er schloss die Tür hinter ihr, und als Vera ihr Bett sah, tapste sie sofort hinüber und legte sich in die Kissen und in wenigen Sekunden fiel sie in einen erholsamen Schlaf.

KAPITEL 10

Alles zurück auf Null, aber ohne Stornokosten

Vera sah auf die Uhr und war erfüllt von einer Mischung aus Vorfreude, Nervosität und einer großen Portion Vorsicht. Gleich würde sie endlich Maik wiedersehen und freute sich wirklich auf ihn. Es war so viel mit diesem attraktiven Mann verbunden: eine neue Liebe, Leidenschaft, ein Abenteuer, wie sie es sich bislang nicht mal erträumt hätte. Aber lief das Leben so glatt? Vera parkte den Wagen ein und ermahnte sich selber, das ganze innere Lamentieren schlicht mal abzustellen.

Die Sonne schien prächtig wie immer, das Meer funkelte bilderbuchartig und Vera wollte den Tag mit Maik jetzt einfach nur genießen. Als sie die Tür öffnete, stand er bereits vor ihr und zog sie direkt aus dem Auto in seine Arme. Sie umschlossen sie in einer angenehmen Mischung aus Liebe und Leidenschaft. Er küsste sie vorsichtiger als beim Abschied und sie schmiegte sich sanfter an seine Brust als bei ihrem letzten Treffen. Er schien wie sie zu spüren, dass etwas nicht stimmte.

„Hast du großen Appetit?", fragte Maik.

Vera verneinte und er legte ihr den Arm um die Schulter und bummelte mit ihr zu einer Bar am Strand.

„Du musst erzählen, was alles passiert ist. Ich bin neugierig. Aber ich habe auch etwas für dich mitgebracht", erzählte er und wies auf eine Ledertasche, die er unter dem freien Arm trug. Sie setzen sich an einen Tisch mit Meerblick, Maik bestellte Kaffee und Wasser und ließ die ganze Zeit ihre Hand nicht los. Es fühlte sich warm und wohlig an, dachte Vera und doch fehlten ihr die letzten Prozent zum ganz großen Glück. Aber sie wollte erst nur genießen und das tat sie, indem sie sich an ihn lehnte. Maik sah wieder richtig gut aus, in Jeans und weißem Leinenhemd, das er so tief aufgeknöpft hatte, dass sie seine muskulöse Brust sehen konnte.

Maik packte seine Tasche aus, legte ein paar Karten, einen Reiseführer und jede Menge ausgedruckte Fotos auf den Tisch und begann zuerst die Aufnahmen vor ihr auszubreiten. „Ich möchte die Zeit nutzen, um unseren Trip ein bisschen vorzubereiten." Dann küsste er sie auf die Wange und flüsterte ihr ins Ohr. „Bevor wie später ein bisschen Zeit zu zweit verbringen."

Ina genoss zwar diese Zuwendung, hatte jedoch noch immer Aarons Erzählung im Kopf. Verlegen räusperte sie sich und sah sich erst einmal einige der Bilder an. „Zeig mir doch bitte noch einmal das Foto von Marrakesch. Die Altstadt sieht malerisch und richtig geheimnisvoll aus. Wie lange hast du denn für die Tour durch das Land eingeplant?"

„Für Marokko, die erste Etappe, denke ich an vier bis sechs Wochen. Sieh mal, wir fahren in die Wüste, aber auch ins Atlasgebirge, dazu kommen die Königsstädte, in denen sehr viel zu sehen ist."

„Klingt gut. Eigentlich ist die Zeit sogar knapp bemessen. Man muss das Gesehene ja auch mal sacken lassen und eine Pause machen können, am besten mehrere Tage am Stück."

Vera spitzte genau die Ohren und ließ sich jetzt auf dem Tablet seine Reiseroute längs durch den Kontinent bis zum Zielpunkt, dem südafrikanischen Kapstadt, beschreiben. Sie hatten Kaffeetassen und Wassergläser vor sich stehen und Maik erklärte engagiert seine durchgeplante Tour. Neben dem Tablet hatte er eine ausgebreitete Karte liegen, auf der er bereits mit einem Stift Ziele und Strecken markiert hatte. Vera stellte immer wieder Fragen, die ihr Maik geduldig beantwortete. „Man sieht, dass du schon länger diese Tour vorbereitest. Du bist richtig gut informiert", staunte sie und bestellte sich noch einen weiteren Kaffee.

„Kein Wunder, schließlich bin ich schon seit ein paar Jahren dabei. Immer wenn ich hier in Oliva Playa am Meer bin, recherchiere ich im Internet, was es auf dem afrikanischen Kontinent alles zu sehen gibt, aber auch, wie ich am sichersten unterwegs bin." Er nahm sein auf der Tischplatte abgelegtes Handy, tippte etwas ein und hielt Vera den Bildschirm hin. „Hier, das ist eine WhatsApp-Gruppe von Afrika-Abenteuern, die mit dem Wohnmobil teilweise seit Jahren unterwegs sind. Mit vielen stehe ich in Kontakt und lasse mir erklären, was ich welchen

Ländern besonders zu beachten ist. Das sind Tipps aus erster Hand, für die ich sehr dankbar bin."

Vera schob sich die Sonnenbrille ins Haar und lehnte sich zurück. „Du meinst es ernst, nicht wahr?", fragte sie und sah Maik aufmerksam an.

Der nickte. „Oh ja, ich träume seit so vielen Jahren von dieser Tour, konnte sie aber nie umsetzen. Erst die Familie, dann die Firma, es hat nie gepasst. Mittlerweile denke ich, dass ich lange genug gewartet habe. Wenn, dann jetzt."

„Zumal du nicht mehr ins Büro musst und sich deine Tochter um die Firma kümmert. Ideal, um abzudüsen." Vera hatte diese Bemerkung ganz bewusst gemacht. Sie hatte sich fest vorgenommen, Maik heute auf den Zahn zu fühlen und Klarheit darüber zu bekommen, was mit seiner Ehe war. Die Planung der Tour war klasse, denn sie zeigte, dass er es in dem Punkt ernst zu meinen schien. Sie konnte nicht glauben, dass alles, was er dazu geplant hatte, nur Fake wäre.

Der Kaffee, den ihr die Bedienung servierte, hatte eine gelungene Schaumkrone, die mit bunten Blüten aus Lebensmittelfarbe verziert war. „Da kommen gleich Glücksgefühle auf", sagte sie dem Kellner, der perfektes Deutsch sprach und sich für das Kompliment bedankte.

„Dazu brauchst du aber keinen Kaffee mehr", sagte Maik lachend. „Sieh mal auf das Meer. Das macht dich glücklich!"

„Stimmt", meine Vera und sah versonnen auf das tiefblau schimmernde Mittelmeer und den goldgelben Strand. „Eigentlich muss ich mich kneifen, um sicher zu sein, dass all das hier wahr ist." Sie atmete tief durch und seufzte selig. „Ich bin einfach ein Glückskind! Aber zurück zum Alltag: Wie lange ist deine Tochter eigentlich schon in der Firma?"

„Seit genau drei Jahren, seitdem bin ich auch häufig ein paar Wochen am Stück hier im Süden. Anfangs habe ich noch alles, was sie gemacht hatte, kontrolliert, aber mittlerweile ist sie so fest im Sattel, dass ich mich nicht ständig einschalten muss. Sie kommt prima allein zurecht."

„Das muss dich sehr erleichtern und auch befreien", stellte Vera fest.

„Allerdings, und wenn sie Sehnsucht hat, setzt sie sich mit ihrer Mutter und dem Baby in den Flieger und ist ein Wochenende hier."

„Mit ihrer Mutter?", fragte Vera und gab sich irritiert. „Ist das nicht deine Ex-Frau?" Endlich könnte sie dem Wahrheitsgehalt von Aarons Erzählung auf die Spur kommen.

Maik nickte. „Ja klar, wir sind …, wir waren …, ja waren eine Familie", stotterte er und trank sichtbar nervös von seinem Wasser.

Und tatsächlich! Geschickt hatte Vera das Thema auf den Punkt gebracht und konnte jetzt nachhaken und vielleicht endlich die ersehnte Klarheit bekommen. „Familie klar, aber sagtest du nicht, dass du geschieden bist?" Sie sah ihn an. Eindeutig hatte sie den wunden Punkt getroffen, denn Maik druckste herum.

„Wir leben getrennt, mehr oder weniger, schon seit Jahren. Der Rest, tja, das ist doch nur eine Formalie, und wenn man eine Firma hat und nicht die entsprechenden

Verträge, dann sollte man nicht daran rütteln." Er nahm ihre Hand. „Veralein, das verstehst du doch."

„Das verstehe ich, es heißt aber, dass du nicht geschieden bist, richtig?" Vera versuchte bewusst, ganz konkret zu sein.

„Ja, ich meine, nein, also, wenn du das formell meinst, nein."

„Du bist also verheiratet", trieb sie Maik jetzt gezielt in die Enge.

„Ja, du doch auch, zumindest hatte ich das so verstanden." Er zog seine Hand zurück und rührte mit dem Löffel in seiner Kaffeetasse.

„Korrekt … nur … und das ist der Unterschied, ich hatte dir das genauso gesagt, während du gesagt hattest, dass du geschieden bist."

Maik klappte die Reisekarte zusammen und strich sie sichtbar nervös mit den Fingern glatt. „Ich wusste nicht, dass es dir so wichtig ist", versuchte er, sich zu rechtfertigen. „Ändert das etwas an unseren Reiseplänen?", fragte er sichtlich unsicher.

Vera schwieg und blieb ihm die Antwort schuldig. Stattdessen sah sie wieder auf das Meer, allerdings nicht mehr verträumt, sondern hoch konzentriert. Sie dachte nach. Sie konnte das alles hier nicht mehr einschätzen.

„Das eine hat doch mit dem anderen nichts zu tun", meinte Maik und legte erneut seine warme Hand auf ihre. „Nur so viel. Das mit uns ist keine Affäre. Ich sehne mich nach dir als Partnerin und wünsche mir, dass unsere Reise uns so eng zusammenschweißt, dass wir für immer ein Paar sind."

Vera seufzte. Aarons Worte klangen ihr noch im Ohr. Maik war mit seiner Frau bei ihm an Bord gewesen. Und der gemeinsame Ausflug war noch nicht lange her. Nach einer Ehe auf dem Papier sah es nicht aus, wenn man mit seinem Partner Segeltörns unternahm und dabei von künftigen Weltreisen schwärmte. Wenn stimmte, was Aaron erzählt hatte, dann war Maik weder geschieden, noch getrennt, sondern einer der vielen Ehemänner, die ein Doppelleben führten. Dazu passte, dass sein Wohnmobil nicht auf dem Stellplatz geparkt war. Vermutlich bewahrheitete sich ihr Verdacht, und Maik wollte damit verhindern, dass jemand auf dem Platz seinen pikanten Besuch sah. Sie musste sich jetzt, wie von Alexandra geraten, der Realität stellen – egal wie schmerzhaft es würde. Vera schluckte trocken. Im Moment sprach leider alles dafür, dass sie für Maik nichts mehr als ein willkommener Seitensprung gewesen war.

Maik schien ihre Gedanken lesen zu können. „Vera, ich habe mich komplett in dich verknallt", flüsterte er und sah sie dabei verliebt an. „Ich weiß, dass ich dir das hätte sagen müssen. Aber ich weiß auch, wie blöd sich das angehört hätte, wenn ich von meiner Noch-Ehefrau gesprochen hätte. Deshalb habe ich gedacht, es reicht, wenn ich dir das später sage. Kannst du mir verzeihen?", meinte er liebevoll, beugte sich zu ihr herüber, um ihr eine Haarsträhne aus dem Gesicht zu streichen.

„Natürlich", sagte sie. „Ich verstehe dich ja. Und wir kennen uns erst so kurze Zeit, da darf mich das gar nicht interessieren."

„Das sehe ich anders. Ich möchte mit dir auf Tour gehen und da geht dich alles etwas an."

Er küsste sie zärtlich auf den Mund, nur hingehaucht, und Vera durchzuckte es, aber nicht aus einer erotischen Spannung heraus, sondern eher aus Vorsicht. Sie wollte sich nicht vorführen lassen. Das hatte sie gerade erst in ihrer Ehe erlebt und noch einmal wollte sie einem Mann keinesfalls mehr auf den Leim gehen. Nie mehr! „Was macht dich so sicher, dass ausgerechnet ich die richtige Begleitung für dich bin?", fragte sie deshalb und war sich bewusst, ihn mit dieser brisanten Frage herauszufordern.

Maik beugte sich nach vorn und suchte den Blickkontakt. „Mein Herz", meinte er knapp. „Mein Herz weist mir den Weg. Es sagt mir, dass du die Frau bist, auf die ich gewartet habe, um meine Träume wahr werden zu lassen, die Frau, mit der ich mir genau das vorstellen kann, was ich mir immer gewünscht habe."

Er zog sie an sich heran. „Komm doch jetzt mit zu mir?", hörte sie Maiks Stimme und sein Atem streifte ihr Gesicht. „Ich möchte dich wieder spüren, überall."

Vera schmiegte sich an ihn und einen Moment lang stellte sie sich vor, wie sich ihre Körper wieder finden würden. Warum sollte sie nicht einfach nur eine heiße Affäre haben? Sie schloss die Augen, wand sich dann aber schnell aus der Umarmung. Etwas in ihr sagte ihr, dass sie genau das gar nicht wollte und es besser wäre, jetzt zu gehen. „Nein Maik, ich muss morgen früh heraus", log sie. „Margarethe hat heute kräftig geerntet und wir müssen eine Menge Ware verpacken."

„Verstehe, aber es ist sehr schade." Er streichelte ihr zärtlich durch das Haar, doch Vera konnte und wollte die Zuwendung nicht mehr genießen. In ihr bohrte die Ernüchterung und die hielt ihre Gefühle in Schach. Maik schien das nicht zu bemerken.

„Wollen wir noch einen Strandbummel machen oder ein Glas Sekt bei mir trinken?", fragte er sanft und machte keinen Hehl aus seiner Lust, denn er atmete schwerer und ließ seinen Blick über ihre Brüste gleiten. „Mein Zuhause ist nur zwei Straßen von hier entfernt."

„Warum bist du eigentlich nicht auf diesem schönen Stellplatz", nutzte sie vielmehr die Gelegenheit, auch hier Klarheit zu bekommen.

„Ich hatte dir doch gesagt, dass mir zu viel Nähe auf die Nerven geht. Der Platz ist toll, sehr gepflegt und bestens ausgestattet. Aber die Enge liegt mir nicht."

„Das kenne ich. Der Nachteil am Wohnmobilleben ist die Enge auf den Stellplätzen", bemühte sich Vera, das Gespräch in ruhigeres Fahrwasser zu lenken. „Das Miteinander oder besser das Aufeinanderhocken muss man mögen."

„Genau, ich gehe dem lieber aus dem Weg und stelle mich dorthin, wo ich etwas Abstand habe. Und zum Glück bin ich mobil. Was ist eigentlich mit deinem Wohnmobil? Hast du es zwischenzeitlich verkauft", ging er auf Veras zurückhaltende Art ein.

Sie nickte. „Ja, und zu einem insgesamt noch ganz ordentlichen Preis. Ich fühle mich wirklich nicht übers Ohr gehauen. Aber das Wohnmobil fehlt mir. Du hast ja gesehen, dass ich neuerdings einen Kleinwagen fahre. Das ist übrigens meiner gewesen, bei dem du mich gerade abgeholt hast." Hier hätte sie jetzt thematisch aussteigen können, um noch ein bisschen entspannte Zeit mit Maik zu verbringen. Aber das ging nicht mehr. Sie brauchte Klarheit. „Sag mal, wenn du so viele Jahre von der Tour träumst, hast du sie doch auch schon mit deiner Frau geplant?"

Maik nickte. „Ja, ich will jetzt ganz ehrlich sein. Wir hatten alles genau durchgeplant. Die Reise war auf uns beide zugeschnitten. Sybille, so heißt meine Noch-Frau, war ähnlich begeistert dabei wie ich. Es war unser gemeinsamer Lebenstraum."

„Und woran ist er gescheitert?", wollte Vera jetzt auch dieses Detail noch wissen.

„Sybille wollte lieber Oma sein. Vor zwei Jahren hatte meine Tochter unseren Max bekommen und für Sybille dreht sich seitdem alles nur noch um den Kleinen und eine längere Abwesenheit von dem Jungen kann sie sich nicht mehr vorstellen. Sie ist seit Max' Geburt auch immer häufiger in Deutschland."

Vera war hellwach und zählte eins und eins zusammen. „Und wie oft kommt sie dann noch nach Spanien", schob sie schnell die Frage nach und ahnte, was sie zu hören bekommen würde.

„Alle paar Wochen schon noch, aber sie bleibt immer nur einige Tage. Die Sehnsucht nach dem Kleinen ist zu groß und ich glaube, das bleibt so, bis er zwanzig ist."

„Und schläft sie dann im Wohnmobil?"

„Ja, natürlich, wir sind ja Freunde geblieben."

Maik wurde spürbar nervös.

„Und es ist ja auch nie für längere Zeit, denn meistens fliege ich in der Zeit nach Deutschland, um mir wieder einen Überblick in der Firma zu verschaffen. Wir tauschen quasi."

„Verstehe", murmelte Vera und schüttelte innerlich den Kopf. Ihr Maik, der ihr Herz im Sturm erobert hatte, kam ihr gerade richtig skrupellos vor, und deshalb scheute sie auch nicht davor zurück, weiter nachzubohren. „Aber was sagst du Sybille denn, wenn du demnächst mit mir unterwegs bist."

„Die Wahrheit natürlich, und das wird kein Problem sein. Es ist wirklich nur noch eine Unterschrift, die uns verbindet. Nichts weiter!"

Und eine Familie, eine Firma, ein Haus, ein Wohnmobil, Freunde, Hobbys, bla, bla, bla, dachte Vera und hörte Maik nur noch aus sicherer Distanz zu.

„Ich denke sogar, sie wird froh sein, dann dauerhaft in Deutschland bleiben zu können. Das Hin und Her nervt sie doch nur noch", hörte sie ihn sagen und nahm nichts mehr davon ernst.

Aber sie nickte, und als Maik sie zu ihrem Auto brachte und ihr vertraut den Arm um die Schulter legte, ließ sie es geschehen. Sie fühlte sich durch seine Antworten erleichtert. Es war alles eindeutig. Die Ehe steckte nicht mal in einer Krise, beide gingen nur zwischendurch mal getrennte Wege, und Vera war für Maik passend, um sich die Zeit gut vertreiben zu können. Er träumte sich mit ihr in ein anderes Leben, würde aber sein altes niemals hinter sich lassen. Maik war ein toller, charismatischer Mann und solche Menschen hatten Ecken und Kanten, da war sich Vera sicher. Natürlich könnte sie mit ihm mitträumen und einen Sommerflirt genießen. Aber das wollte sie alles nicht haben. Sie wollte ein neues Leben, das zu ihr passte, und nicht die unreflektierten Träume eines anderen mitleben. Wenn Afrika, dann müsste sie allein fahren. Denn träte Maik jemals diese Tour an, dann mit seiner Sybille. Für sie war in dem Wohnmobil kein Platz.

Zum Abschied nahm Vera ihn ganz fest in den Arm, konnte seine Nähe aber nicht mehr genießen. „Wir sehen uns" flüsterte sie ihm ins Ohr und Maik antwortete genauso leise. „Ich kläre das alles für uns, gleich morgen, das verspreche ich dir. Wir fahren unsere Route, ganz sicher."

Vera löste sich aus der Umarmung. „Ich melde mich", sagte sie.

„Ich melde mich vorher", entgegnete Maik und schien um sie kämpfen zu wollen.

Vermutlich war er enttäuscht, dass die Affäre nicht so unkompliziert weiterlief wie bisher. Eine quengelnde Geliebte, die brauchte kein Ehemann.

„Wir gehen ja auch wieder mit Ina auf Tour. Ich freue mich darauf."

Vera lächelte ihm zu. Die gebuchte Wanderung? Ja, die stand für sie nicht mal mehr zur Debatte.

Als sie ins Auto stieg und losfuhr, sah sie ihn im Rückspiegel stehen. Er war schon ein toller Mann und es hieß immer, dass man manchmal auch Zitronen lutschen muss, wenn das Leben schön sein soll. Aber sie hatte keine Lust mehr auf Saures.

***

Die Straße war wenig befahren und Vera genoss es, gemütlich durch die Natur zu zuckeln. Sie hatte die Fensterscheiben heruntergedreht, einen Sender mit leichten spanischen Sommerhits angestellt und erfreute sich an der hügeligen Natur, die sich im strahlenden Sonnenlicht vor ihr ausbreitete. An den zahlreichen Orangenbäumen leuchteten die Früchte, in den Gemüsegärten wuchs es üppig und an einer Kreuzung stand sie plötzlich in einer entspannt meckernden Ziegenherde.

Der Hirte, ein älterer Mann mit grauem Bart und spitzbübischem Lächeln, winkte ihr fröhlich zu, und als sie den Wagen langsam ausrollen ließ und schließlich ausstellte, damit die Tiere ganz in Ruhe die Straße überqueren konnten, stieg sie aus und führte mit ihren wenigen Spanischkenntnissen einen recht gelungenen Small Talk über die Hitze und die Sorge der Einheimischen vor noch mehr Trockenheit.

„Wir brauchen Regen", sagte der Hirte bestimmt und Vera dachte an den vielen Niederschlag in der Heimat, den sie sich häufig weggewünscht hätte. Man müsste die Wolken in den Süden pusten können. Nachdenklich beobachtete sie die Tiere, bis sie alle sicher über einen Feldweg getrottet waren.

Winkend verabschiedete sich der Ziegenhirte, Vera startete den Wagen neu und machte sich weiter auf den Heimweg.

An einer Kreuzung las sie ein Hinweisschild zur Finca von Helga und Bernd und war völlig irritiert, weil sie das Anwesen woanders vermutet hatte. Kurzentschlossen setzte sie den Blinker und fuhr in die angegebene Richtung.

Sie wollte Inas Eltern gern Hallo sagen und sich für den schönen Tag im Garten bedanken, als alle zumindest äußerlich fröhlich Vicentes Geburtstag gefeiert hatten. Vielleicht wäre auch Ina da und bräuchte eine Zuhörerin, der sie die Fortsetzung ihres Familiendramas erzählen könnte.

Als sie auf den Parkplatz der Finca fuhr, hatte Helga offenbar ihr Auto gehört, denn sie kam fröhlich winkend aus dem Haus.

„Vera, du kommst zu Besuch, das ist ja wunderbar", rief Helga überschwänglich und nahm sie fest in den Arm. „Komm herein, Bernd brutzelt uns gerade eine Gemüsepfanne, Ina und Leonie sind unterwegs zum Einkaufen, aber bestimmt bald zurück. Dass mein Ex-Schwiegersohn da ist, hast du ja schon gehört. Kennst du eigentlich Leonie?", fragte sie temperamentvoll wie immer und hakte Vera vertraut unter, um sie nicht durch das Haus, sondern durch den Garten zur Terrasse zu führen.

„Du isst doch mit uns?" Sie strich ihr über den Arm. „Mensch, ich freue mich. Du musst mir unbedingt erzählen, wie dir der Job gefällt. Wir sind noch gar nicht dazu gekommen und ich bin so neugierig."

Vera war nicht nach Essen zumute, aber wie so oft hatte sie mit einer Abwehrhaltung in Spanien keine Chance.

„Seht mal, wer uns besucht", flötete Helga weiter und führte Vera zu Bernd, der engagiert an der Grillpfanne stand und die Gemüsestückchen im duftenden Olivenöl wendete. Er trug einen lässigen Strohhut, eine kurze Jeans und ein passendes Shirt und schien fröhlich und unbekümmert.

„Ich muss noch eine Buchung klären, dann bin ich wieder bei euch, fünf Minuten!", sagte Helga und verschwand schnell im Büro.

Bernd legte den großen Kunststoffwender zur Seite, kam sofort auf Vera zu und begrüßte sie genauso überschwänglich wie zuvor Helga. „Das ist aber schön, dich wieder bei uns zu haben. Ich habe schon gehört, dass es dir bei Margarethe prächtig geht. Das freut mich riesig. Nach dem ganzen Durcheinander, das du erleben musstest, brauchst du eine positive Erfahrung. Was hast du denn für Pläne?" Er reichte Vera ein Glas Wasser.

Vera nahm einen kräftigen Schluck und schüttelte den Kopf. „Ganz ehrlich, ich weiß nichts. Ich lasse meine Zukunft jetzt erst einmal auf mich zukommen."

„Das ist klug, manchmal ist es besser, einfach nur abzuwarten, als blinden Aktionismus zu starten", stimmte er zu. „Und hier kann man doch gut mal in die Warteschleife gehen."

Er stellte sich schnell wieder an die Grillpfanne, nickte dabei einem Mann zu, der sich im Garten gerade mit einer Palme beschäftige. Er war groß, kräftig, hatte einen Vollbart und schütteres dunkles Haar und hantierte mit einer Gartenschere in der Hand.

„Das ist Christopher, mein Ex-Schwiegersohn und Vater meiner Enkeltochter. Er wollte sich nützlich machen, aber mit einem gegipsten Bein ist das alles etwas holprig." Bernd schmunzelte. „Außerdem ist Gartenarbeit nicht seine Stärke."

„Huch, das Gipsbein habe ich gar nicht gesehen. Aber als Gastronom muss er schließlich kein Gartenprofi sein."

Bernd gab Kartoffelscheiben zu dem Gemüse und verrührte beides kräftig. „Stimmt, wichtig ist, dass er ein richtig netter Kerl ist und so viel Pech wirklich nicht verdient hat. Christopher und Ina sind, ich glaube, schon fünfzehn Jahre geschieden, oder sechzehn? Genau weiß ich es nicht mehr. Zum Glück haben sie sich auch nach der Scheidung vertragen. Doch jetzt wollte er etwas mit uns klären, kam deshalb extra mit seiner Tochter nach Spanien und verletzte sich prompt bei einem Sturz mit dem Rad." Er schüttelte den Kopf und seufzte. „Dumme Sache, wirklich. Aber es hätte schlimmer kommen können. Zum Glück ist es ein glatter Bruch und er wird jetzt von uns gepflegt. Hier müssen sie die Zeit auf engem Raum miteinander auskommen, weil sie vom Schicksal zusammengewürfelt worden sind." Er zwinkerte Vera zu. „Sie reißen sich ganz schön zusammen. Manchmal ist es kurz davor, dass der Deckel von dem brodelnden Kessel hochfliegt. Aber zum Glück entspannt sich dann wieder die Lage."

„Ina scheint zumindest hier bei euch damit klarzukommen. Wir haben uns bei Margarethe gesehen."

„Ist sie auch, aber leider passt das Ganze unserem lieben Vicente überhaupt nicht. Bei ihm kocht die Eifersucht über." Bernd verdrehte die Augen. „Dabei ist Christopher bei Ina völlig abgeschrieben, doch das will Vicente nicht verstehen. Er lässt sich trotz mehrfacher Einladung bei uns nicht mehr blicken und hat mir sogar die Medikamente einfach in den Briefkasten gesteckt. Normalerweise nutzt er die Gelegenheit immer, um mit uns zu klönen und bei uns zu essen."

Vera schüttelte innerlich den Kopf, weil dadurch alle hier auf der Finca litten. „Tut mir leid, das klingt belastend!"

„Tja, allerdings", seufzte er. „Zum Glück ist es aber bald vorbei. Christopher hat heute Kanada abgesagt, da hatte er ein spannendes Jobangebot."

„Ich weiß." Vera nickte. „Ina hat mir davon erzählt. Und was möchte er jetzt machen?"

Bernd goss etwas Olivenöl in die Gemüsepfanne. „Er übernimmt eine andere Gastronomie in Paderborn. Das neue Lokal ist kleiner und feiner und er hat aus den Fehlern der Vergangenheit gelernt und wird sich nicht mehr so verausgaben. Ich bin sehr froh, dass er sich so entschieden hat."

„Wegen Leonie?"

„Ich denke schon. Es hatte viele Gründe, unter anderem auch das Personalproblem. Bei so einem großen Betrieb, wie ihn Christopher geführt hatte, musste er sich ständig mit Personalmangel auseinandersetzen. Dazu kamen die gestiegenen Energiekosten. Er hatte zuletzt kräftig die Preise erhöhen müssen, konnte das aber am Markt nicht durchsetzen. Da kam ihm das Angebot aus Kanada gerade recht. Einfach alles hinter sich lassen, das reizt."

Er sah sie an. „Na, wem sage ich das. Das machen wir doch alle gern." Er legte den Wender zur Seite und stellte den Gasgrill auf die unterste Hitzestufe. „So, in Kürze ist alles fertig."

Er bat Vera, sich auf die Bank zu setzen und nahm neben ihr Platz. „Mittlerweile sieht er das anders. Es hängt eben noch mehr dran, unter anderem Leonie, und Kanada ist nicht gerade um die Ecke. Jetzt hat er eine neue Entscheidung getroffen, um seine Tochter in der Nähe zu haben, obwohl sie sich vorstellen kann, ebenfalls nach Spanien zu ziehen."

Er legte Vera den Arm um die Schulter. „Du siehst, es bleibt turbulent bei uns."

„Hey Vera!", rief ihr Christopher von Weitem zu und winkte mit der Krücke herüber.

Erst jetzt sah Vera den Gips an seinem Bein. Ina stand bepackt mit zwei Einkaufstüten und dem angeleinten Carlos neben ihm und hatte ihn offenbar gerade aufgeklärt, um wen es sich bei der Frau neben Bernd handelte.

Ina lachte fröhlich und signalisierte ihr, dass sie gleich zu ihr käme, aber noch schnell etwas mit ihrem Ex besprechen wollte.

„Toll, dich kennenzulernen, Mama hat schon viel erzählt!"

„Huch, wo kommst du denn her?", fragte Bernd. Und zu Vera gewandt meinte er: „Darf ich vorstellen, mein Enkelkind, zumindest empfinde ich es so."

„Ich auch", bestätigte Leonie sofort. „Du bist Vera, wie schön, dich endlich zu sehen. Mama schwärmt immer von dir."

Vera schloss die junge Frau liebevoll in die Arme und war angetan von ihrer aufgeschlossenen und sympathischen Art. Sie trug ihr langes blondes Haar offen und wirkte in einer weiten schwarzen Leinenhose und ebenfalls locker geschnittenen weißen Bluse lässig, aber schick. Typisch Mama, dachte Vera. Ina hatte der ganzen Familie offenbar einen betont modischen Stil ‚verordnet'.

Leonie hielt Bernd und Vera das Handy hin. „Hier, lest mal, das ist ein Volltreffer!", sprudelte es förmlich aus ihr heraus. Sie wolle sich um eine Stelle als Restauratorin in Valencia bewerben. Heute früh habe sie die Stellenausschreibung im Netz entdeckt und wolle nach vorn sehen, anstatt sich über die Vergangenheit zu grämen. „Als ich die Kündigung bekam, dachte ich, meine ganze Welt bricht zusammen", erzählte sie. „Ich hatte so fest mit der Übernahme gerechnet und nicht eine Sekunde daran gedacht, dass es anders kommen könnte. Und als dann noch mein Vater nach Kanada wollte, fühlte ich mich grenzenlos allein. Mama in Spanien, Papa auf einem anderen Kontinent und ich arbeitslos in Deutschland. Na bravo, das war zu viel."

Vera freute sich für Leonie, weil auch sie in einem vermeintlichen Unglück Chancen erkannte. Ohne ihr Wohnmobil, das sich als Schrottkarre herausgestellt hatte, hätte sie hier die bisher wunderbare Zeit nicht erlebt. „Und dann wolltet ihr das im Familienkreis klären und dein Vater bricht sich die Knochen. Meine Güte, da kam ganz schön was zusammen."

„Allerdings, ich habe die Familie kräftig aufgemischt." Sie sah Bernd an. „Das tut mir so leid, Opa." Und dann blickte sie zu Vera. „Du weißt doch bestimmt, dass Vicente gerade ausrastet, oder?"

Vera nickte, und als Bernd kurz in die Küche ging, um Teller zu holen, meinte Leonie: „Mama geht es ganz schlecht und das belastet mich, weil ich letztlich Schuld habe. Sieh mal da drüben, sie lacht jetzt mit meinem Vater. Aber das ist alles nur Show. Sie macht sich richtig

Sorgen um die Beziehung und hat Angst, dass alles kaputtgeht. Sie steckt in einer Zwickmühle. Sie findet es gut, sich um Oma und Opa und um mich und Papa zu kümmern und versteht nicht, wieso Vicente so viel da hineininterpretiert."

„Das verstehen wir alle nicht, Leonie. Das ist absolut irreal. Du bist ja noch jung, da ist es ganz einfach: Wer sich in eurem Alter neu bindet, baut sich gemeinsam ein Leben auf, ein Leben mit Kindern, Familie, Besitz. Wenn man sich mit fünfzig verliebt, hat man bereits ein Leben und muss es mit einem weiteren mischen. Das ist schwer. Jeder hat doch eine eigene Geschichte. Das erfordert Rücksicht, Weitblick, Reife." Vera streichelte Carlos, der sich zwischen sie und Leonie geschoben hatte und Zuwendung einforderte.

„Ich begreife Vicente nicht", sagte Leonie. „Er hat doch auch eine Vergangenheit. Er sollte da wirklich entspannter sein." Sie seufzte. „Das muss man eben akzeptieren können oder ansonsten allein bleiben. Wenn du dich jung verliebst, ist dein Leben fast noch eine weiße, unbeschriebene Seite."

„Ja, in unserem Alter ist die Seite vollgekritzelt, es sind Wörter durchgestrichen, erneuert, überschrieben. Und genau wie du es sagst: Das weiß man doch und muss damit zurechtkommen."

Leonie seufzte. „Aber ich glaube, das Schlimmste ist überstanden. Christopher wird übermorgen wieder nach Deutschland fliegen, um die Verträge für das neue Lokal zu unterschreiben. Er braucht noch Hilfe, da begleite ich ihn. Ich bin ja *noch* arbeitslos und kann einspringen. Und die Behandlung lässt sich in Deutschland sowieso leichter weiterführen. Da kennt er sich besser aus."

„Na, ihr beide, was tuschelt ihr denn so geheimnisvoll?" Ina legte ihnen beiden von hinten die Arme um die Schultern und küsste erst Leonie und dann Vera auf die Wange. „Schön, euch hier zusammen haben", sagte sie leise. „Jetzt kennt ihr euch wenigstens auch. Das hat mir gefehlt."

„Schön, wenn sich nun alles löst. Leonie hat schon erzählt, dass dein Ex-Mann und sie wieder nach Deutschland fliegen."

„Ich helfe Opa beim Tischdecken, dann könnt ihr noch quatschen, ungestört", sagte Leonie augenzwinkernd und lief auf die Terrasse.

„Ja, doof, wenn ich das sagen muss. Aber ich freue mich wirklich, dass Christopher bald abreist. Nicht weil er irgendwie gestört hätte, nein, wir haben uns alle gut verstanden. Aber Vicentes Kummer bedrückt mich. Sobald Christopher mit unserer tollen Tochter im Flieger sitzt, muss ich ein ernstes Wörtchen mit ihm reden. Es belastet mich wirklich, dass er sich so zurückgezogen hat. Von wegen viel Arbeit, der ist einfach nur eifersüchtig."

„Sei einfühlsam", empfahl ihr Vera. „Auch wenn er übers Ziel hinausgeschossen hat."

„Allerdings, er will ja nicht mal Christopher kennenlernen", warf Ina ein und verlor jetzt die Maske der fröhlich Lachenden, wirkte sogar richtig gestresst. Sie nahm sich die große Karaffe mit dem Wasser, schenkte zwei Gläser ein und reichte eins weiter. Nachdem sie ihres in einem Zug ausgetrunken hatte, sah sie Vera an. „Weißt du, ich mache bald schlapp. Ich habe das Gefühl, zwischen all den

Wünschen und Befindlichkeiten zerrieben zu werden. Ich habe auch noch meinen Job und den Kanal und alles läuft weiter. Langsam bin ich wieder genau dort, wo ich vor wenigen Monaten in Deutschland war: ausgelaugt und fertig."

„So weit lässt du es nicht kommen. Du bist doch jetzt schon auf der Zielgeraden", tröstete Vera sie. „Geh auf Vicente ein. Er möchte nur besonders viel Zuwendung."

„Die kriegt er", versprach Ina. „Ich habe uns einen Tisch in seinem Lieblingslokal reservieren lassen und ich sage ihm endlich in Ruhe, wie sehr ich ihn liebe." Sie öffnete ihre Tasche und zog einen Briefumschlag heraus. „Sieh mal, einen Gutschein habe ich auch dabei. Ich habe ein Hotel in Teruel gebucht, eine gute Autostunde von hier, und dort erkunden wir den valencianischen Wein."

„Gute Idee, aber um das Grundübel aus der Welt zu schaffen, sollte er sich mal mit deiner klugen Tochter unterhalten", sagte Vera und lächelte Ina an. „Denn die weiß, dass man in seinem Alter bei einer frischen Liebe wissen sollte: Man hat ein Vorleben und das ist ziemlich umfangreich. Das muss man akzeptieren, oder besser allein bleiben."

„Wie, das hat sie gesagt?" Ina schmunzelte „Die Jugend ist klüger als die meisten Menschen in unserem Alter."

Nach dem Essen, bei dem Ina wieder deutlich entspannt wirkte, nahm Vera noch einen Drink mit ihrer Freundin, machte eine kurze Abschiedsrunde, drückte dabei auch Christopher fest und wünschte ihm eine gute Reise und einen schnellen Erfolg bei seiner Behandlung.

Sie sehnte sich nach einer Dusche und vielleicht einem Glas Wein. Als sie bei Margarethes Finca ankam, sah Vera auf die Uhr. Acht. Um diese Zeit war Georg meistens auf der Terrasse. Sie könnten sich zusammensetzen und den Sommerabend genießen.

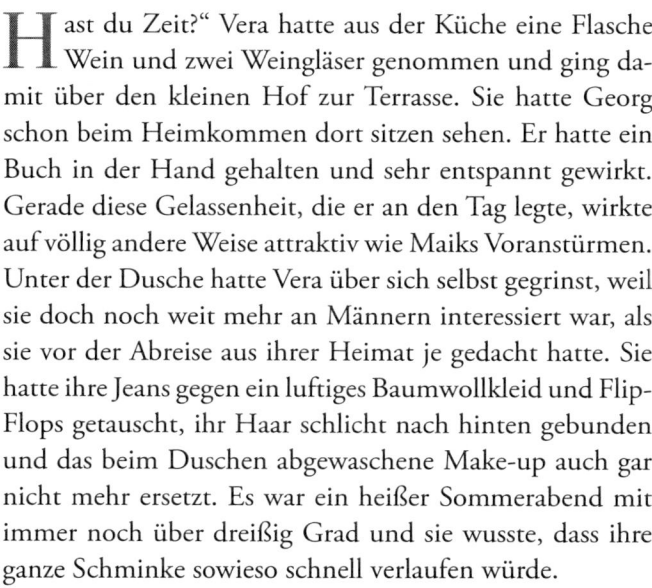

KAPITEL 11

Wo ist denn bloß der Schlüssel zum Glück?

ast du Zeit?" Vera hatte aus der Küche eine Flasche Wein und zwei Weingläser genommen und ging damit über den kleinen Hof zur Terrasse. Sie hatte Georg schon beim Heimkommen dort sitzen sehen. Er hatte ein Buch in der Hand gehalten und sehr entspannt gewirkt. Gerade diese Gelassenheit, die er an den Tag legte, wirkte auf völlig andere Weise attraktiv wie Maiks Voranstürmen. Unter der Dusche hatte Vera über sich selbst gegrinst, weil sie doch noch weit mehr an Männern interessiert war, als sie vor der Abreise aus ihrer Heimat je gedacht hatte. Sie hatte ihre Jeans gegen ein luftiges Baumwollkleid und Flip-Flops getauscht, ihr Haar schlicht nach hinten gebunden und das beim Duschen abgewaschene Make-up auch gar nicht mehr ersetzt. Es war ein heißer Sommerabend mit immer noch über dreißig Grad und sie wusste, dass ihre ganze Schminke sowieso schnell verlaufen würde.

„Ja klar, gerne", antwortete Georg, stand auf und nahm ihr die beiden Gläser ab, die sie an den Stielen zwischen ihren Finger getragen hatte. „Schöne Idee mit dem Wein. Warte einen Moment, ich hole etwas Eis aus der Küche. Bei den Temperaturen können wir das gebrauchen."

„Trinkst du Rotwein mit Eis?", rief sie ihm nach.

„Im Sommer immer und mit einer Scheibe Zitrone, magst du das auch?" Er drehte sich im Gehen um und zwinkerte ihr zu. „Gib mir eine Chance und lass mich dich überzeugen."

Als er zurückkam, hatte er eine große Karaffe in der Hand, goss Mineralwasser und Zitronensprudel hinein, gab den Rotwein dazu und schnitt eine Zitrone auf und ließ die Scheiben hineingleiten.

„Bitte schön: Tinto de Verano, der Sommerdrink. Du wirst ihn lieben."

Vera nahm einen Schluck. „Wow, das ist ja wirklich erfrischend und besonders."

Er nippte ebenfalls an dem Glas. „Die Leute hier wissen, was man in der Hitze braucht. Ich liebe das auch."

„Wo ist denn Margarethe? Kommt sie nicht zu uns?"

Er schüttelte den Kopf. „Sie ist heute bei einem Massagetermin und anschließend mit einer Freundin verabredet."

Vera erzählte, dass sich die Probleme bei Ina entspannten und deren Ex-Mann schon bald wieder nach Deutschland fliegen und auch dort bleiben würde.

„Das freut mich für sie. Sie sah so schlecht aus bei ihrem Besuch hier. Sie tat mir richtig leid."

„Ja wirklich, Christopher hatte gemeint, der Preis für das Abenteuer wäre ihm zu groß. Deshalb hat er alles gecancelt."

„Das kann ich verstehen. Er hätte seine Existenz, seine Familie und den Kontinent verlassen müssen. Das ist schon eine riesige Herausforderung."

„Aber das ist doch ein Abenteuer. Dafür erlebt man so viel."

„Kommt darauf an", meinte er abwägend, bewegte vorsichtig sein Glas hin- und her und beobachtete die darin schwebenden Zitronenscheiben. „Das braucht eben nicht jeder. Apropos Abenteuer." Er sah zu Vera hoch. „Was machen denn deine Afrika-Pläne? Margarethe hat mir davon erzählt."

„Afrika reizt mich sehr. Bereits als kleines Mädchen habe ich davon geträumt, die ganze Welt zu bereisen. Ich wollte in Afrika wilde Tiere sehen, in Südamerika im Regenwald spazieren und in Australien mit Kängurus hüpfen, aber nichts davon ist wahr geworden."

„Was hast du denn stattdessen gemacht?"

„Nun ja, gearbeitet, geheiratet, gearbeitet. Das, was die meisten machen. Und ab und zu bin ich in den Urlaub gefahren, nach Mallorca, Kreta und sonst irgendwo ans Mittelmeer."

„Verstehe, und war das kein Abenteuer für dich?"

„Anfangs klar, der erste Flug, die erste Inselrundfahrt, der erste Abend am Meer. Das war immer Abenteuer, aber wenn es sich wiederholt, dann ist es irgendwann nichts Besonderes mehr."

„Und dann ist es kein Abenteuer mehr?"

Vera zögerte mit der Antwort und entschied sich jedoch dafür, die Frage unbeantwortet zu lassen. „Aber zu dir", meinte sie stattdessen. „Fehlt dir das Abenteuer im Leben?"

„Was meinst du?"

„Also mir hat kürzlich jemand gesagt, dass die Seele das Abenteuer liebt und braucht, um nicht im Alltagseinerlei unterzugehen."

„Das glaube ich sofort. Besonders heute, weil unsere digitalisierte, vernetzte, umfassend informierte Gesellschaft nach *echten* Erfahrungen lechzt."

„Interessanter Aspekt", unterbrach Vera seinen Redefluss. „Du meinst, je mehr unser Arbeits- und Privatleben im Internet stattfindet und wir uns jede Menge materielle Wünsche erfüllen können, sehnen wir uns nach handfesten Erfahrungen? Klingt logisch."

„Ja, genau, das meine ich. Früher bot die Arbeit den Menschen genug *echtes* Leben, heute simulieren wir es. Wir krabbeln auf die Berge, machen Bungee-Sprünge, rasen mit Autos, paddeln über den Ozean. Die Menschen spüren, wer sie wirklich sind, und das ist nirgends so intensiv, einzigartig und unbezahlbar zu erreichen, wie im Abenteuer, besonders, wenn man sich den Naturkräften aussetzt." Er stellte sein Glas ab. „Und hier beginnt für mich der Unterschied. In meinen Augen ist das ganze Leben ein Abenteuer. Geh doch einmal durch den Wald, allein, frühmorgens um sechs. Da herrscht ein Leben, das man sich gar nicht vorstellen kann. Leg dich auf den Waldboden, schmecke, fühle, rieche. Du wirst Unfassbares erleben, etwas nie Gekanntes sehen und deine Seele eine ungeahnte Wärme empfinden. Das ist Abenteuer."

Georg war aufgestanden und redete so lebhaft über das Thema, dass seine Hände nur so hin und her flogen und mit lebendig blitzenden Augen führte er weitere Beispiele auf. „Wenn ich ein Hasenjunges sehe, das neben seiner Mutter im Frühlingsgras sitzt, oder einen Falken am Himmel beobachte, der seine Kreise dreht. Wenn ich in einem menschenleeren See bade oder stundenlang an der Nordsee spazieren gehe. Das ist immer neu und auch unerwartet und ich bin fasziniert von den Eindrücken, die ich gewinne. Ich staune über den Mond und das Sternenmeer, das wogende Weizenfeld und eine Wiese mit Frühlingsblumen. Auf unserer Erde in dieser Natur zu sein, das ist für mich jeden Tag ein Abenteuer."

„Für dich ist also das ganze Leben ein Abenteuer."

„Stimmt es denn nicht?" Georg setzte sich wieder und wartete sichtlich neugierig auf Veras Antwort.

„Doch, ich habe darüber nachgedacht. Ich glaube, es geht um die Sicht auf das Abenteuer. Für den einen ist es ein Fallschirmsprung und für jemand anderes, für dich zum Beispiel, eine Stunde auf dem Waldboden."

„Alles verstanden, eins, setzen", alberte Georg und reichte Vera eine Schale mit Nüssen. „Greif zu, du Musterschülerin. Hast du mal überlegt mehrmals, zum Beispiel, nach Kreta zu fahren und nicht jedes Jahr eine neue Insel zu bereisen, sondern auf der gewohnten etwas anderes zu unternehmen als im Vorjahr, das heißt, ins Detail zu gehen?"

Vera trank einen Schluck. Aaron hatte es ähnlich formuliert. „Also die dann schon bekannten Pfade verlassen?"

„Ja, entdecken, wie die Menschen dort ticken, warum sie was wann und wo essen, welche Pflanzen da wachsen, wie der Frühling, Sommer, Herbst und Winter dort sind. Das schaffst du ja nicht in einer Woche und trotzdem finden manche es zu langweilig, noch einmal hinzufahren."

„Du meinst, ich bin mit einem oberflächlichen Blick zufrieden?"

„Ich meinte es eher allgemein und bestimmt nicht böse, aber ja. Das Abenteuer verbindest du anscheinend mit Ferne und etwas ganz Besonderem. Für mich ist es, wie du ja jetzt weißt, völlig anders."

Vera ließ es einen Moment sacken. Afrika und die ganze Welt zu erkunden, waren immer ihr großer Traum gewesen. War er es noch? Sie rutschte auf ihrem Stuhl hin und her.

„Wenn ich morgens früh vor das Haus gehe und die Vögel zwitschern und ich den Eindruck habe, sie singen ihr Lied nur für mich, dann fühle ich mich wie ein wahrer Abenteurer", führte Georg weiter aus.

Er wies in den Himmel. „Ein Abend unter dem Sternenhimmel, der sich jetzt wie eine Decke über uns ausbreitet, das ist für mich schon besonders. Ein Waldspaziergang im Sommer, wenn die Sonne durch die Blätter der Bäume flirrt. Oder der Tanz der Grillen um mein Weinglas, so wie hier gerade. Das ist für mich Abenteuer und obwohl es sich wiederholt, ist es immer wieder eins."

Trotz der Dunkelheit konnte Vera sehen, welche Begeisterung sich auf Georgs Gesicht legte. „Aber du lebst auf deinem Hof in der Natur. Wo ist denn mein Abenteuer, wenn ich morgens ins Büro fahre, was ich jahrzehntelang gemacht habe."

„Oh, es ist nur eine Frage, wie du es wahrnimmst. Weißt du, wie spannend es ist, jemandem morgens im Bus zu begegnen und ein Gespräch zuzulassen? Oder in deinem konkreten Fall zu sehen, wie ein Haus *wächst* und sich vorzustellen, wie viel Glück Menschen in seinen Wänden erleben werden? So gesehen ist doch jede Baustelle ein Aufbruch in was Neues. Für die, die dort arbeiten, die bei Schwierigkeiten an ihren Aufgaben wachsen und am Ende stolz sind, es gemeinsam geschafft zu haben."

Georg schenkte ihr nach. „Es ist ein Abenteuer im Supermarkt zwischen all den schönen Sachen zu spazieren und sich auszumalen, woher sie kommen, wie viele Menschen damit beschäftigt sind und waren, damit du sie aus dem Regal nehmen kannst. Es ist ein Abenteuer, sich auf dieses eine Leben einzulassen und es ist ganz gleich, ob das in Valencia oder in Bamberg ist, auf Kreta oder in Buxtehude."

Mit beiden Händen zog Vera ihr Haargummi nach. „Hast du denn kein Fernweh?"

Georg schüttelte den Kopf. „Noch nie. Wenn ich auf meinem Trecker sitze, liebe ich die Welt so sehr, dass ich keine Sekunde daran verschwende, woanders zu sein. Ich bin glücklich im Hier und Jetzt. Wenn du so viel Glück einmal empfindest, kommst du gar nicht mehr auf die Idee, irgendwohin zu reisen."

Sie sah ihn fragend an. „Immerhin bist du hier!"

„Weil ich meine Schwester sehen möchte. Nur wegen der zugegeben wunderschönen Landschaft wäre ich nicht ins Flugzeug gestiegen, denn die ist ja bei mir in Bamberg auch schön."

„Hm." Vera nahm einen großen Schluck. „Ein gewagter Vergleich." Sie legte den Kopf in den Nacken und sah in den Nachthimmel. Klar, in Afrika war der Sternenhimmel sicher noch eindrucksvoller als hier, weil drumherum wirkliche Dunkelheit herrschte. Aber die Sterne waren die gleichen. War es nur der Betrachtungsmoment, die Grundsituation, die die Empfindung dazu lieferte? Es zum Erlebnis oder Alltag machte?

Georg räusperte sich. „Für das Abenteuer kannst du natürlich, musst aber nicht reisen. Den Blick dafür trägst du in dir."

Sie wandte sich von den Sternbildern ab und blickte ihn an.

„Du musst es spüren, das Abenteuer. Und es sitzt genau hier." Er legte die rechte Hand auf sein Herz.

Vera sah ihn nachdenklich an. Seine Worte passten überhaupt nicht zu dem, weshalb sie für ihr Lebensglück aus Bamberg aufgebrochen war. Andalusien, Tarifa, Afrika. Und jetzt? Sollte das alles gar nicht so entscheidend sein? Vielleicht war Georg nur ein in seinem braven Leben viel zu verhafteter Sonderling. Obwohl? Nein. So wohl, wie sich in seiner Gegenwart fühlte … Sie blickte ihm nach, als er über den Weg zum Haus ging, um weitere Nüsse zu holen, und fand ihn alles andere als sonderbar. Er hatte kräftige muskulöse Bewegungen und alles an ihm wirkte durchtrainiert. Er schien zu spüren, dass sie ihm nachsah, denn er drehte sich um und winkte ihr zu.

„Hast du noch einen Wunsch? Soll ich dir etwas anderes aus der Küche mitbringen?"

Vera schüttelte den Kopf. „Nein, nein, ich bin wunschlos glücklich, wenn du schnell wieder da bist." Sie legte sich die Hand erschrocken auf den Mund. Was war das denn, dachte sie und schämte sich für die forsche Bemerkung. Aber als Georg kurz danach wieder vor ihr stand, in der einen Hand mit einer Schüssel weiterer köstlicher Nüsse und in der anderen mit einer frisch gefüllten Karaffe Tinto de Verano und sie anstrahlte, übertrug sich seine Ausgeglichenheit sofort auf sie.

Er lächelte. „Vera, komm, ich will dir etwas zeigen. Wir machen ein Experiment."

„Wie? Jetzt?"

„Ja, es geht ganz schnell. Leg dich hier ins Gras. Es ist trocken."

Er strich mit der Hand über den Boden und Vera ging direkt darauf ein, stand auf und wollte sich auf das Grasstück legen. „Wie hättest du es denn gern?", fragte sie. „Mit dem Rücken oder auf dem Bauch?"

„Leg dich auf den Rücken, vertrau mir."

Vera rutschte ins Gras, streckte ihre Beine aus und sah Georg, der sich neben sie ins Gras gesetzt hatte, fragend ins Gesicht. „Und? Was jetzt?"

„Nichts, du machst nichts. Du bleibst einfach nur liegen, siehst in den Himmel, hörst auf die Geräusche, träumst. Nichts weiter, mach einfach. Ich sag dir, wenn unser Experiment vorbei ist."

„Möglichst noch vor dem Morgengrauen", ulkte Vera.

„Sei nicht so eingefahren, sondern geh doch mal neue Wege. Vielleicht gefällt dir eine Nacht im Gras besonders gut." Er lachte verschmitzt. „Keine Sorge, so lange machen wir heute nicht. Aber gib dir fünf Minuten. Fürs Erste reicht das."

Sie sah, dass sich Georg neben sie legte, und wusste so recht nichts mit der ganzen Aktion anzufangen.

Georg nahm plötzlich ihre Hand und hielt sie fest. „So, und jetzt nimm wahr, was du erlebst. Sieh in den Himmel. Es ist nur eine andere Perspektive und doch ist das Bild ein ganz neues. Wenn du den Kopf zur Seite drehst, siehst du die Silhouette der Bäume, die sich gegen den Nachthimmel abhebt, aber von unten. Und horch mal, was hier alles unter und neben dir krächzt, kracht, und knirscht. Die Natur lebt, aber ganz anders, als du es erwartet hättest, stimmt's?"

Vera hatte genau gemacht, was Georg ihr geraten hatte, und es stimmte. Alles war neu und unerwartet für sie. Sie konnte sich nicht erinnern, wann sie das letzte Mal in der Dunkelheit im Gras gelegen hatte. Hatte sie es überhaupt schon einmal gemacht? Als Kind? Sie wusste es nicht mehr. Aber Georg hatte recht. Es war unerwartet und aufregend. Also genauso wie Aaron das Abenteuer definiert hatte.

„Siehst du den Großen Wagen?", fragte Georg in die Stille. „Es sind die sieben hellsten Sterne des Großen Bären, die auch wir astronomischen Laien gut erkennen können. Sie funkeln heute wie Diamanten. Hast du das schon einmal so wahrgenommen?"

Vera verneinte. „Als Erwachsene nicht mehr. Von meiner Mutter habe ich gelernt, dass man die Verbindungslinie der hinteren beiden Kastensterne fünfmal verlängern kann und dann den Polarstern sieht." Sie zeigte mit dem rechten Zeigefinger in den Himmel. „Sieh mal, dort, tatsächlich, ich sehe ihn."

Sie drehte sich zu Georg und kam dadurch nah an ihn heran, so eng, dass sie beinahe sein Herz schlagen hören konnte. „Du weißt gar nicht, wie lange es her ist, dass ich das gemacht habe. Ich glaube, fast ein halbes Jahrhundert", meinte sie fasziniert von dem Anblick der funkelnden Pracht.

„Ich sehe ihn auch", sagte Georg und blickte starr in die Nacht. „Und ich genieße deine Nähe. Es ist schön, jemanden zu spüren."

Vera erschrak. Was hatte sie sich bloß dabei gedacht. Sie rutschte schnell wieder auf den Rücken und versuchte, entspannt zu wirken. „Ein gelungenes Experiment. Das Abenteuer ist wirklich überall. Man verändert die Perspektive, macht etwas Neues, ist mal mutig, unkonventionell oder experimentierfreudig, und schon, ja schon, erlebt man ein Abenteuer." Sie sah Georg an und lächelte. „Weißt du eigentlich, was du gerade gemacht hast?", fragte sie fröhlich.

„Ja klar, mit meiner Mitbewohnerin auf der Erde gelegen."

„Nee, nee, viel mehr." Sie stand auf und streckte Georg die Hand entgegen, um ihn hochzuziehen. Der griff zu und mit einem Ruck holte Vera ihn wieder auf die Beine. „Und was das ist, das erzähle ich dir, aber später."

Den Rest des Abends war das Abenteuer kein Thema mehr zwischen ihnen, wohl aber seine Pläne. Georg erzählte, was er auf dem Hof vorhatte. Er wollte künftig mit seinem Sohn noch viel umzusetzen und berichtete ihr lebhaft davon. Es ging um eine Biogasanlage, die Anschaffung eines extrem teuren Traktors und den Anbau einer völlig neuen Weizensorte. Vera bewunderte seine Lebensfreude, seinen Mut, seine Tatkraft und sein Engagement, noch viele Dinge erreichen zu wollen. Aktion statt Ausstieg, Durchstarten statt Pausieren. Und während er so begeistert von seinen Plänen erzählte, spürte sie, als ob sie sich innerlich ein kleines bisschen aufrichtete. Georg holte sie aus ihrer Resignation und auch aus der Fluchtidee. Weglaufen, um sich nicht zu konfrontieren, alles hinwerfen, weil man sich den Niederlagen nicht länger stellen wollte. Das „Ich habe alles satt"-Gefühl hatte sich bei ihr so ausgebreitet und sie es für die logische Konsequenz ihrer Erfahrungen gehalten. Aber möglicherweise war sie auf einem Irrweg. Vielleicht musste man sich nur innerlich auf die Brust klopfen, „Ihr könnt mich alle" sagen und weiter unbeirrt seinen Weg gehen.

Sie schloss die Augen und horchte in die Nacht. Es knarrte und knirschte geheimnisvoll. Miaute eine Katze? Blökte eine Kuh? Und welche Vogellaute waren zu hören? Keine Frage, sie hatte ihre Lektion gelernt.

„Ich glaube, du brauchst mal wieder dein Bett", hörte sie Georgs Stimme und vermutete, dass sie eingenickt war.

„Oh sorry, der Tag war vermutlich zu lang."

„Aber mit einem wunderschönen Ausklang. Danke für den Wein", sagte Georg und packte die Gläser und Schälchen auf ein Tablett. „Wie es sich für einen Gentleman gehört, bringe ich dich mal wieder nach Hause", scherzte er und hielt ihr den Arm hin. „Auf zwanzig Metern kann ganz viel passieren."

„Danach auch", entfuhr es Vera und sie kniff verlegen die Lippen zusammen. „Bis morgen mein Lieber", murmelte sie schnell, löste sich von seinem Arm, um rasch in ihrem Appartement zu verschwinden.

In dieser Nacht fand Vera keinen Schlaf mehr. Sie fühlte sich innerlich in Stücke gerissen. Die letzten Wochen liefen in ihrem Kopf im Zeitraffer ab und sie wusste plötzlich nicht mehr, ob sie überhaupt noch auf dem richtigen Weg war oder umzudrehen der verschwunden geglaubte Schlüssel zum Glück war.

***

„Brauchst du mich heute unbedingt?" Vera stand so aufgekratzt in Margarethes Küche, dass Margarethe sie fragend ansah.

„Was ist los? Du vibrierst ja innerlich."

„Alles gut, ich bin fit", wischte Vera die besorgte Nachfrage der Freundin weg. „Ich möchte nach Oliva und etwas erledigen, und wenn es für dich okay ist und du auf mich verzichten kannst, würde ich heute gern einen freien Tag haben." Sie schnappte nach Luft. „Aber wirklich nur, wenn es dir keine Probleme macht."

Margarethe zapfte sich gerade einen Kaffee, griff nach einem Becher und stellte ihn auf den Tisch. „Für dich auch? Magst du dich bitte kurz setzen. Ich möchte gern etwas besprechen."

„Worum geht's?" Vera wippte nervös mit den Füßen.

„Ich denke, du fährst nach Oliva Playa, zu Maik!"

„Genau, und ich will gleich los! Ist es wichtig? Sonst lieber am Abend."

„Ist es, doch es geht auch am Abend. Aber … sag mal bitte, was los ist? Du siehst aus, als wärst du auf der Flucht."

Vera musste grinsen bei dem Begriff. Er traf sie ins Herz, denn sie fühlte sich ganz anders, nämlich angekommen. Endlich!

Margarethe hielt ihren Becher mit beiden Händen umschlossen und lehnte sich an den Esstisch. „Es ist lustig mit euch?"

„Mit uns? Meinst du mich und Maik?"

„Nee, ich meine dich und Georg." Sie blickte zur Uhr. „Hui, es ist ja schon spät. Ich muss los." Sie nahm einen riesengroßen Schluck aus dem Becher, stellte ihn ab und strich Vera im Vorübergehen über den Arm. „Sorry, ich habe die Zeit vergessen. Heute Abend, ganz wichtig. Ich koche uns was und um zehn treffen wir uns. Okay?"

„Wunderbar, ich bin dabei", meinte Vera lächelnd und drückte Margarethe noch im Vorübergehen die Hand. „Danke dir, danke für alles."

Sichtlich verwundert blieb Margarethe stehen. „Jetzt? Warum?"

„Weil ich dir so viel verdanke und du eine tolle Frau bist."

Margarethe griff nach ihrer Tasche, setzte sich die Sonnenbrille auf und nahm Vera im Vorübergehen fest in den Arm. „Ich freue mich auf unser Abendessen. Und genieß deinen freien Tag. Georg ist übrigens heute früh schon unterwegs. Er kauft Werkzeug, um an der Scheune zu arbeiten."

„Aber bis zum Abend ist er bestimmt zurück, oder?", rief Vera Margarethe noch nach, bevor die in ihr Auto steigen konnte, und die zeigte ihr den gehobenen Daumen.

Vera trank ihren Kaffee an diesem Morgen im Stehen aus. Sie blickte aus Margarethes Küchenfenster über den weitläufigen Obstbaum-Hain und dachte daran, wie häufig sie in ihrem Leben schon so stimmungsvoll den Tag begonnen hatte. Sie seufzte. Oft war es in den letzten Jahren nicht. Dann schlüpfte sie in ihr Lieblingskleid, ein sonnengelbes Sommerkleid, schlang sich eine nougatfarbene Holzkette um, die sie sich erst kürzlich in einem Strandshop gegönnt hatte. Seitdem sie im Süden lebte, hatte sie sich einen völlig neuen Stil angewöhnt. Sie trug Farbe statt Grau- und Beigetöne, Kleider statt Jeans, Ketten statt nichts. Sie mochte sich so, fühlte sich schicker und weiblicher. Etwas fehlte, dachte sie und entschied sich als i-Tüpfelchen für einen knallroten Lippenstift. Das hatte ihr Ina kürzlich geraten, weil die Farbe so gut zu ihrem Haar passen würde. Sie drehte sich vor dem Spiegel, war aber so aufgeregt, dass sie die Modenschau schnell abbrach.

Dann machte sie sich auf den Weg nach Oliva Playa und war wie jedes Mal fasziniert, als sie mit dem Wagen die Landstraße entlangzuckelte und nach ein paar Kurven das prächtige Mittelmeer unter sich liegen sah. In sattem Tiefblau breitete sich das Wasser aus. Ein Bild, das in Vera immer wieder einen begeisterten Herzsprung auslöste. Sie umklammerte fest das Lenkrad, stellte sich per Sprachsteuerung dieses Mal Hits von Enrique Iglesias an und summte die bekannten Melodien mit. Lange hatte sie sich nicht mehr so leicht und beschwingt gefühlt. Es war, als ob in ihr ein Knoten geplatzt wäre, denn sie wusste endlich, wie ihr Leben weitergehen sollte.

In Oliva Playa fuhr sie direkt an die Promenade, die um diese Zeit noch relativ leer war. Vera fand schnell einen Parkplatz, stieg aus und ging als Erstes ganz gemütlich an den Strand, an dem um diese Uhrzeit nur wenige Besucher waren. Sie blickte auf den goldgelben Sandstreifen, der die Küste bis zum Horizont säumte. Spontan schlüpfte sie aus den Flip-Flops und lief übermütig in die auflaufenden Wellen. Es war herrlich, als das lauwarme Plätscherwasser ihre Füße umspülte. Zwei kleine Fische huschten vorbei und sie konnte in dem klaren Wasser sehen, wie die Wellen sanft mit dem Sand spielten. Sie lief nur ein paar Schritte durch das Wasser, dann sah sie auf die Uhr und machte sich auf den Weg zurück zur Promenade. Die kleinen Bars hatten natürlich längst geöffnet und an vielen Tischen wurde schon ein erster Kaffee serviert. Vera blickte sich um und suchte die Bar Mondial, denn dort hatte sie jetzt ihre wichtige Verabredung. Gestern Nacht hatte sie Maik geschrieben, dass sie ihn unbedingt treffen müsste, so schnell wie möglich, und sie war hocherfreut gewesen, als er gleich die Bar und die frühe Uhrzeit vorgeschlagen hatte. Und als sie unter dem Namensschild der Bar stand, entdeckte sie auch ihn bereits am Tisch.

Maik sah attraktiv aus wie immer. Er trug eine kurze helle Hose, dazu ein strahlend weißes Hemd. Die goldgerahmte Sonnenbrille funkelte in der Sonne und er nippte gerade an einem Café solo, als er Vera entdeckte, die Tasse abstellte und auf sie zuging. Mitten auf der Straße umarmte er sie fest. „Ich freue mich, dich zu sehen. Schön, dass du Zeit für mich hast."

Auf dem Weg zum Tisch legte er ihr vertraut den Arm um die Taille und Vera ließ es auf den wenigen Metern zum Tisch zu.

Er bestellte Wasser, zwei weitere Café solo und strahlte sie erwartungsfroh an.

„Was hast du Wichtiges auf dem Herzen?", fragte er und schnippte dabei einige Krümel vom Tisch. „Ich bin übrigens sehr froh, dass du mir die kleine Flunkerei nicht übel genommen hast."

Vera wunderte sich, wie locker und unbekümmert sie sich fühlte, obwohl das eigentlich schwierige Thema vor ihr lag. Sie lächelte ihn an. „Ich wollte dir sagen, dass du ein ganz wunderbarer Mann bist, der eine Frau wirklich faszinieren kann."

Maik richtete sich auf seinem Stuhl auf, nahm ihre Hand und küsste sie sanft. „Es ist ein tolles Kompliment, ich danke dir."

„Aber …" Sie senkte kurz den Blick, bevor sie den Kopf wieder hob. „Es gibt immer ein ‚Aber'." Sie schluckte. „Leider bin ich nicht die Richtige für dich."

Er sah sie erschrocken an. „Was heißt das? Warum bist du nicht die Richtige? Ich dachte, du hättest Gefühle für mich."

„Habe ich auch, hatte ich immer, aber ich habe auch einen Kopf, und den soll man in unserem Alter nicht einfach mehr wegschalten." Sie räusperte sich. „Ganz ehrlich, ich möchte kein Abenteuer, also kein sexuelles. Ich möchte einen Mann, der zumindest plant, für immer an meiner Seite zu sein, mit allem Zipp und Zapp." Sie zögerte einen Moment. „Und dazu gehört für mich auch die Option, noch einmal heiraten zu können. Du wirst bei deinen Lebensbedingungen keine Scheidung mehr wollen. Was ich verstehe, aber das Gefühl, nie die Ehefrau, sondern immer nur im besten Fall die Lebensgefährtin zu sein, das ist etwas, das mir nicht gefällt."

„Aber Vera, das ist doch kein Grund, uns gleich aufzugeben."

„Ist es auch nicht. Das ist nur ein Bausteinchen. Der wahre Grund ist, dass ich nicht mehr weglaufen will. Mein Traum vom riesengroßen Abenteuer ist nicht mehr das, was ich mir jetzt erfüllen möchte. Ich will noch einmal von vorn beginnen, aber keineswegs als Auszeit, sondern als Einstieg."

„Und der Traum von Glück und Freiheit im Wohnmobil?"

„Das ist nach wie vor eine großartige Sache, doch keine für mich. Versteh mich nicht falsch. Ich habe mich in etwas hineingeträumt und du kamst gerade zur rechten Zeit, um weiter zu träumen. Aber ich denke, man muss sich gut kennen, um gemeinsam auf Tour zu gehen, sehr gut kennen. Du hast es einmal erwähnt, dass du mit deiner Frau die Tour machen wolltest. Ich habe es auch von jemand anderem gehört. Ich denke, es ist der bessere Weg für dich, deine Frau und auch für mich."

„Aber Vera, das kannst du doch nicht ernst meinen?"

„Doch." Vera seufzte und fühlte sich für einen Moment unwohl in ihrer Haut. Sie mochte Maik nicht verletzen.

Aber sie musste die Liebelei beenden, denn mehr war es nicht und würde es auch nicht mehr werden.

„Ich verzichte darauf, ‚Lass uns Freunde bleiben' zu sagen, aber ich meine es so. Ich würde mich wirklich freuen, wenn du mir irgendwann einmal von deinen Abenteuern in Afrika erzählst."

Maik wirkte sichtbar geschockt und Vera glaubte sogar, Tränen in seinen Augen zu sehen. Aber sie musste jetzt klar sein und klar bleiben. Alles andere würde ihren Irrweg nur in die Länge ziehen und keinem von beiden guttun. Als Vera sich anschickte, zu gehen, blieb er beherrscht, nahm sie noch einmal fest in den Arm.

„Aber wir wandern doch noch mit Ina. Ich habe ja unsere Buchung."

Vera fasste seine Hände. „Ich glaube, es ist besser, wir streichen das. Es würde zu viel durcheinanderbringen. Wenn wir keine Zukunft haben, bringt das nichts."

Maik nickte. „Wenn du es so siehst, hast du recht." Er seufzte. „Aber überschlaf das doch noch einmal. ‚Hör auf dein Herz', sagen die Experten."

„Und auf deinen Kopf. Und den habe ich endlich wieder angestellt. Übrigens auch die Intuition. Ich habe mich dreifach abgesichert und jetzt ist es perfekt." Vera streichelte ihm über die Wange. „Manchmal tut Vernunft richtig weh. Aber ich bin alt genug, um zu wissen, dass der Schmerz vorübergeht."

„Es war trotzdem schön, dass wir uns gefunden haben", schob Maik noch schnell nach. „Ich habe mich wirklich in dich verliebt."

Vera lächelte. „Das vergeht!"

Als sie die Bar verließ und die Straße hinunter zu ihrem Auto ging, drehte sie sich noch einmal um und wollte ihm zuwinken, aber Maik war bereits um die Ecke verschwunden. Sie fühlte sich auf der einen Seite erleichtert, auf der anderen auch traurig. Es war aufregend gewesen, zu träumen, bis nach Afrika und in die Arme eines so attraktiven Mannes. Aber jetzt stand sie wieder mit beiden Beinen auf dem Boden und das war auch ein schönes Gefühl.

Sie fuhr noch nach Gandia und bummelte durch die Geschäfte, gönnte sich ein ähnliches Kleid, wie sie es beim letzten Shooting mit Ina getragen hatte, und ließ sich bei einem Friseur die Haare schneiden. Nach einem Snack in Ingos Bar am Hafen machte sie sich auf den Heimweg und nahm den kleinen Umweg in Kauf, um bei Helga und Bernd vorbeizuschauen.

Die beiden traf sie allerdings nicht mehr an. Sie waren auf Tour und klapperten ihre Ferienhäuser ab, um überall nach dem Rechten zu sehen. Aber Ina war da und bereitete gerade ein neues Shooting vor. Sie hatte jede Menge Pakete in einem der Gästezimmer ausgepackt und die geplanten Outfits zusammengestellt. Zudem arbeitete sie an den Texten.

„Ich möchte nicht stören", warf Vera ein.

Ina wischte sich mit einem Tuch den Schweiß von der Stirn, nahm einen kräftigen Schluck Wasser und meinte nur: „Ich freue mich über die Ablenkung. Komm herein."

Vera mochte noch nichts von sich erzählen, sie war noch zu sehr selbst damit beschäftigt. Aber sie freute sich, dass Ina gute Nachrichten für sie hatte. Ihre Freundin hatte sich mit Vicente ausgesprochen und er hatte zugegeben, vor Eifersucht fast zerplatzt zu sein, und versprochen, künftig etwas entspannter zu reagieren. Der Stress war aus der Welt und es war Ina anzusehen, wie erleichtert sie war. „Ich bin froh über dein Happy End", sagte Vera und nahm Ina in die Arme.

Als Vera wenig später nach Hause kam, saß Margarethe entspannt im Liegestuhl und genoss das Nichtstun.

„Komm, meine Liebe, und entspann dich mit mir", rief sie Vera zu. „Und bring dir ein Glas mit. Ich habe einen exzellenten Ribera del Duero hier."

Margarethe hatte ihr Marktoutfit gegen ein schlichtes weißes Leinenkleid getauscht und sah so ganz anders aus als in ihrem Alltag. Sie trug das lange Haar lässig hochgesteckt, hatte einen leichten Leinenschal umgehängt und eine Sonnenbrille im Ausschnitt.

„Du hast wirklich zwei Seiten", lobte Vera sie. „Im Job ganz sportlich und sobald du den Stand geschlossen hast, mutierst du zu einer schicken Sommerlady."

Margarethe schenkte den Wein ein, schob Vera das Glas hin. Auf dem Tisch stand ein großer Teller mit unterschiedlich belegten Baguettescheiben. „Montaditos habe ich auch für uns gemacht." Margarethe hielt ihr das Glas zum Anstoßen hin.

„Für dich, zum Ausklingen eines langen Tages. Das mit der Sommerlady hat übrigens einen Grund." Sie lächelte verschmitzt. „Aber davon berichte ich später. Jetzt geht es um etwas anderes."

„Wo ist eigentlich Georg?", wollte Vera wissen.

„Weg!", sagte Margarethe knapp.

„Wie weg? Ist er noch in der Stadt?"

„Nein, *weg* heißt im Flieger nach Deutschland." Sie sah auf ihre Armbanduhr. „Oder mittlerweile zu Hause in Bamberg."

Vera stellte das Glas ab und spürte, dass sie feuchte Augen bekam. „Wieso ist er einfach abgereist? Ohne Abschied. Das kann doch nicht sein."

„Genau darüber wollte ich heute mit dir sprechen. Aber ich war zu spät."

„Worüber?" Vera blinzelte die Tränen weg.

„Nun ja, ich habe es die ganze Zeit schon geahnt, doch nicht gewagt, es auszusprechen. Ich kenne meinen Bruder. Er ist sehr offen, aber nicht mit sich selbst."

„Was heißt das?"

„Ich fasse es kurz: Er hat sich in dich verliebt. Ich habe es an seinen Blicken gesehen. Außerdem hat er neuerdings immer von seiner Zukunft gesprochen und ich habe schnell gemerkt, dass es dabei auch um eine Frau geht, die er mit eingeplant hatte."

Veras Puls beschleunigte. „Und das war ich?"

„Ja, er wollte heute mit dir sprechen, das hat er mir gestern Abend noch anvertraut."

Sie hielt ihr das Handy hin. „Lies mal, das kam heute Nacht."

Ich habe meine Traumfrau gefunden und werde heute Nägel mit Köpfen machen. Ich bin so sicher wie noch nie in meinem Leben. Maggi, dein alter Bruder ist verliebt, wie ein Teenager.

Vera ließ den Tränen nun freien Lauf. „Du, das ist ja, das ist … ein Traum", stammelte sie.

„Genau das wollte ich dir sagen. Aber als du heute früh meintest, dass du nach Oliva Playa willst, hat er sich sofort zurückgezogen. Dummerweise hatte ich ihm davon am Telefon erzählt, damit er nicht zu sehr enttäuscht ist."

Vera starte Margarethe fassungslos an. „Aber ich …, ich bin heute früh zu Maik gefahren, um das alles zu beenden. Es hat doch keinerlei Bedeutung mehr."

„Du bist was? Heißt das, du willst ihn gar nicht?"

„Nein, ich will den Mann nicht und genauso wenig nach Afrika. Ich habe einfach auf der Leitung gestanden. Georg hat mir die Augen geöffnet für das, was wirklich wichtig ist. Und das wollte ich ihm heute sagen. Aber ich wollte zuerst klare Verhältnisse schaffen und die kommenden Tage dazu nutzen, uns näher kennenzulernen."

Heiß ronnen die Tränen über ihre Wangen. Was dachte sich das Schicksal noch alles für sie aus? „Ach Margarethe", schluchzte sie. „Ich habe mich so auf Georg gefreut. Ich bin endlich sicher, was ich meinem Leben will, und ich lasse mir das nicht mehr kaputtmachen."

„Das finde ich gut. Wenn man das weiß, muss man auch darum kämpfen."

„Meinst du, Georg wird mich verstehen?"

„Das solltest du ihn selber fragen", sagte Margarethe.

„Aber am Telefon?"

„Ich mache dir einen Vorschlag. Du kannst es nicht wissen, aber ich habe in einem Monat Geburtstag und Georg hat noch nie in seinem Leben diesen Tag verpasst. Er wird hier sein, ganz bestimmt, und dann könnt ihr über alles reden. Und glaub mir, die Zeit tut euch beiden gut. Immerhin habt ihr ja große Pläne."

Vera wischte schniefend die Tränen weg, spürte, wie das innere Lächeln zurückkam, nahm das Weinglas und stieß mit Margarethe an. „Du bist klasse, und danke dafür." Sie räusperte sich. „Kannst du dir mich als quasi Schwägerin überhaupt vorstellen?"

„Und wie, vorausgesetzt du vertrittst mich auf dem Hof, wenn ich meine große Liebe finde und auf Hochzeitsreise gehe."

„Abgemacht!"

„Und jetzt lass den Kopf nicht hängen. Wir machen uns trotz allem einen schönen Abend."

„Kann ich mitmachen?"

Vera traute ihren Ohren nicht, als sie plötzlich die vertraute Stimme hörte. Sie drehte sich um und sah Georg in die Augen. Ihre Hände wurden feucht.

Margarethe zuckte mit den Schultern. „Ich dachte, du wärst längst abgeflogen", sagte sie und blickte zwischen ihm und Vera hin und her.

Vera schluckte trocken, suchte nach Worten.

„Ich wollte auch fliegen, habe sogar schon am Flughafen eingecheckt. Aber dann habe ich es mir anders überlegt und bin wieder in den Zug nach Gandia gestiegen."

Endlich konnte Vera sprechen. „Du … du hattest Sehnsucht?"

„Und wie, und einen klaren Kopf. Ich will dich nicht diesem Maik überlassen. Ich werde um dich kämpfen, so, jetzt ist es heraus." Nur mit Mühe konnte Vera sich ein Grinsen verkneifen, als Georg beinahe kämpferisch die Hände in die Hüften stemmte.

Er sah Margarethe an. „Und ich brauche einen guten Tropfen Wein."

„Den hast du", meinte seine Schwester und schob ihm ihr gefülltes Glas hin. „Aber ich bin furchtbar müde und gehe jetzt schlafen." Sie zwinkerte Vera zu, bevor sie sich an Georg wandte. „Mein kleiner Bruder wird klug. Schön zu wissen." Sie stand auf, tätschelte ihm die Wange. „Aber meine liebste Mitarbeiterin muss noch ein bisschen arbeiten. Darauf lege ich Wert."

„Du musst nicht kämpfen", sagte Vera, drückte sich vom Stuhl hoch und griff vorsichtig nach Georgs Hand.

„Weil es aussichtslos ist?"

„Nein, weil zwischen uns alles geklärt ist. Ich will nicht nach Afrika, ich will nach Bamberg, mit dir."

„Nicht besser zu mir? Ich bin Landwirt und ein Landwirt verlässt seinen Hof nicht."

„Auch das!", sagte Vera und sah ihm fest in die Augen. Georg umarmte sie mit seinen starken Armen und selig lehnte sie ihren Kopf an seine muskulöse Brust. Alles fühlte sich richtig an. In diesem Moment war sie sich absolut sicher, dass das die Arme waren, in die sie gehörte. Wie selbstverständlich trafen sich ihre Lippen. Erst sanft und dann voller Leidenschaft fanden sich ihren Zungen und umspielten sich fordernd. Vera schmiegte sich immer fester an Georg, und als sie seine Hände auf ihrem Rücken spürte, versank die Welt um sie herum. Sie konnte an nichts anderes mehr denken als an ihn und seinen Körper. Sie musste ihn spüren, überall, jetzt, sofort.

„Bist du nicht auch ganz furchtbar müde", flüsterte Georg und sein heißer Atem brannte förmlich in ihrem

Gesicht. „Wie üblich werde ich dich dann nach Hause bringen."

Vera nickte glückstrunken, überwältigt von einer ungekannten Begierde. „Und wie, ich bin schrecklich müde", stöhnte sie sanft auf. „Ich sehne mich nur nach einem Bett."

„Und ich erst."

***

„Du machst die beste Paella der Welt!" Vera ging mit einem bunten Blumenstrauß auf Helga zu und umarmte sie liebevoll. „Du weißt schon, dass ich dir das große Glück verdanke."

Helga bestaunte den prächtigen Strauß. „Mir, wieso mir?"

„Na, als ich diese Panne hatte und Ina mich mit zu euch geschleppt hatte, habe ich mich erst in dich und die Finca und dann in das Land verliebt. Tja und deshalb bin ich geblieben."

„Leider wird es nicht dauerhaft sein!", entgegnete Helga. „Aber genauso wie Georg wirst auch du regelmäßig wiederkommen."

„Und auch bei mir arbeiten", warf Margarethe ein. „Vera und ich habe eine Abmachung. Sie wird mich vertreten, wenn ich auf Hochzeitsreise gehe."

„Huch, du heiratest? Habe ich etwas verpasst?"

„Nicht jetzt", wiegelte Margarethe die Nachfrage ab. „Aber irgendwann bestimmt einmal. Auch ein blindes Huhn … Du kennst das ja."

„Blind? Eher schrill." Helga blickte sie bewundernd an. „In deinem magentafarbenen Outfit bist du eine auffallende Schönheit und wirst, wie eine wunderschöne Blüte, ganz viele Bienen, sprich Männer, anziehen. Ist denn Magenta im Herbst auch noch in?" Sie hielt nach Ina Ausschau, die mit Vicente auf der Terrasse die Bestuhlung aufbaute. „Was empfiehlst du uns denn für die kommende Saison?", rief sie ihrer Tochter zu.

„Wunderbare Beigetöne" antwortete Ina, während sie eine Holzbank an den Tisch schob und Vicente bat, noch zwei Stühle aus dem Garten zu holen.

Georg war bei ihm und fasste sofort mit an.

„Besucht ihr uns eigentlich", fragte Vera Helga. „Du solltest mal mit deiner Familie eine Auszeit im schönen Franken machen."

„Gute Idee!"

„Und ich möchte als Münchner auch dabei sein." Ingo kam mit zwei Kisten im Arm zu Vera, Helga und Margarethe. „Sagt mal, Sweetys, ich habe Inas Bestellungen gleich mitgeliefert. Ich musste bei der Post vorbei und dachte, ich nehme ihr die Fahrt ab." Er küsste allen reihum auf die Wangen. „Ina möchte als Location wieder meine Finca. Die Folgen von dort bekommen besonders gut an."

Als Ina Ingo sah, kam sie sofort angerannt und fiel ihm freudig um den Hals. „Ingo, du bist ein Schatz. Ich hatte wirklich schon überlegt, wie ich noch in die Stadt kommen kann."

„Wir sind ja heute ein fröhliches Trüppchen", rief Bernd herüber, während er schnell ein paar Orangen von den

Bäumen pflückte. „Für das Dessert." Lachend winkte er mit dem Korb, in dem er die Früchte sammelte.

„Ich glaube, jetzt fehlt nur noch Aaron und wir können essen", meinte Ina.

„Aaron kommt nicht. Er hat geschrieben", sagte Helga. „Er ist heute doch auf Tour, weil er spontan eine neue Buchung hereinbekommen hat."

„Fünfundzwanzig, langes blondes Haar und eine Influencer-Figur, richtig?", alberte Ina. „Sonst hätte es sich Aaron bestimmt lieber bei uns gutgehen lassen, als auf dem Meer zu touren. Er hatte eine Spitzensaison und garantiert im Moment keine Lust mehr, sich zu verausgaben."

„Na, dann freuen wir uns, dass es ihm gutgeht und wir vermutlich morgen schon von ihm den Reisebericht bekommen." Helga hob den Deckel der riesigen Paella-Pfanne mit einem Ruck. „Voilà, es ist angerichtet!"

„Fällt es dir schwer, zu fliegen?", fragte Ina, während sie mit Vera zum Tisch ging.

„Ich habe ja noch ein bisschen Zeit hier, Georg fliegt erst einmal allein vor. Ich bleibe also ein paar Wochen, zumindest so lange, bis Margarethe eine neue Kraft gefunden hat."

„Das ist schön, denn du musst unsere Wette einlösen. Ich habe gewonnen."

„Ich weiß und führe dich richtig schick zum Essen aus. Aber auch sonst freue ich mich, noch eine Weile hierbleiben zu können, um meine Erlebnisse und alles andere ein bisschen sacken zu lassen und langsam Abschied nehmen zu können. Außerdem will ich mit Margarethe unbedingt die Einladung zu Alexandras Seminar wahrnehmen." Sie grinste. „Ich hatte, ach Quatsch, ich habe eine wunderbare Zeit hier, die ich nie vergessen werde. Aber jetzt beginnt eine neue und die wird auch schön, anders sicherlich, doch eben auch gut."

„Gehst du wieder in deinen Beruf zurück?"

Vera nickte. „Ja, vorläufig schon. Ich werde keine Mühe haben, etwas zu finden. Aber langfristig will ich auf dem Hof mitarbeiten. Ich habe so viel Spaß auf Margarethes Finca und auch im Verkauf. Darauf möchte ich aufbauen. Im Moment denke ich an einen Hofladen. Wobei …" Vera zog ihr Handy raus und öffnete WhatsApp. „Schau mal, das ist Georgs Hof. Er hat mir die ganzen Fotos geschickt, damit ich schon einen Eindruck bekomme. Und hier", Vera deutete auf einen kleinen seitlichen Anbau, „da könnte der Hofladen rein. Ich bin schon so gespannt, wenn ich wirklich vor Ort bin."

„Tolle Idee", lobte Ina sie.

„Danke, aber es ist nur eine. Ich bin schon mit Georg alles Mögliche durchgegangen. Ich kann mir auch vorstellen, etwas mit Kindern zu machen, so eine Art Erlebnishof. Georg hat sogar bereits seinen Sohn darauf angesprochen und der war begeistert. Manchmal kann ich es kaum glauben. Ich meine, wir kennen uns ja noch nicht so lange, aber irgendwie …"

„Mit Mitte zwanzig hättest du auch nicht so lange überlegt. In unserem Alter muss man die Entscheidungen manchmal schneller treffen und einfach das Wagnis eingehen. Worauf warten?" Ina prostete ihr zu. „Das mit dem Erlebnishof klingt richtig gut", meinte Ina. „Ich sehe dich auch in so einem Bereich. Und prima, dass du dich nicht abhängig machst, sondern gerade zum Start an deine Un-abhängigkeit denkst."

„Das werde ich immer. Ich will etwas Neues, aber nie mehr überrumpelt werden."

Ina zog Vera zur Seite. „Komm mal mit, ich möchte dir was geben." Sie schob sie über den Flur in ihr Zimmer, nahm ein Paket vom Boden und hielt es ihr hin. „Für dich, ich dachte, es ist wichtig für dich, es zu haben."

„Für mich?" Vera war unsicher. Sie hatte keine Vorstellung, was sie erwartete. Ein Souvenir aus dem Wohnmobil? Obwohl es nur um wenige Wochen ging, hatte sie das Gefühl, der Zusammenbruch ihres Traumfahrzeugs läge Jahre zurück. Es war so viel passiert, seitdem sie auf dem Parkplatz gestanden und der Motor partout nicht mehr hatte anspringen wollen.

Vera stellte den Karton auf einen Tisch und öffnete ihn vorsichtig. Sie hatte keine Vorstellung, was sie erwartete. „Das ist ja … mein Lenkrad", sagte sie überrascht. „Wie kommst du denn daran?"

„Ich wollte dir eine Art Andenken besorgen, etwas, das dich immer an diesen ganz besonderen Lebensabschnitt erinnert. Das Lenkrad erschien mit am passendsten. Juan hat es mir ausgebaut. Ich soll dich übrigens lieb von ihm grüßen."

„Das ist nicht wahr. Das ist … das ist großartig."

„Du hast dich und deinen Wagen hierher gesteuert und jetzt steuerst du dein Leben in eine neue Richtung, so sicher und gekonnt, wie du es bis jetzt gezeigt hast."

Vera nahm das Lenkrad in beide Hände und strahlte Ina begeistert an. „Ich danke dir so sehr. Ich weiß nicht, wie mein Leben ohne dich weitergegangen wäre."

„Ja, das bleibt für immer das Geheimnis deines Lebens. Es ist auch unwichtig. Wichtig ist vielmehr, dass du das Steuer deines Lebens künftig fest in der Hand hältst."

Vor Rührung entfuhr Vera ein Schluchzer und sie fiel Ina um den Hals. „Ich danke dir so sehr. Du hast mein Leben auf den Kopf gestellt, und es ist zwar alles anders gekommen als geplant, aber genauso, wie ich es wollte. Es hat nur etwas länger gedauert, bis ich kapiert habe, was ich wirklich will."

„Das Essen ist fertig", hörten sie Helgas Stimme.

Vera nahm das Lenkrad und lief damit auf die Terrasse. „Seht mal, was mir Ina zum Abschied geschenkt hat. Das Lenkrad, mit dem ich ins Glück steuern konnte."

Die Finca-Reihe

Fortsetzung folgt!

So ist das Leben. Wir schlagen viele Purzelbäume, übermütig und voller Lebenslust, aber manches Mal machen wir auch eine Rolle rückwärts, weil wir Zusammenhänge überraschend neu bewerten.

Vera ist einen neuen Weg gegangen, aber ganz anders als geplant, doch bestimmt nicht weniger aufregend. Wenn Sie meine „Abenteurerin" nicht aus den Augen verlieren möchten und auch wissen wollen, ob Ina sich ganz auf Valencia einlässt, Margarethe tatsächlich heiratet und Ingo sein Geheimnis um die Liebe lüftet, dann bleiben Sie mir und der kleinen Finca treu und freuen Sie sich auf Band 3.

Und bis dahin lassen Sie sich ein wenig vom Flair Spaniens die Zeit vertreiben. Geben Sie doch mal eine Fideua-Party. Oder feiern Sie mit einem wohlschmeckenden Orangencocktail. Und wer den Tag mit einer Orangenmarmelade à la Hector startet, trägt die spanische Sonne schon frühmorgens im Herzen.

Ich habe wieder „vor Ort" die besten Rezepte für Sie zusammengetragen. Sie sind von meinen zauberhaften Freundinnen und Superköchinnen Carmen, Consuelo, Juana, Mati, und ein Mann ist auch mit dabei – Hector. Guten Appetit!

Und noch etwas ist neu.

Wann erscheint mein nächster Roman? Gibt es ein neues Sachbuch? Was passiert gerade im wunderschönen Valencia? Ich möchte Sie mehr an meiner Arbeit und an meinem Leben teilnehmen lassen und gebe Ihnen dabei auch viele Einblicke in den spanischen Alltag. Abonnieren Sie meinen Newsletter auf www.andreamicus.de

Ich freue mich auf Sie!

Und hier ist Carmens Fideua-Rezept. Sie war viele Jahre lang Chefin eines bekannten Speiselokals in Grau de Gandia. Wenn jemand typisch spanisch kochen kann, dann Carmen!

Fideua ist die Nudelantwort auf die berühmte Paella, denn statt Reis nutzt man dünne kleine Fadennudeln.

Fideua – die Nudelantwort auf Paella

Und das brauchen Sie dazu:

- 400g Fadennudeln
- 500 ml Fischbrühe
- 1 Stangensellerie
- 300g gemischte Meeresfrüchte (frisch oder tiefgekühlt, da ich keinen Fisch esse, lasse ich das ganz weg)
- 1 Paprika und 1 Zucchini
- 100g Erbsen (kann auch tiefgekühlt sein)
- 1/2 Teelöffel Estragon
- 1 Messerspitze Safran
- Olivenöl
- Salz, Pfeffer und Knoblauch
- 1 Eßlöffel Zitronensaft
- frische Blattpetersilie und Zitronenscheiben zum Dekorieren

Die gekochten Nudeln im Olivenöl goldbraun anbraten, Gemüse und Meeresfrüchte dazugeben. Mit der Fischbrühe aufgießen und bei niedriger Flamme köcheln lassen. Safran dazugeben und mit den Gewürzen abschmecken. Zitronensaft zufügen.

Mit einer echten Paella-Pfanne (ist ein gelungenes Urlaubssouvenier, ansonsten kann man sie im Internet bestellen) servieren Sie das Gericht stilecht, und garniert mit Zitronenscheiben kommt garantiert Ferienfeeling auf!

Orangenmarmelade

Spanier lieben es süß, seeehr süß. Deshalb ist Hectors Rezept gut für Naschkatzen.

- 2 kg Orangen
- 800g Zucker
- 250g Honig

Und so leicht geht's:

Orangen schälen, die Schale in feine Streifen schneiden, Fruchtfleisch würfeln und mit dem Mixstab leicht pürieren — es sollen noch Stückchen vorhanden sein.

Zucker und Honig untermischen, am besten über Nacht durchziehen lassen, ab und zu umrühren, damit sich nichts am Boden absetzt.

Die Masse kurz aufkochen und anschließend sanft köcheln lassen, bis es anfängt einzudicken. Zum Schluss die Orangen-schalen dazugeben und ein paar Minuten mitköcheln lassen. Anschließend in Gläser abfüllen. Orangengenuss pur!

Sangria

Ein eigener Garten, in dem es rund um das Jahr kräftig wächst und man jeden Tag etwas Leckeres ernten kann. Wenn meine Nachbarin Juana aus ihrem immer blühenden Garten kommt, finde ich häufig eine Tüte an meiner Wohnungstür. Der Inhalt ist fantastisch: Früchte und Gemüse, natürlich ungespritzt und so schmackhaft, dass jeder Bissen ein Genuss ist. Und einmal im Monat gibt's in Juanas selbstg eschaffenen Paradies eine Party. Im Sommer ist sie immer dabei, die bekannte und beliebte Sangria.

Gönnen Sie sich diesen herrlich erfrischenden Drink nach Juanas Rezept:

- 2 Flaschen Rotwein (z. B. Tempranillo)
- 250 ml Orangensaft (frisch gepresst)
- 4 cl Orangenlikör
- 4 cl Brandy
- 50g Zucker
- 2 Zimtstangen
- 2 Pfirsiche
- 2 Orangen

Pfirsiche und Orangen gründlich waschen und abtrocknen. Zunächst die Orangen vierteln und anschließend in Scheiben schneiden. Die ungeschälten Äpfel vierteln, das Kerngehäuse herausschneiden und in kleine Spalten schneiden.

Äpfel, Orangen und Zimtstangen in eine große Karaffe geben. Den Orangensaft, Brandy und den Orangenlikör dazugeben. Anschließend den Zucker in die Karaffe geben und mit einer Flasche Wein auffüllen. Kräftig umrühren, bis sich der Zucker vollständig aufgelöst hat. Im Anschluss die Sangria mit der zweiten Flasche Wein auffüllen. Tipp: Den Wein nicht kühlen, damit sich der Zucker schneller auflöst. Ich lasse übrigens den Zucker komplett weg.

Die Sangria für 30 Minuten bei Zimmertemperatur und zwei Stunden im Kühlschrank ziehen lassen. Vor dem Genießen kann die Sangria optional mit Minze und Limettenscheiben garniert werden. Mit Eiswürfeln oder gefrorenen Früchten servieren. Wer es gerne prickelnd mag, genießt die iberische Rotweinbowle als erfrischende Schorle mit einem Schluck Mineralwasser.

Tipp:
Experimentieren Sie ruhig etwas mit dem Rezept. Auch in Spanien oder Portugal wird die Sangria häufig mit anderen Früchten wie Erdbeeren oder Heidelbeeren ergänzt.

Die Autorin

Andrea Micus ist überzeugt, das fünfzig das Alter ist, in dem es erst richtig spannend wird. Man kennt das Leben mit allen Aufs und Abs, hat erfolgreich gelernt, Krisen ins Glück zu drehen, und besitzt ausreichend Mut, sich ganz neu auszuprobieren. Sie selbst hat in diesem Alter das Schreiben von Liebesromanen entdeckt, als Ergänzung zu ihren einfühlsamen Biografien und informativen Ratgebern.

Die Autorin ist in dritter Ehe verheiratet, hat zwei wunderbare, mittlerweile erwachsene Kinder, ist leidenschaftliche Neu-Oma und kümmert sich um einen Beagle aus dem Tierschutz. Sie lebt in Deutschland und Spanien, was sie dazu inspiriert hat, die zauberhafte Mittelmeerküste südlich von Valencia zum Schauplatz ihrer Romane zu machen.

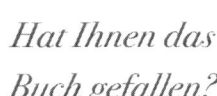

Hat Ihnen das Buch gefallen?

Ich freue mich sehr, dass Sie mein Buch bis zu dieser Stelle gelesen haben. Wenn es Ihnen gefallen hat, schreiben Sie mir doch eine Bewertung bei dem Online-Portal, bei dem Sie es bestellt haben, oder eine Rezension bei einem Ihrer Lieblings-Portale.

Ich möchte Ihre Meinung wissen, denn das bringt Sie mir näher und genau das ist mir wichtig.

KAMPENWAND
VERLAG

Helfen Nordseeluft und Yoga gegen schlechtes Liebeskarma?

Nordsee-Liebesroman
ISBN: 978-3986600754

www.kampenwand-verlag.de

Ein Roman über Freundschaft, Liebe und das Leben

Liebesroman
ISBN: 978-3986600945

www.kampenwand-verlag.de